排队

THE LINE

OLGA GRUSHIN

[美] 奥尔加·格鲁辛——著
翁海贞——译

漓江出版社
桂林

图书在版编目（CIP）数据

排队 /（美）奥尔加·格鲁辛著；翁海贞译．— 桂林：漓江出版社，2016.8
书名原文：The Line
ISBN 978-7-5407-7875-0

Ⅰ．①排… Ⅱ．①格… ②翁… Ⅲ．①长篇小说－美国－现代 Ⅳ．① I712.45

中国版本图书馆 CIP 数据核字 (2016) 第 159873 号

责任编辑：叶 子
特约编辑：田 奥
封面设计：COMPUS·道辙

出版人：刘迪才
漓江出版社有限公司出版发行
广西桂林市南环路 22 号 邮政编码 :541002
网址：http://www.lijiangbook.com
全国新华书店经销
销售热线：021-55087201-833

山东临沂新华印刷物流集团有限责任公司印刷
（山东省临沂市高新技术产业开发区新华路 1 号 邮政编码 :276017)
开本：880×1240mm 1/32
印张：10.75 字数：217 千字
2016 年 8 月第 1 版 2016 年 8 月第 1 次印刷
定价：39.00 元

悼念我的父亲伯里斯·格鲁辛

我唯愿曾有更多时间

我们得救是在乎盼望，只是所见的盼望不是盼望，

人所看见的何必再盼望呢？

但我们若盼望那所不见的，就必忍耐等候。

——《新约·罗马书》8：24—25

目录

第一部　冬

1

“谁在最后？你是最后一个？他们在卖什么？”

“谁也不知道，但我希望是什么好东西。可能是手套，我的手冷。”

“我听说是进口的围巾。”

“哦，是丝绸的吗？什么颜色？要是蓝色就好了。或者绿色。”

“你的要求真是不高啊，女人？想要丝巾！有人跟我说，是牙膏。”

“牙膏？牙膏?!你这个蠢货，你以为所有这些人会在这里排队等买牙膏？”

“牙膏怎么了？我就需要牙膏。”

“瞧瞧你那口牙，还没见过牙膏吧。”

“哦，闭嘴！”

“你才闭嘴呢！”

“你们两个都闭嘴，不是牙膏。前面一个男的说，他们刚收到一箱女靴子，真皮的。”

“哎哟，我想死靴子了。那人在哪儿，我自个儿去问问。”

“他等烦了，半小时前走了。”

“不，至少走了一个小时了。”

“我觉得有两个小时了。那时候我还能感觉到我的手指。”

“好吧，那就不可能是靴子，不然他不会走的。”

“要是他还没结婚呢？如果他没有结婚，女靴对他有什么用？”

“兴许他有个情妇。”

“情妇！你们听见没有，情妇。瞧他那张蠢脸——比那边那家伙还丑！”

“嘿，怎么——他刚说我丑？……你，是的，就说你，你刚说我丑？”

“我就说了，怎么着？你想怎么着？”

“那我就让你瞧瞧到底谁丑，叫我把你逮住再说，挪挪，大伙挪挪——”

“嘿，小心你胳膊，后面有个老人，别推！”

“你算老几，敢命令我该做什么？”

“不是，不是，我不敢命令……我说，我不是——你误会了——我——”

“好，好，打掉他的牙齿，帮他省牙膏！”

“上帝，她就逮着牙膏不放！不是牙膏，不是牙膏，你个蠢妇！

跟你说过多少次了，不是牙膏！”

“真是的，看来谁也不知道他们究竟卖什么。不过，可能真是什么好东西……好吧，我有点空闲时间，不妨排一会儿。你是最后一个？”

2

十一月某天，安娜下班回家，走了一条不同的路。常走的那条路上挤满了自发参加游行的人，庆祝**大变化**三十七周年。她通常是喜欢这些消遣的，但今天觉得很累，不想挤在人群中，趿拉着双脚走上几个小时，纵使她知道丈夫大抵也在游行队伍里，肩上扛着大号，排列在邻里志愿组成的乐队当中，那乐队的如蜗牛般的黄铜乐器正从她身后缓缓爬上来，响亮的凯旋乐曲吞没了整个城市。

还只是下午三点钟，但是由于夜色已经逼近，雪花飘浮，空气遂尔变得沉重。世界散发着加热的铜和枯萎的康乃馨的气味。走过几个街区后，街道冷清了，人们都去参加游行，这个位于城市郊外的社区赤裸裸地呈现出来，潮湿、黯淡，犹如北方某处海域因退潮而裸露出来的海底渣滓。安娜的平底鞋踩在人行道上，发出响亮的回音。她急步前行，似要逃离自己的脚步声，转进一条小巷道，穿过一个操场，操场外耸立着一些阴暗、破蔽的建筑，将天空遮没。她转过一个街角，放慢了脚步。

只见眼前有一小群人，十五或二十个人，在人行道上排队。秋末的最后几片黄叶，在他们裹着黑衣的后背上空旋转。又一支游行队伍准备出发，安娜想了片刻，得出结论，脚下加紧了步伐，把手袋紧紧地抱在胸前。

她走到这群人面前时，一个老人转身看着她。

“跟我们一起来。”他说道。

她想径直走过去，但还是止步，生怕如此断然地拒绝参加社区的欢庆会显得自己不爱国——但她已经看出人行道上的这些人不似兴高采烈聚集起来去游行的邻居。他们紧抿着双唇，一个个孑立着，手里没有挥舞自制的小旗，也没有高喊口号。她看见一个年迈的老太拄着拐杖，一个颧骨高耸的年轻人显然是大病初愈的模样。她犹豫地回头看那个说话的老人。他身穿破旧的土色外套，蔓延的阴影悄然侵食了他的面庞，整张脸掩没在一部蓬茸的胡须之下，干枯的皮肤上一道道深刻的皱纹，汇拢到眼角，使他的双眼成为两滩黑黝黝的洞。他那悲苦、目不转睛的凝视，扰得安娜心里慌乱，她看向别处——这才看见那个售货亭。

她顿时领悟方才理解错了，便松开胸前的手袋。这不是游行——只是排队。眼前那个小售货亭极不起眼，没有任何标识。仅有的窗洞前挡了木板，上面钉着一张手写告示。她离得太远，看不清字迹。她不记得以前这里是否有售货亭，不过，她已很久没有偏离日常路线了——数个月，甚至数年，或者更久。长久以来，时间变成了一团，融化为一种结实、僵硬、平坦的实体，略似混凝土，她出乎意料地这么自忖着，是的，如同一桶凝固的混凝土，日复一日平淡地过去，只有政府庆典时发放的糖果，一两片吮得干干净净的红色或黄色的糖纸，点缀这块巨大的时间混凝土。

当然，她不是抱怨。她过得很好，有这么好的生活。

他们都过得很好。

“那，他们这里卖什么？”她问道。

老人露出微笑，脸上便绽出更多皱纹，皱纹四周显得更黑暗了。

“你想要什么？”他柔声问道。

“您说什么？”

他说：“他们出售你最想要的无论什么东西。你想要什么？”

她看着他。一片树叶在凝结的空气里飘落。周围的人都很寂静，面容模糊，视线转向别处。这老人疯了。她领悟过来，感到一阵突如其来的寒意，仓促地走开。她疾步走过亭子时，看清窗口的告示，上面潦草地写道：*游行去了*。下面还写着一些字，但她没有停下细看，而是将视线固定在某个不可见的、遥远的目的地，同时感到那老人的目光一直落在她身上，把她从头看到脚，目光从她的头发移到脊背，落在她磨损了鞋跟的鞋子上。

当晚，她等丈夫游行归来之后，才叫全家开饭。或许是今晚吃得较平常迟，不知怎的，厨房显得较平常更狭小、阒黑。墙上那面黑白的时钟，又大又圆，直如火车站的钟一般光溜，木然地统率着最后一道短暂的光线消失，迎来迟缓、沉甸甸的阴影。安娜站在炉灶的角落，装作给母亲碗里再盛一勺汤，趁势观察她细细地咀嚼一粒肉末，看着儿子没精打采地把土豆片排在盘边，好似一圈城墙，再叠起塔楼，然后一一粉碎。默默地吃过晚饭，她的母亲和儿子走出厨房，她倒上两杯茶，给自己那杯加了一块方糖。接下来的一分钟里，她望着丈夫吹凉滚烫的开水，他的嘴唇阴沉地往下挂，下巴随着某种她无从跟随的内在节奏而移动。

最后，她咽下一声叹息，别转头去，看向窗外。秋末的寒风不知从何处钻进来，微微地撩动窗帘。透过窗帘的缝隙，黑夜回视着她，一张和蔼的面容映衬着光线，在阴影里显得模糊，又被黑暗勾勒出一张轮廓，隐约恍若曾经那张熟悉的、柔和的、青春的美丽脸庞。

“今儿下午我碰到一件怪事，”她轻声说道，好似自言自语，“我走过一条没人的路，然后——”

他厉色瞟了她一眼：“你没去游行？”

安娜的眼睛遇上浮现在窗玻璃上那个女人的眼睛，黑夜似乎填满了这些眼眶。她收回视线，看着丈夫。

“去了，去了，”她说道，“当然去了，去听你演奏。棒极了，我是说，当然，一向都很棒。”

“当然。”他说道，但声音显得有些气馁。他又开始搅拌茶杯里淡而无味的茶水。她等候着，然后又往茶水里投了一块糖，聆听它发出轻微的扑通一声，落到杯底，啜了一口。她丈夫没有再问什么，过了一些时候，她站起来，走到对面的水槽，小心地倒掉近乎满杯的茶水。

接着几个星期，学校里很忙碌，安娜很快就忘了人们在那售货亭前排队的事。直到十二月的某天，课间休息时，她偶然撞见两个教师在过道里低语。她走到告示板前钉年度作文比赛通告（今年的题目是《我最想见的革命英雄》），听见塔季扬娜·阿列克谢耶夫娜压低声音兴奋地说："不久前平空冒出来，没人，根本没人知道他们卖什么！"

"难道没有标识？"伊米莉亚·克里斯蒂阿诺夫娃问道。

安娜捏着图钉磨蹭时间，佯装扫视其他告示，感觉脊背突然绷紧。

"没有，没有标识，什么也没有。不过，我听说这个瞎传的谣言——"

尖利的钟声猛地在头顶响起。她回头看去，恰好看见数学老师凑近物理老师的耳朵，喊出最后几个字；物理老师露出无声的惊怪表情，笑微微的嘴唇像面团一样起伏。她想过去打听，但塔季扬娜·阿列克谢耶夫娜已经抿紧嘴唇，如同一张拘谨的小弓，大步走下过道，在身后留下一阵甜腻的香草香水味。伊米莉亚·克里斯蒂阿诺夫娃则被卷进因上课迟到而奔忙的孩子群中，向过道另一头去了。

安娜叹了口气，把图钉摁进告示板。

那天下午回家的路上，她发觉自己在一个拐角停下，然后觉得有些窘迫，便继续直走。然而，那天夜里，天亮前湿濡的朦胧时分，风吹得他们六楼的窗玻璃当啷作响，世界笼罩在铅色之下，她梦见自己转向左边，走到摆着售货亭的那条路。梦里那条路不似现实中的，在暗淡的事后回想里，她记得那条小路的一端是一座废弃的老教堂，另一端尽头是一道篱笆，犹如一张绽开笑容的嘴，露出稀疏的牙齿，道旁阴森森地立着一排六层楼房。梦里像是在某个奇异的城市，完全不像她见过的任何地方，一座破败的钟楼耸立在原本是教堂的位置，如同一根戳着控诉的手指，蛋壳和土豆渣顺着檐槽落下，光头、没有面孔的人体模型的身体被扭曲，躺在淹了水的橱窗里——然而她匆匆走过的时候，头发被风吹拂着，散发出蜂蜜的气息，笼罩在一圈阳光般的光晕里。她手里捧了一大束鲜花，她知道这是同一条路。人们仍在那里等候，但她不想停下。她不住地瞟自己的双手，优美光滑的双手，完美的指甲宛如珍珠般的粉红花瓣，一只手指上戴着美丽的戒指。然后那个老人抬头看她，他的双眼是两面漆黑的圆镜，但是在他的眼睛里，她没有看见蜂蜜色的头发，没有看到鲜花，只有一个正在老去、头发零乱的中年妇女，身穿一件丑陋的棕色裙子。

安娜讨厌做梦。梦富有一种捉摸不透、荧荧闪烁的品质，如同从**大变化**前那种彷徨不定、危险的虚幻里截下来的片段，至少如同她在历史书里学得而想象的那种生活。那时候，她还太小，没有留下多少记忆。她的生活很好，很安稳。他们从来没有挨过饿，冬天公寓有供暖，他们也享受这蛮不错的舒适，有很多成就。比如，去年春天她被评为区年度教师，奖了一卷红绸——不是真的丝绸，但也很平滑光亮——她用这红绸做了两只漂亮的枕头摆在床上。当然，并非一切都完美，但是如果她能改变生活里的一件事，任何一件事，她不知道会选择哪一件，因为她的生活很好。

那天她坐在讲台上，又一次这样对自己说。然而，心里思忖之时，她的嘴唇必定动了，甚至可能轻声说出口，因为有些孩子停下手中的笔，正抬头看着她，蔫头耷脑的，没有好奇心的眼睛就像纽扣和甲虫。她赶紧垂下眼皮，察觉自己在看双手，不再年轻的女人的苍老而裸露的双手，指甲短秃，手指太短，指头沾满了粉笔灰——她心里随即知道，一到下班时间，她会立刻走进午后那耀眼的白光。

转进那条路时，她不由得倒吸了一口气。售货亭前排了五十多人，前胸贴着后背，占据了整个人行道。售货亭一如前次那样关着，紧闭的窗洞上又贴着一张纸。

她走近前去，眯起眼睛读那几乎无法辨认的字迹。

吃午饭，三点钟后回来。告示说道。

她看看手表，两点半，然后回头看看队伍。

“我说，他们在卖什么？”她问道。

一个阔脸的女人，头戴毛皮帽，嘴唇涂成熟樱桃色。

她耸了耸肩，说道：“我希望是进口皮靴。”

“我听说是小孩外套。”她身后一个男子怯声说道。

“你这笨蛋，他们不会在售货亭卖小孩外套，”他身后一个胖老太婆嘶声叫道，“我猜是蛋糕。千层蛋糕，上面洒着椰丝的。”她咂了咂嘴巴，接着说道：“上周电车站旁的售货亭有卖，还没轮到我就卖光了。”

“那么没人知道了。”安娜沉思地说道，又看了看手表。她有半小时空闲。当然，换作其他任何日子，她根本不会考虑把时间浪费在排队等买只有上帝才知道的什么东西。不过，今天——今天不一样。她蓦地领悟，今天，她想有个惊喜。事实上，她觉得今天有权利得到一个惊喜。她下定了决心，急忙走到队伍末梢，在飘落的雪花里眨眼。落日将周围的事物照射得既光亮，又模糊，把城市割裂为寒冷与绚烂的刺眼的三角形。她站到队伍末梢，心想是蛋糕的话，算是运气好了。她喜欢——期待一口甜蜜的滋味滑下舌头的感觉，把整个宇宙浓缩为一小片薄脆、洒满糖霜的时刻——不过，当然了，她乐意接受任何好东西，譬如一双散发微弱的化学气味的透明丝袜，或者一小方瓶宝石红指甲油，又或者一块光滑的茉莉味香皂。有一次，也是像今天这样的冬日下午，她碰巧遇上一个卖橙子的售货亭。的确，橙子很酸，满是坚硬、苦涩的籽儿，但闻着好美，好美，叫她想起自己都不知道竟然还记得的某件事，童年最遥远记忆里的某件事：丝绸镶边、堆积天鹅绒垫的广阔空间越来越幽暗，窗帘升起，摇曳起深红和金色，壮观无比，声音、动作、色彩涌动，僵硬的蕾丝衣领擦痛了她的下巴。她倚身探出衬软垫的剧院楼座栏杆，吃力地剥一颗橙子，眼睛时而望向舞台，时而看着橙子，时而又望向舞台。芬芳、多孔的橙皮在笨拙的手指间盘旋，还有那个不见其人的声音，她父亲的声音，贴在她耳边说道：“那里——她在那里，穿白色的，看到没有——”

“你们在等什么？”有人问道。

这问题把她从白日梦中惊醒，重新回到色彩疾速而逝的世界。

灰暗的空洞如同阴影，如同因为度过了整整一天而困倦的昏昏欲睡的野兽，已经在脚边蔓延。懒洋洋的雪花在空中游荡。

她蹙起眉头，看着眼前这个苍白瘦弱的男孩。不曾在学校见过他，想必不超过十岁。她记起自己的儿子在这个年龄时的模样，但这个男孩丝毫不像他。

“我想没有人知道。”她说道。

“可是，如果你不知道是什么，”男孩说道，“你怎么知道你需要这东西？”

他没有戴手套，用一只手拢着另一只手。

“我敢肯定会是好东西，”安娜耐心地答道，“不然，这些人就不会在这里排队了。”

男孩看似迷惑了。他的眼睛是两片小小的冬日天空，她能在那眼底看见自己，一如在那个梦里——两个黑暗的小人影，淹没在回旋的云里，然后一眨眼消失了，被雪花濡湿的睫毛一眨，便抹去他们的影子。

她冲动地说：“不管怎么说，不知道更好。也许是你不需要却确实会喜欢的东西。就像一份礼物。比如鲜花——”

她顿住了，觉得有些窘迫。男孩若有所思地呵手指。

她看着他呼出的袅袅白气。

“不知道妈妈会不会喜欢，不管是什么东西。”他说道。

“也许是香水。”后面隔几步的一个女孩说道。

与此同时，队伍在延伸。

安娜瞟了一眼手表，已经过了四点，不由得心里一惊，向男孩问道："你要站我的位置么？我得走了，家里人要担心了。"

"让他跟其他人一样去排队。"她身后有人呸了一口。

"就是，他又不跟你一块，女人！"又一个声音嚷道。

"他只是孩子。"安娜责备道，但男孩已悄然离去。"不害臊！"她叹道，却说不准自己到底是什么意思。然后，她最后瞟一眼那紧闭的窗洞，奔过在黑暗里消失的城市。

她气喘吁吁地奔进公寓，心里准备着晚回家的合理解释——由于某个原因才回来晚了，她不愿告诉家人，自己在年末太阳早早落山的寒冷天里徒然排了两个小时的队——但没有人问她。她在炉灶前忙碌。七点钟，家人坐下吃晚饭。丈夫获准今晚休假。她在前次喝茶后保留下来的湿濡无味的茶叶里冲开水，母亲一如既往地起身，默不作声地走向自己的卧房。安娜在桌上摆开三只茶杯，在昏暗沉闷的厨房阴影里，看看丈夫，又看看儿子。

"我本来希望今晚买个蛋糕的。"她欢快地宣告道。

"蛋糕总是好的。"儿子意兴阑珊地接口说道。

在这寂静的小空间里，她能听见时钟的指针窸窣地跳向下一分钟，听见茶水流下丈夫喉咙的吞咽声。"你记得吗？"他说道，没有抬起头来，"以前他们把那些细小的蜡烛插在生日蛋糕上，多少岁生日就插多少支，然后许个愿，吹熄蜡烛。记得吗？"

她笑起来，略带挑逗的口吻，言不由衷地反驳道："不记得，不记得，哪里插得下！"心里却已经开始想象肺里鼓气，嗖嗖地吹息，四十三支蜡烛的跳跃火焰在茶杯的凸面和茶匙的凹面投下温暖的金红光芒，然后火焰一涨，一同熄灭。她已经开始思忖许什么愿，愿望得到哪个特别的、出乎意料的、可爱的东西……

丈夫没有反驳，眼睛盯着茶杯。儿子说道："嗯，不管怎么说，生日快乐！"

儿子神情的惊愕，似乎表明他是现在才记起来的。

那天夜里，安娜蹑脚走过漆黑的过道，撞上母亲。母亲用细瘦的胳膊环住安娜，抱紧了她，轻盈得犹如一只小鸟，过了片刻，放过她，就像惯常一样，无声无息地、轻快地走了。

安娜望着母亲的背影，凝立不动。在眼前的黑暗里，那扇门轻轻关闭。

次日清晨，她碰巧出门早了些，便有时间绕远路。毕竟也不算绕道，只是多走几个街区。太阳还没有升起，售货亭仍关着。大多地方九点才开门，但人们已经开始过来，闲散地从各条人行道上走来，在破晓前清澈的绿色晨光里，如同消逝的昨夜所遗留的口袋和补丁。安娜看见戴毛皮帽、嘴唇明艳的女人排在队伍末梢，踌躇着走上前去。

"早上好。或许您还认得我？我昨儿在这儿，但我得去——"

那女人茫然打量她，眼皮上闪烁着时髦的薰衣草光泽。

"请问，他们后来卖什么了？"

"什么都没卖，"那女人说道，将轻薄的围巾拂过肩头，"这个该死的售货亭从没开过。不过，今天肯定会开，我能感觉到。不管是什么东西，很快会卖光的。"

"哦，"安娜摆弄着手套，以免总是忍不住盯着那女人正在魅惑旋转的耳环，“要是您不介意……我得去上班，就几个小时，在一所学校里，就在街角。我是文学教师……能否麻烦您好心帮我留着这个位置，我一下班就来——”

“厚脸皮，”那女人漠然说道，“脸皮够厚的。你以为就因为你受过教育，就不用跟其他人一样排队了？”

“不是，不是这样……我不是……我很乐意来替换您，我一下班就……我是说，我们可以轮流——”

她们周围聚拢了一些人影，摇头、啧啧地叹息，那女人转过身去，行云流水般继续晃动耳环。安娜羞惭难当，戴上手套，埋头踉跄走开。但是在学校的一整天里，每当想起自己的大胆行为，心里就觉得一阵尖锐的羞耻，掺杂着极大的不耐烦，令她渴望在上课之时冲出教室，不等学生听写完《致东部工业成就的颂歌》，飞奔过白色的街道，来不及系纽扣的大衣在身后拍打。下班前一小时，副校长走进她的办公室，翻动着他那鱼嘴般苍白的嘴唇，兴高采烈地告知她得多待些时候，监督放学后受罚留校的一个男生。她终于收起作业本，挣扎着穿进外套的狭窄衣袖时，已经过了五点。黑夜已在城市上空拉下帷幕，窗户映照出惨淡、平和的灯光，光秃的黑枝桠在半空摇摆。她正好赶在排队的人散开时抵达，看见戴毛皮帽的女人踩着愤怒的步伐消失在黑暗中。售货亭又拉下了窗板。

她慢慢地走近前去，停下脚步。窗洞上又贴了一张告示。

借着颤抖的路灯，树枝的阴影总是落到字迹上，她竭力辨认，最后看清楚了：

歇业结账。星期一开张。

身后传来脚步声。一个男子迈着沉重而缓慢的步履，竖起的衣领遮住面庞，肩膀迎风弓起，一面咕哝："他们以为想做什么都可以，是吧？哪个做恶作剧的人路过，架起这个破玩意，然后就走开——"

她的心开始急跳。"不好意思，请问一下，"她喊道，"您能否告诉我——他们有没有说星期一要卖什么？"

她意识到自己心里害怕，害怕黑夜向她抛来这样的答案："洗衣粉！"或者"袜子！"她不再想要平凡琐碎的东西。现在事情变得就好似她果真开始以为那东西是——不管是什么——特意为她准备的一份神秘的生日礼物，尽管她知道这不合理。

那男子已走出半个街区，几乎看不见人影，变成黑暗里一团更浓重的黑暗，但他那尖厉、愤怒的话划过空荡的街道："没人知道，女人！你要是那么好奇，干吗不自己来排队？"

安娜长长地嘘出一口气，拎起提包，走过雪地，每走一步，脚下就带起晶亮的雪花。在街角，梦里那个疯老头坐在马路牙子上，拿通红的烟头在半空画出炫亮的符号。经过他身边的时候，她心不在焉地露出微笑，拿出钥匙开门的时候，嘴角仍带着笑意。

她心神不宁地度过接下来的数日，无所用心地做日常事、干家务。星期天晚上，售货亭开业前的夜里，她躺在床上无法入睡，望着偶然开过的汽车前灯照在沉睡的丈夫的身上，回想起那一天，五年前，不，不是五年前，是七年前（他们在庆祝**大变化**以来的三个光辉年代，城里飘荡着被十一月的风刮得四处飞舞的节日旗帜）——她是在那天把方锡盒带回家的。

盒盖上有一幅画—— 一头大象站在一块用鲜艳的红黄图案绣成的华丽锦缎之下。她独自坐在厨房餐桌前，在电灯的微弱光线下，将锡盒抱在怀里，犹豫着要不要打开，从来不曾如此长久地犹豫过。最后，她小心翼翼地拿刀尖松动盒盖，然后撬开，释放出里面干燥、浓烈、芬芳的香味。这香味不似某种东西，但她觉得其中似乎包含无数气味。这些气味一波接着一波地涌进厨房：五月乡野清冽的日出之时散发的清脆的西瓜味，六月满月夜水仙花令人迷醉的甜蜜，七月蓝色夜暮落下时站在淡色墙壁的房屋阳台上从阵阵笑声中闻到成熟的青草味。

记忆保存这些气味的方式真是不可思议，她沉思着，完美地保存着，好似珍奇稀罕的矿石标本，摆在秘密抽屉的黑色绒布上，每当一种长久遗忘的气味促使她打开盒盖，那股气息就会随时散溢出其闪烁的奥秘。她的母亲在**大变化**前最后一个夏天租赁了那幢房子。还有其他一些孩子、邻居、朋友。在旋即涌来的令人窒息的气味里，她记得茶匙敲着茶杯，记起客人聚来喝茶之时，母亲在那架摇摇晃晃的钢琴上弹那支弹过无数次的忧伤曲子，妩媚，飘逸。安娜从来不懂音乐——可以说，她甚至不怎么喜欢音乐，她喜欢安静——但这支曲子是例外，它忧伤、简单、特别，每一次听见，就觉得似有人将冰冷、灵活的银色指尖在她脊骨的琴键上轻快地上下滑动。

她俯身靠近盒面画着大象的铁盒，尝试着哼唱那支曲子，但是不太记得旋律了。然后门嘎吱地开启，她的母亲正看着她，眼睛宁静，瘦得可怜的纤长手指拉紧旧睡袍的领口。安娜竭力抹去脸上所有快乐的痕迹——然后她的母亲开口说道："地道的东方茶叶，多美好，我们一起喝一杯？"她的声音轻松平静，静得如同她以往那般对安娜说话，静得好似这么多年来她不曾一直保持那冷漠、令人发疯的沉默——安娜感觉获得了准许，可以把那快乐在脸上再保留片刻，她不得不别转头去，凝视窗玻璃所映现的母亲那异常挺直的轮廓，以掩饰眼底突然涌出的泪水。

当然，安娜是在茶叶喝完后留下了这只锡盒。当她确定无人注意的时候，就经常会这样打开盒子，把鼻子贴在冰冷的金属内壁，深深地吸气，深深地吸气，试图回忆。然而没有新的记忆涌来，那支曲子不曾化作更清晰的旋律。过了一些时候，她母亲恢复素来的沉默，紧抿着两片薄嘴唇。之后一两年里，安娜在锡盒里装了各种零星的纽扣。她儿子好动，总是扯落衣服纽扣。

星期一早晨，她做出令人难以置信的事：给学校打电话，一面往电话筒打喷嚏，一面说话。秘书同情地答道："哦，是的，最近发流感。伊米莉亚·克里斯蒂阿诺夫娃也病了。往开水里挤个柠檬试试。"

"我会的。"安娜撒谎道，匆匆穿好衣服，从写字台底层抽屉的一只袜子里拿出全家的积蓄（谁知道，万一是昂贵的东西），走出门去，把提包紧紧搂在胸前。

天色尚早，售货亭前却已排了三四十个人。其中有个身量矮壮的女人，脚穿毡靴，酷似物理老师，但她用花哨的毛线围巾蒙住脸，安娜说不准是否是其人。安娜也拉起围巾，裹住整张脸，仅露出眼睛。然后掏出特地带来的书，这个国家最受崇敬的诗人的最新诗集，她常布置学生背诵其诗作。她开始阅读，嘴里无声地念出词语，这是教师的习惯：

残酷诸神的工作
躺在废墟里。
石柱的碎片之上
燕子在飞翔。
人们欢喜
免却了奴役。
巍巍的庙宇曾经驻立的地方
而今躺着——

“啊！”身后传来一个声音，“已经来了？介意我加入吗？”

今天她的唇膏是难看的橙色，安娜心有余恨地看着她。

“你不该插队，”安娜说道，“末梢在那边。”

队伍迅速地膨胀。

“行，反正我又没要你帮助。”那女人满不在乎地宣告，傲慢地甩着优雅的耳环走开。

“但愿轮到你的时候就卖完了！”安娜嚷道。正在这时，那个可能是又可能不是伊米莉亚·克里斯蒂阿诺夫娃的矮壮女人似乎朝她这个方向一转，她急忙收声，为自己如此不同寻常的冲动而心下难堪。

接着一两个小时，她试图阅读，却发觉难以喜欢这些诗歌，要么是因为她无法集中注意力，要么是因为其他的原因。早晨凝结为阴沉的下午，风刮得越来越紧，沉重的时辰好似一个个污迹斑驳、冰冻的雪球，被冷风刮来刮去。她果断地合拢诗集，一动也不动地站着，聆听人们的对话在身边浮现、冲突、消逝。人们争辩排队所为的那件未知的商品。时或有人抱怨不已之后离去，又有人加入。不久后，安娜获悉，在过去两个月里，这个售货亭已经成了这个社区的执念。它是在秋天出现的，不同于当地其他售货亭，那些售货亭都很有规律，没有遮遮掩掩的秘密，卖廉价香烟、蔬菜，或者在短暂而激动人心的一些时候，卖过巧克力和化妆品。这个售货亭却从未卖过任何东西，即便那个脸上涂得厚重的假金发女郎在售货亭窗内出现的时候，也不曾卖出任何东西。那女人不回答任何问题，越发叫人怀疑里头有什么重大的秘密。一个个星期过去，猜测和焦虑有增无减。不时有谣言传开。人们传说是进口水晶或绝妙的玩具，或者独家书籍订购，或者政府发售的新彩票，有机会赢一部轿车或者海滨度假。有个富有生意头脑的男子最近开了赌注，打赌那个神秘之物最后开售的日期和确切时刻。当然也有怀疑者——“冷漠、干枯的灵魂”，安娜身后一个男子嘟哝道——他预测最后卖的会是一些可怜又可笑的东西，比如听装汤或者火柴。他经常走到队伍这边，奚落这些笃信的蠢人，嘲笑他们不惜冻僵自己各个身体部位。但住在附近的很多人都养成了习惯，每周来这个售货亭前排一两小时的队，以防万一。更有些人乘电车老远赶来，除了家庭主妇和领抚恤金的之外，还有其他不少人每天来排队。听到越多，安娜就越发有一种生活要起变化的预感，尽管她不知道是小变化还是无限的大变化。不过，无论如何，她想着，总归是会让她和家人更快乐的东西，或者给她的日常生活增添一点简单的美感，甚或注入她的整个存在，渗进这个存在的裂缝和空虚里，将其编织得更紧密、更灿烂、更饱满。

刚过四点钟，队伍往前涌动。她感到有人用下巴拱她的后背，抬头看去，只见一个穿制服的男子拿钥匙开售货亭的门。下一刻里，她被挤得鼻子贴近前人的后背，脸紧贴着那人湿濡的外套，身躯夹在拥挤的人群里不得动弹。

“怎么回事，我看不见。”她央告道，但话音被淹没了。

一股粗重的呼气擦过她的耳朵：“窗板打开了！”

她周身被整个世界密实地包围，眼前都是棕色的衣服，寂静无声，因为人人都屏息而待，从而使空气都变得温暖起来。下一分钟缓慢地、不可更改地伸展开来，如同一种黏稠的液体泼洒出去。一只尖锐的高跟鞋擦过她的小腿，某种坚硬、带棱角的东西撞痛她的臀部。她闭上眼睛，让整个身心保持静止，融进潮湿的羊毛散发的略带酸味、诡秘的气味里，融进人们呵着白气相互交换的低语和期待里。

队伍一下子松弛，发出声声抱怨。

“别又是一张字条！”一个女人哀号道。

"告示？说什么？"

有人大声念道：因流感休业。一月份重新开张。

队伍变得松散了。安娜挣脱周围重重的外套、膝盖、胳膊肘，适时赶上看见窗板咔嚓一声拉下。穿制服的男子走出来，操作门上的锁。在周围沮丧的沉默里，听得见金属抗拒金属的轻微的刮擦声，闻得见铁锈味。看着那男子闲步离去，她冲动得想跟上去，询问，质问，但她站着没有动弹。

无人移动。

最后一个礼貌的声音高喊："打扰一下，请问他们到底有可能在这里卖什么？"

穿制服的男子继续走路，像没有听见似的。

"我不知道你是怎么想的，我可受够了！"嘴唇鲜艳的女人说着，捷步离去，身后飘拂着丝巾和毛皮。人们咕哝着散开。安娜又逗留了一些时候，尽管心里明白不会再有人来，不会再有事情发生。最后她也往家走。当然，她已经决定新年第一天就来这里。出乎意外的是，她似乎毫不介意这样排队。

走在渐渐昏暗的街上，平底鞋落在冰冻的人行道发出沉闷的节奏，听得她心慌，她心里感到坚定而轻快，怪怪地充满了希望。

3

几天后，谢尔盖怀着一种压抑的期待醒来。他试图咬紧牙关抵抗失望，因为他向来深信命运会尽其所能再次在最后时刻欺骗自己：剧院经理会打电话来说以后不再需要他晚上去工作，或者会在路上滑倒摔断一条胳膊，或者——或者发生任何一种他不愿多想的情景。他从容地度过每天的时间，佯装不会有异乎寻常的事情发生在他身上。他不慌不忙地吃早餐，细读报纸头版，然后照常关起卧室房门，演奏妻子所谓的他的“歌曲”。

他心里自然明白，如此严格的练习根本是多余的，因为平常要求演奏的音乐仅是粗陋简单的调子——点缀颂歌和游行的铜管乐高音，不值他的时间，不值他的气息，不值他吹送到乐器里使之颤抖的空气。事实上，他鄙视这些调子，同样也鄙视那些同胞，未经挟持又非逼于无奈，游行队伍涌过街道之时，便那般温顺地汇入，跟随这曲调空洞、轰隆的喧闹。即便如此，他仍日复一日地沉溺于此。单是从大号吹出一连串乐符，便足以令他的胸膛充满磅礴、风云际会的起伏心潮。他闭上眼睛，直到想象其他乐器交汇，澎湃地演奏整支乐团的辉煌，旋律在他的脑海里越来越迥异于眼前吹奏的陈腐音符，越发似他长久以来梦想去听、去演奏的杰出、繁复、独特的交响乐。

今晚，他思忖道，今晚终于有机会了。

他怕触霉头，还没有告诉妻子。

三点钟，他搁下大号，细致地擦亮仅在特别的场合下穿的皮鞋，弹去他最好的西装领子上肉眼不可见的数粒灰尘，开始穿戴。他努力不去留意西装的腋窝有些紧绷。三点半，穿戴完毕，他看看手表，拿起大号，又开始练习。低沉、毛糙糙的刺耳音符再次响起，像马戏团笨拙的黑熊，在无形的楼梯爬上爬下，激惹得楼下邻居拿起扫帚捅天花板。他努力不往心里去。四点钟，他放下大号，看看手表，找到晨报的余下部分，阅读社论。四点三分，他叹息一声。四点五分，他看看手表。四点七分，他把报纸揉成一团，抓起大号，打开卧屋房门，冲进过道。

过道里烟雾腾腾，他咳嗽着摸进厨房。淡蓝的夜色已从厨房仅有的窗户透进来，犹如水缓缓地倒进玻璃杯。窗下是一只劈开的鸡，躺在塑料桌布上，罩在油腻的灯光下。他的妻子站在炉灶前，手拿勺子在锅里搅拌。

“恐怕洋葱会有点生硬，”她露出抱歉的微笑，抬头看他，手里停下搅拌，“哦，谢廖扎，你不必这么正式的，就我们四个人，没有什么特别的——你看起来真——”

他低头调整领结。

“是的，那，”他咕哝道，“我是想告诉你，我们在城里有个约，最后一分钟决定的那种。伊万·阿纳托利耶维奇亲自邀我。我不吃晚饭了。”

她倒吸一口气，手中一松，勺子哐啷落在地板上，汤水四溅。一滴浑浊黏稠的东西顺着墙壁滚落。

他急忙后退，掸着衣袖。

她说道：“可是，谢廖扎，我跟楼下借了一块芝士、一个番茄，第二道菜打算做蛋奶酥。毕竟是——”

她的母亲悄然走进厨房，纤小的身影挺直、高贵，一言不发，悄无声息。他们望着她优雅地在杂乱的锅盆之间飘移，往那只她专用的镀细金边的细瓷杯倒茶，然后无声地走出去，耳垂闪烁着她一直佩戴的那对珍贵的耳环。

听着房门关上时发出的那声刻意收敛的得体的咔哒响，他松了一口气。

“我得走了，”他不看她的眼睛，“已经迟了。”

她跟随他走到玄关，站在那里看他系紧鞋带。

“可别忘了你的大号，”她说道，嘴角勉强挤出一个可怜的微笑，声音颤抖，濒于崩溃，又加了一句，“明年见！”

他记得她的笑声，轻快、娇憨，尾声渐渐扬高，变得近乎欣喜的尖叫——开始的时候，那么多年以前……他的心一紧。他最后紧了紧鞋带，站起身，猛地拉开屋门。

“新年快乐。”他站在门边说道。

她可能回答了什么话，但他已经走下一段楼梯。

极目望去，路上阒静无人，街灯初上，光晕在寒气里染成了蓝色。他奇迹般地遇上一辆电车，扛着笨重的乐器，费劲地跳上车，从咣当直响、漏风的发黄车厢内望着冰冻的公寓楼在冰面滑过，倒退进黑夜里。起初望见的只是一团破蔽的模糊形状，然后城市景象越来越明亮，不再都是几何形状。接近市中心时，就看见很多装点了花花草草的花俏的小阳台，从遥远、沉睡的年代流传下来的色彩明亮轻快的宫殿外，凝立着女雕像柱。最后他被要求在一条人行道上下车，正好看见一排肃穆石柱之后，一幢巍然的蓝色大宅。他看见使馆大门前已经轮流走进很多中年男子，他们身穿松垮垮的外套，肩上似乎扛着重负，身体佝偻得不成样子。

他把档案递给岗亭里的警卫，双脚不安地交替踩踏，耳听积雪在鞋下的呻吟。鞋子已超过十年，有些夹脚。

“进去。”警卫说道。

“可是，我的档案——”

“进去。离开时发还给你。”

警卫的眼神似一串冗长的尾音。

他犹豫片刻，然后走了进去。

展睫之间，瞥见令人叹异、耀眼的大理石和水晶，就在眼前那一道道门厅之外清晰可见的镶镜大厅里。但他已被领进一个逼仄无窗的房间，无异于他日常生活打交道的那些房间。安检细致得令人觉得受到羞辱。之后，他被带进一条漆黑的过道，走下一段员工专用楼梯，进入另一间无窗的房间。已有些人在等待，尴尬地靠墙站着，惨淡的铜管乐器闪着光芒，弦乐器死气沉沉地关在黑色棺椁里。他看见斯维亚托斯拉夫立在墙角，站在他那些臃肿的鼓筒后，显得瘦怯怯的。

房里只有一把椅子，摆在高高地叠着文件夹的书桌边，椅上瘫坐着一位头发梳得油亮的男子，西装比自己这套体面得多。那男子在说话。谢尔盖急切地想听他在说什么——关于被选为国家代表，在外国势力面前捍卫国家尊严的荣耀，国家赋予他们的信任——谢尔盖环视房间，向一两个熟人点头，把大号挪到另一肩头。结婚戒指擦过大号，铜金属发出一声响亮、空洞的铿锵，立刻感觉到那人铅灰色的眼睛在自己的身上钻出洞来。“我重复一遍，千万不要，不要跟他们当中任何人以任何方式交谈或眼神交流，”那人说道，空洞无光的眼睛紧盯着谢尔盖，“当然了，无须再提醒你们，你们每个人在今晚之前和之后都要接受严格的搜查。”

他露出威胁性的浅笑，缓缓地往前倾，拍拍桌上那叠文件。他的指节摩擦硬纸板的闷声令谢尔盖浑身发怵，如同指甲故意刮擦窗台的声响。

一时间，房间里一片死寂。

“解散。”那人说道，露出无比厌烦的神情，伸手探向一只抽屉。

谢尔盖已迈过门槛，往后瞟了一眼。

那人正在剪指甲。

另一条过道回荡着令人心悸而又不可见的哨兵的足音，似乎一直朝他们而来，却永远不见走近。从过道到地下室，其他乐团成员，大约二十多人，已经聚集在那里。又一个男子，身穿华美的燕尾服，阔步迈过他们面前，干练地分派乐谱。谢尔盖惊得屏息，望着那个燕尾服端着架式在房里踱步。他的手指也终于接触到那叠纸，胸膛里涌起一股轻快、寒凉、甜蜜的期待，驱散了所有恐惧。每个被挑选参加这件大事的人，都要签一纸誓约，不得透露任何目睹或表演的任何事情，但他已听闻传言，在令人疲惫的游行队伍里，在震耳欲聋的刺耳音符之间，听见半掩半露的低语，流传逃亡以及其他大胆的企图——这些都足以让他相信，那边来的音乐绝不似每日在他肺里淹没、经政府批准的这些虚饰夸张的垃圾——足以让他相信今晚终于要演奏真正的、特别的音乐。这音乐值得他这些年里的反复练习，值得他忍受楼下邻居拿扫帚捅脚下的地板，值得儿子重重地摔上房门，妻子蹑脚走过身旁，一边用手指揉搓额头，掩饰着不敢抬头叫他看见她那麻木、饱受折磨的目光……

“我们九点左右回来。我们相信这点时间应该足够了。”穿燕尾服的男子站在门口说道，他走出门外，在身后关闭镶金属的门。谢尔盖几乎没有听见钥匙锁门的声响。他手指笨拙地急急翻开乐谱，浏览第一页，翻到第二页，然后把乐谱凑近眼前。地下室的灯光微弱。一段时间过去。冲上脑际的血液渐渐消退，他突然能够听见水管在地下室深处轻缓地汩汩流动，没有关紧的水龙头持续不断的、有规律的滴水声，身后那位肥胖的大号手的喘息声。他翻过一页，眉头紧皱，眼睛扫过又一支曲子，感觉心里浮起的那种空洞的预感，现在已经凝结为强烈的怀疑。

有人咳嗽一声，又有人把乐谱搁在椅上。

“那，我们要不要试试？”一个热忱的声音询问，“各位可曾领会到这东西的感觉？”

他们都支起乐器，开始演奏。一段平庸的小调替代另一段，乐音在地下室飘荡，似肥皂泡一般轻浮。

七点钟，有人送来了装在托盘里的食物和饮品。酥软的小圆饼和薄脆的小长饼。这些精致的点心里裹着溶化的芝士、橄榄末，点缀着鱼子酱，装饰着气味浓烈怪异的肉片、香料，高脚杯盛着绿宝石色和天蓝色的液体，杯里溢满气泡，却完全没有酒意。他们停下休息，很多人笑起来，面庞兴奋得涨红了。只有谢尔盖仍坐在椅子上，眼睛木然地瞪视，乐谱仍摊在面前的乐谱架上。斯维亚托斯拉夫吃力地挪到他这边，抬起旧西装磨得发亮的肘子捅他。

“你怎么看这事？尝过那个没有？”他高声嚷道，颤动的髭须上挂着汗珠，混合着点心屑，“你闻闻，闻闻，仙品哪，是不是？”

谢尔盖含糊地点头，虽然他闻不到任何气味。他天生没有嗅觉，儿时他被告知是鼻道的小异常。“我不饿。”他说道。

“来，来，尝尝，你会感谢我的。怎么了，不舒服？”

他从鼓手的掌上抓过一块多层酥软的糕点，不知其味地咽下。

“简直不像属于这个世界的，是吧？”斯维亚托斯拉夫叹息道，唾沫直溅到他身上。

"确实。"谢尔盖答道，移开视线。

九点差一刻，门又开启，各人得到一件领口紧绷的洁白衬衫，一件燕尾服，扣眼上别着一朵微湿的白花蕾。"反正鉴于舞台的布置，没人看得见你们的裤子。"换衣服之际，他们这样被告知。然后，他们被领到楼上，走进谢尔盖数小时前瞟见的大厅，被安置在大理石和水晶中间，露出腰部以上光鲜的黑白礼服。双扇门开启，舞会开始。乐曲停顿的间歇，谢尔盖瞥见酒杯轻碰，发出昂贵的细微清脆声响，浅绿和银色相间的沙发在镜子的模糊空间里无尽地退缩，犹如丝绸般的优美海面轻轻掀起的波浪。男人宽阔的下巴从黑面具之下探出，嗓音低沉；女人的尖下巴从玫瑰色面具之下翘出，嗓音高扬。光芒，光芒，光芒，那多枝烛台、枝形吊灯照射出的光芒，犹如一群晕头转向的飞蛾在天花板下飞掠，如此壮观恢宏的天花板，仰头看得人脖颈都酸痛。

谢尔盖没有仰头看。

午夜，角落的大钟齐声敲响，高大的窗户顿时推开，宾客欢呼、亲吻，将面具抛向空中。一条银丝带在半空狂舞，盘旋着落到谢尔盖的衣袖上。乐队轰隆隆地奏响，往颤音扬高。然后，渐渐地，兴高采烈的手势逐渐歇止。最后，乐手们得到暗示，不可再发出喧闹，钟声已停，面具都已落下，谢尔盖顿时意识到从北方照来的寂静的光线从窗外洒进来，大片大片宁静、寒冷的坚硬而暗淡的光斑落进窗内——他意识到大厅里每个人都在同一时刻意识到这个光线。

人群异乎寻常地寂静，好似一只无形的手捂住所有宾客的嘴。

“在我们的城市里，”寂静之中传出一个忧伤的童声，带着矫饰的外国口音，“要是新年夜打开窗户，就会听见钟声，街上到处是人，在唱歌——”

无形的手似乎又突如其来地松开，大厅四处扬起笑声。谢尔盖举手把借来穿的外套上的丝带掸到地板上，又奏了一支曲子。他原本期待会有不同的东西，然而这只是寻常的又一年——简直不值得忍受警卫那粗壮的双手顺着他的大腿摸索。

一两个小时后，他请求去卫生间。先前那个男子，身穿华美燕尾服的，将一双厉眼长久地瞄准在他的脸上，然后示意一名警卫——那警卫的小脑袋支在他那副极宽阔的肩膀上，小得叫人看着担心，简直像电灯泡撑在木架上。他们神情肃然，穿过大厅，燕尾服在前，宽肩膀押后，明亮的地板倒映出他们前进的身影。谢尔盖在门口转身面对他们。

“你们要跟我进去？”他木然地问道。

电灯泡看看燕尾服。燕尾服摇摇头。

“在这里等他，”他说道，“你，手脚快点。”

外面有更多镜子、鲜花、大理石。一扇扇门沿墙排开。他避而不看镜中映现的一个个神情阴郁、身穿不合身燕尾服的瘦高的中年大号手。这些影像在一面面镜子里躲开他的脚步，他试着推开一道门，双眼被陶瓷闪得昏花，颇费周折地打开门锁的弹簧机制。稍后，听见隔间外传来声响，欢快乐曲的片断，继而打击乐器发出一声轻击，声响随即中断，两串脚步声走过大理石地板，一个轻快而笃定，另一个步伐拖曳，显得老态。

水声溅起。谢尔盖拉起拉链。

“——那是三十六年前，要是我没记错的话，”一个低沉的声音说道，“他是在边境刚关闭后离开的。从海上逃出去。我们的损失，你们的收获。可是你确定？”

“哦，当然，”另一人答道，“我们的报纸都在说。”

第二个声音有些沙哑，因年高而嗓音破哑——那么该是拖脚步走路的人——然而让谢尔盖吃惊的是那口音。说话的是个外国人。

他收住正要扣皮带的动作，生恐暴露自己。

“是的，想想看，时间过得飞快，”带口音的声音又说道，“这么多年后——”话音淹没在水拍打洗手池的泼溅声里，接下来无尽的两三分钟里，谢尔盖凝固在半停顿的动作里，听不见任何词语，只有水声。然后水声渐弱，变成平稳的嘀嗒声，外国人的声音时断时续地传来：“……那么他们终于准许他……在家乡开一场音乐会……他创作的一部新交响乐……音乐会在明年新年夜……只有三百个座位，那门票就会非常——”

谢尔盖觉得如此竖起耳朵聆听，吃力得令耳内疼痛起来。水声更响了，接着本地口音响起，迫切地说道：“——他的音乐那么不正统，那么另类，难道他们不怕人们会——”

下一刻里，谢尔盖的胳膊肘下冲出一股如雷轰隆的水。他不小心把胳膊支在某个手柄上，松开了水阀。外面的人惊得噤声，紧接着听见有人拖着脚步匆匆离去，舞会的声响传进来，继而消退。谢尔盖无声地诅咒，打开门锁，爬出隔间，险些撞上一个身珠闪过难以察觉的、会心的眨眼。然后那人走了。

“这次事件会记录在你的档案里。”警卫嘶声说道。

谢尔盖恢复过来，结结巴巴地解释。他是乐团里最忠诚的成员，随便跟谁打听，问问鼓手，他从小就认识我，他会为我担保，问问经理，就是别把这个污点写进我清白的档案，只是个简单的误会，两个急于方便的人，可能发生在任何人身上，我永远不会，我四十七岁了，我从来没有——

那阴森的眼神似在他脸上刨刮。

“我们会紧盯着你的。”警卫最后说道，“回你的岗位去。”

警卫双眼里的微弱电灯熄灭。他得以回到舞台上，继续往大号里吹出活泼的音符。

接近凌晨四点钟，他们终于被告知脱下燕尾服。欢庆早已结束，空荡的大厅响着回声。一个身穿绸缎低胸晚礼服的女人，独坐在一张角落沙发上，面具歪斜着，没精打采地往因酒醉而洞张着的嘴里扔绿葡萄。谢尔盖往出口走去，胃里一阵阵颤抖的紧绷感，祈祷着能够毫无麻烦地拿回档案。他穿过前厅，走过敞开的正门时，看见两个男子在外面台阶上抽烟，用外语高声交谈。他停下脚步。他们现在露出了脸。其中一人说了些话，两人都笑起来，扔掉吸了一半的香烟。

“爱浪费的狗杂种，”斯维亚托斯拉夫咕哝着，赶上他，“来吗？”

谢尔盖打起精神，匆忙跟在鼓手后面穿过门槛，险些在打磨得精光的地板上滑倒。但那两个外国人已经转身进门，他只得退到一侧给他们让路。在门口，两人当中较高的那位，头发灰白，清澈的灰眼睛，单薄的贵族鼻梁，瞥了一眼谢尔盖，露出不易察觉而意味深长的微笑，一阵脚步声之后，谢尔盖听见有东西落在石头上的轻响。

那两人方才站过的台阶上落下一只薄薄的蓝色小盒子。

他惶恐地四下张看。无人注意。乐团的最后数人正从前面的岗亭接回档案，燕尾服背影已经退进身后的使馆。他弯腰抓起盒子，盒子发出一道金光，照进他眼中，不期然发出咣当声，骇得他差点扔掉。里面装有东西。他把盒子揣进兜里，上嘴唇闪着汗珠，心脏直颤，急步赶上其他乐手。

他的档案里没有记录当夜的事件。

两三分钟后，他已通过大门。

使馆外墙仍然灯光通明，灯光透过鲜艳的丝绸窗帘照射出来，往铁艺栏杆旁的雪地上投下一片片暗淡的红色、绿色和蓝色的光斑。再走出数步，便进入黑暗、寒冷和静寂。号角手、长号手，以及柔懦、眼珠暴凸的小提琴手，相互委顿地道别，往不同的方向走去。接着几分钟里，雪地里发出嘎吱的声响，然后一切恢复宁静。

“哎呀，那舞会真壮观，”斯维亚托斯拉夫说道，使劲地张大嘴巴打呵欠，竟把肥厚的双下巴拉得平平，“当然，他们的音乐挺糟糕，但他们会享受，你可得承认这点。”他把脸凑近谢尔盖的脸，“别告诉任何人，太危险了，我还是偷带了点东西出来，给我的爱人，看——”

谢尔盖看了看那团裹在油腻餐巾里的碎点心，点了点头。

“嗨，要不要到我家坐会儿，喝两口？我跟你说，我们今晚看见的那些女人，颠着高跟鞋，一个个跟长颈鹿似的！不过，要我说，都太瘦——”

“我说，我累坏了，”谢尔盖说道，“咱们剧团见，好吧？”

末班车早已在数小时前的去年开过去。新年一月的第一天沉重地压在地面上。他走过空荡的街道时，回想起自己童年的新年，十岁之前、**大变化**之前的新年，那时候，在这个城市里，烘焙店橱窗里依然闪亮地挂着洒满糖霜的天使，展开亮晶晶的翅膀，嘹亮的钟声敲响，犹如月光下的海浪起伏，玻璃挂件在暗绿色的圣诞树枝上慢悠悠地转向这边，又转向那边，倒映出整个美妙、充满希望的世界。

他的手指紧紧地攥住兜里那个神秘之物——从另一世界获得的个人的、私密的交流。

他停下脚步的时候，离自家的公寓楼已经不远，但街道毫无熟悉感。道路一端尽头是一座破旧的教堂，另一端尽头立着一个方形小售货亭，窗口拉下了窗板。孤零零的路灯照出薰衣草色，微弱又苍白。他抽出手，松开紧张得几近痉挛的手指，看着手掌里那个天蓝色的小盒。纸板做的，一面黑色，另一面烫印着两个字。他认得这两个外语，小时候曾学过。*Café Apollo*，烫金的草书体。他小心地伸出手指，推开内盒，准备接受最后的奥秘。

内盒滑出来。

里面装着火柴。粗壮的火柴棍，红黄色的火柴极其饱满。

谢尔盖久久地注视这些火柴，直到感觉手指头冻得冰冷，嘴里这才发出一声干笑，笑得如此短促而粗嘎，好似狗吠，然后把这只外国火柴盒扔进黑夜——然而黑夜似乎在凝固，化作一团流逝、变幻的形状，朝他猛扑过来。他似乎被一阵模糊又尖锐的恐惧刺痛，然后眨了眨眼，看清不过是一个老人，身穿古怪而臃肿的斗篷，就是生活清苦的隐士所穿的那种，小时候在圣诞树下发现的鲜艳的图画书里看见过。

老人掸去膝头的雪，走进路灯光下。

"火柴从天上掉到我腿上，今儿一定是我走运的日子，"他微笑着说道，"现在要是有香烟就好了。你不吸烟吧？"

谢尔盖摇摇头走开。

"我就知道你不吸烟，不然就不会扔掉好好的火柴了，"老人咕叨道，"奇怪，这是什么，上面写着什么，我瞧瞧能不能认出来。我的眼睛不如从前了……'伊戈尔·瑟-林-斯基'，是了，对了，伊戈尔·瑟林斯基——"

他一个箭步转回，从老人手里夺过火柴盒，借着昏暗的路灯细看，忘记了呼吸。是的，确实是，不知怎的，他没有注意到——火柴正面是 *Café Apollo* 烫金字样，光滑的背面是以潦草得难以辨认的笔迹，写着伊戈尔·瑟林斯基。他笑起来，冲动得想拥抱老人，但是忍住了，转而高声欢叫："你留着，你留着！"——说着，把火柴盒塞进老人的手里，那双手坚硬，扭曲得如同老树皮。

然后他跑下街道，跑上楼梯，哼着，唱着，欢快地哼唱凯旋般涌上脑海的旋律，十岁那年学会演奏的乐曲——他曾经相信这支乐曲会改变他的整个人生——貌似简单的曲调，简单而忧伤，瑟林斯基的早期作品，却蕴含了一种希望，预示将要来临的耀眼的希望。然而这些事从来没有来临，没有为他而来，没有为他人而来，没有来到这里，没有来到这片被冬天压抑的黑暗而寒冷的地方——也许去了别的地方，肯定是去了别的地方，某个灿烂光明的地方，充满音乐。在那里，生活如同艺术，艺术如同生活。那些很快就会成为他的、他们的，成为这里的，因为时候在改变，生活终于在改变。

很久之后，他终于稳住颤抖的双手，把钥匙插进锁里，推开门，趔趄地进屋，眼睛被屋内明亮的灯光照得昏眩，妻子在餐桌前站起来。

“你唱的是什么曲子？”她问道，嗓音里奇怪地透出恍惚的感觉。

“啊，安妮娅，你不会相信刚才发生的——”

“你把雪带进来了，踩得到处都是，”她叫道，冲到他前面，忙乱地拍打，替他脱下濡湿的外套，“走了很远？鞋子肯定湿透了。拿来，我来挂……你觉得感冒了？最好喝杯热茶，我给你泡，坐下，坐下——”

他看着水槽里的锅盆，锅壁凝结着灰色的块状；看着窗台的篮里一堆厚长筒袜等待轮到修补的机会；看着他妻子宽阔的脊背弯向水壶。

现在安静了，他慢慢地坐到椅上，开始解开冰冻的鞋带。

“给，”她说道，“滚烫的，加了柠檬……刚才那是什么曲子？”

“前些天广播里听到的。”他简单地说。

他饮尽了茶，然后走开，留下她坐在餐桌前。在黎明前灰蒙蒙的光线里，他走进卧室躺下，沉入乐曲低响、熠熠闪亮的井底。那里洋溢着难以听见的旋律，他竖起耳朵，透过流动的水声倾听，还有穿绸缎的女人拿银匙轻敲成熟的葡萄，奏出欢快的小曲。早上九十点钟，窗外一片光亮洁白，遮了窗板的售货亭前，胡须蓬乱、黑眼珠深邃的老人站在路灯下，露出狡黠的微笑。

4

一月头两个星期不上课。对于亚历山大来说，这事却无关紧要。他一如既往地早上走出家门，一如既往地没有去学校。新年的第二个星期五，他坐在离家数街区外的一个小公园的长凳上，望着鸽子在垃圾箱散出来的垃圾上寻觅啄食。他对鸽子毫无兴趣，事实上，他觉得它们的模样难看，令人作呕，羽毛显得蓬松鼓胀油亮，那么自在舒适的肥胖，但他知道，碰触之下却是瘦得皮包骨头，纤细、耗子般的身躯，在一团羽毛下抖动。虽是这样，他还是待在这里，坐在寒冷空荡的公园里，望着这些小鸟打发时间。

鸽子吃饱了垃圾，一跩一跩地走开了。他把脑袋仰靠在椅背上，久久没有挪动，注视呆滞的灰色天空，无休地在眼前掠过，鼓胀了风的云朵被吹散，犹如一面面大风帆，向某处扶摇而去——也许去往另一个更明亮、更深邃的天空，另一个杳远、杳远的天空——只留下这个凄惨的公园，这个静止的城市，这个麻痹的日子。好似睡醒了，他终于挪动了，坐直身体，在椅下摸到一块玻璃瓶碎片，往椅子冰冻的木头上刻下自己的姓名缩写。长凳上刻满了拙劣的图案，心形、解剖学图解、总数永远不相符的等式，诸如 O + N = LOVE 之类的青春期告白，勉强还有一小块空白。

“好了，”刻好后，他大声说道，“我对人类的贡献，我的不朽。”他揣度着再添个简短又意味深长的词语，但是裸露的手指捏着玻璃片，只觉得脆薄而寒气刺骨，何况也没有空白了。他把锯齿状的碎片抛进雪地，站起身，游移般穿过城市。

走过几条街，见有些人从卡车上卸木箱，他们拍打着加厚的手套，勉强而没有热情地发出用力搬动的吆喝。他停下观看，直到其中一人轰赶他。电影院就在那边街角，于是他往那边走去。空荡的大厅散发着湿鞋和旧烟头久泡在痰盂里的气味。他意兴阑珊地阅读海报，因为从去年十一月以来，他们一直在播放同样的两部片子，一部是叫作《正义的铁砧》的纪录片，另一部是历史剧，其海报上印着三个眼神凶狠、胸膛袒露的奴隶，把一个身穿镶珠宝长袍的娘娘腔的堕落贵族踩进大理石尘土。这两部电影他都没有看过。他没有钱看电影。他正歪头细看海报那令人悚然的背景里一尊几欲倒塌的雕像，双扇门吱哑地开启，午场电影散场，数个观众零零落落地走出来。一个个经过他旁边的时候，他满怀希望地注视他们的脸。他们走出昏暗的电影院，眯起眼睛看向苍白的冬日阳光之时，在调整神情、系上外套纽扣、迈步踏进今日余下的日光之前，要是恰好适时捕捉到他们的神情，就会看见他们赤裸的面孔，犹如开裂的成熟水果——他们的眼睛坦然而迫切地流露抑郁或孤单或渴望。瞥见这些神情给予他片刻的安慰——觉得自己没有那么孤单。然而，今天走出大厅的六七个女人看起来只是很疲倦。其中一人拽着不肯走的小男孩，另一人打着呵欠，停下脚步，双目一竖。

“你看什么看？”她呵斥道。

亚历山大便走开。

路对面的宠物店也是他常去的地方，如今却锁着门，门上贴了一张字条，简短而含糊地声明：歇业结账。他把鼻子贴在模糊的窗玻璃上，试图透过近处的昏暗，分辨稍远处那只积满灰尘的大水族缸。他知道视线模糊、懒洋洋的鱼儿正在昏暗灯光照亮的水里游动，好似穿越厚重的果冻，又好似张望厚重的棕色玻璃瓶。他随脚踢一下门，然后抄过一条小巷，穿过一个操场，转到一条尽头立着售货亭的路上。他以前也曾经过这里。那个售货亭似乎从没有开过，但前面总有人在排队。这样的排队叫他郁闷，他迈开坚定的大步，急急走过，一边犹豫着是否在天黑之前去一趟自己最喜欢的地方——那个在呼吸、在搏动、在这个城市另一端喧腾的地方，他发誓永不与人分享的一个秘密所在——正在这时，有人唤他的名字。这个名字很常见，于是他更坚定地加紧脚步，又听见自己的名字。他抬起头，看见一个渐老的女人，外套歪斜，肩头一边高一边低，一张圆脸，一对眉毛参差不齐，在拥挤的队伍里朝他挥手。

他顿了顿，才认出是母亲。

他忖度着是否装作没有听见，继续走路，但她显然已看见他看见了她。“啊，萨沙，你碰巧路过，太好了！”他还没有走近，她就已经高声嚷道。她的嗓音很不自然，太雀跃、太高声，说话时，身体侧转向身后的人，却又不是专对着谁说话。他从眼角瞟去，看见毛皮和闪光，但没有兴趣细看。

“他们在卖什么？”他阴郁地说，“桌布？窗帘？”

“不是，不是——其实我也不……”她突然压低嗓音，“怎么？你觉得我们需要新窗帘？也许，卧室里的要换？你注意到那个洞了？我补好了，但是兴许——”

“我们的窗帘还好。”他说道。

“行，反正，太好了，你正巧路过，我刚想起，忘了熨烫你父亲今晚的重要演出要穿的衬衫。”——她以同样不必要的大嗓门说这些话，头侧转着——“所以，我得赶回家去，不过，你用不着等太久，不超过一个小时，也许只要四十分钟。”

“我忙着。”他说道。

“哦，我马上就回来，不超出半个小时。来，站在这里，以保万一。我不想丢了这个位置，我在这里排了两个星期了，听说现在随时有可能开的，当然不会在接下来二十分钟里。等我回来，就一刻钟，好吧？”

他看着她塞到自己手里的钱包。

“好吧，”他说道，“好吧。别急。”

当然，倒不说他要私自拿钱，尽管他们从没给过他什么钱，到现在自然亏欠了他很多——不，他甚至不会去看里面有多少钱，至少不会在她跑过街角之前。即便在她消失在街角之后——也不会去看。他把钱包塞进口袋,目光空洞地望向空间。过了些时候,空气骤然变得更灰暗,似乎有条大鱼在混浊的水里游动,而天空就在那水面上驶过,那条大鱼猛地一翻身,把较黑的脊背对着他。雪花开始以其湿濡的针尖抓挠他裸露的脸、双手和脖颈。“快到时候了!”前头有个声音尖叫道。

亚历山大回过神来,透过飞舞的雪花张望。

售货亭的窗板拉起,里面一亮。他看见一个女人低着头出现在窗内。哦,这下可好了,他自忖道,我甚至都不知道母亲想要几块餐巾或者什么的。但是鉴于眼下的境况,无可奈何,他还是掏出钱包,往里瞅了一眼——愕然发现一叠大额纸钞,他从没一下子见过这么多钱,至少有两个月的工资,他估量着,屏住了呼吸。

“谁能告诉我,他们到底在卖什么?”一个男子的粗哑嗓音在他耳边问道。

亚历山大的脸涨得通红,啪的一下合上钱包。“不晓得。”他咕哝着,转头看去。

那男子跟他的父亲一般年纪,身穿过大的破旧外套,下巴胡子茬参差不齐,右颧骨烙着旧淤痕的阴影。

“你帮我看住这个位置。”他轻快地说道,冲亚历山大的脸上喷出一口掺杂酒精和汗水味的臭气,从容地缓步而去。

“好家伙,自以为比别人都聪明呢,”有人冲他的背影摇头,“强过他的人都这么试过了,没用的。”

队伍已经开始收缩,聚拢,尾部拱起,像毛毛虫准备往前爬似的。亚历山大等待着，手指紧抓着钱包。人们逐个轮流往前挪步，在灯光的刺眼光线下，他现在看清了售货亭女人那头金发的黑色发根。穿破外套的男子回来时，下午的时光正开始在激辩的余波里震荡。

“音乐会门票，”他扬声喊道，狠狠地往地面吐了一口痰，“你们也信？这些笨蛋这么多天就等着买音乐会门票！”

这个宣告掷进人群，人们顿时目瞪口呆，空气沉甸甸的，鸦雀无声。然后齐声响起困惑的声音，如同水里激起涟漪，荡漾开来。

“音乐会？”

“有人说‘音乐会’？”

那人干笑一声：“民族舞、踢踏舞、华尔兹、小提琴颤音，对我来说，都一个样儿。我可不想排队等着看什么交响乐。我都冻僵了，喉咙也干了，我要去给自己弄点东西热热身子，温暖温暖灵魂。你看怎么样，朋友？”

“我？当然了，怎么着都成。”亚历山大无所谓地耸耸肩，丢下队伍里的位置。

他们闷声不吭地穿过黑白冰冻的城市。

“那，你的口味简单还是精致？”走过几个街区后，那人问道。

亚历山大茫然地看着他。

“伏特加还是白兰地？”那人解释道。

亚历山大想起他和两个同学放学后碰头的那一次，掏空口袋凑起买冰淇淋的零花钱、乘公车的车费，还有从不留心的邻居那里顺来的小钱，派三人当中个头最高的前去购买，他的上嘴唇已露出髭须茬。然后，在公园长凳坐了几个小时，等待黑暗掩饰他们一脸兴奋的密谋劲头。之后，三人轮流把着酒瓶，直喝到世界从灿烂、云朵滚滚的晚霞转变成阴翳的黄昏。这时，第三个同学，没有髭须茬的那个，说这东西不是真的伏特加，是掺制的什么廉价玩意儿，会腐蚀肚肠的，虽然当他又过分地灌下一大口的时候，口里说着如果拿火柴点，这玩意儿肯定不会燃烧。亚历山大走开，向惊慌的路人借火柴。回来时，两个同学已大吵了一架，矮个头的嘴唇已被打破，尽管最后证明他确实是对的，因为一股有毒的紫色或蓝色火焰一蹿，旋即熄灭，亚历山大顿时蹲在灌木丛里剧烈地呕吐。

“我好白兰地。”他说道。

“好极了，我知道一个好地方。”此人欢快地说道。

他们阔步走过大街，转进小巷，抄过几条走廊，在破篱笆的阴影下走了一阵子。亚历山大原很得意自己对附近各幢建筑上涂鸦的每一道笔画都了如指掌，但是当此人停下脚步，拉开一幢老公寓楼的大门之时，他却已经觉得晕头转向。一月份的惨淡日光隐约照出一段污脏的楼梯，通往地下室，上面数节楼梯闪烁着融雪斑驳的脚印。

亚历山大在门口踌躇，不知身在何处。

“我说，来吗？”此人饱满的声音如雷鸣般从楼梯脚传上来，“别担心，只要跟紧了我，没事的。”亚历山大跑下滑溜的楼梯，脚步声回荡得如同他急剧跳动的心脏，跟上那人时，在昏暗的地下瞟见他的牙齿一闪，心头不由得揣度。“当然，你要是把这小地方泄露出去，哼——”此人仍露着微笑，举起一根手指划过喉咙。

亚历山大打了个寒颤，拿不准他是否在开玩笑。

他们捷步走过灯光微弱的低矮过道，两旁的水管喷出蒸汽，时或有股热气扑面而来，充满楼上传来的炸洋葱和洗衣粉的浓烈气味。然后此人一转，拿肩膀抵着一堵墙壁。不可见的铰链发出呻吟，转眼间就到了外面，走进一个广阔的院落，四周是一圈低矮的楼群。

亚历山大站住脚。一座凋敝的教堂瘫坐在院落中央的雪花里，教堂顶仍有金色涂层的痕迹，灰泥剥落的墙壁油漆仍旧斑驳。当然，在这个城市里，在很多被人遗忘的衰败角落里，藏掖着无数类似的教堂，有些门廊内扭曲的大石柱间晾晒了衣服，有些回响着乌鸦或流浪狗成群结队的叫声。然而叫他诧异的是，从凹陷的拱门望去，竟看见里面有混乱而明确的活动。

他眯起眼睛，想看个清楚。

时髦得出众的人们在敞开的门口进进出出。

“嘿，你没睡着吧？”此人扭头掷过一句话，消失于废墟中。亚历山大颠跑着跟上去。

教堂的阴影将他笼罩之时，深冬清冷的寒气似乎骤然一变，变得松软、润湿。尿臊味、灰尘和掺杂的放荡气息，从上方没有玻璃的窗户窄缝漏出来，扰得他心绪不宁。他又有些发怵，微微打了个寒颤，跟着那人笃定的脚步回音走进里面。太阳还没有落山，但里面几乎已是黑夜。寒气更重，横梁上悬挂了很多灯笼，把这空洞的昏暗照得十分沉重。灯笼透出的白色冷光勾勒出转瞬即逝的手掌、靴子、面庞，盘桓在阴影里看不清的木箱所构成的一团迷惑的混乱中，或者从皮夹克光亮的衬里之中转眼间探出来。亚历山大急步走过古老的石头地板，努力不去琢磨脚下踩着的是何物，竟会发出这样令人不安的粉脆声响，他瞟见一排匙柄纹样繁琐的银匙；还有一个带尖头瓶塞的水罐，把一道光解析为碎片，将一束匀称的光芒折射到他眼里；一叠呈扇形展开的照片，看似稀奇古怪，在黄昏消退的光线里，看似无数诱人的袅娜躯体，他不介意仔细去看一眼；一把漂亮的刀，就摆在一尊龟裂的老圣徒雕像旁。老圣徒空洞的目光在黑暗里凝聚，看得他后背发毛，直追着他走了好几步，才重新融回黑暗里。头顶挂钩上一盏煤油灯投下一泡光亮，一小排酒瓶闪着微光……

“正是我们需要的，”此人说道，猝然止步，亚历山大差点撞上他，“我就知道斯蒂潘准有好东西。我看，就这瓶。”

他的说话对象弯腰拿起一只胖嘟嘟的酒瓶，长瓶颈上包裹着一抹红蜡。那人的脸庞在灯光里出没之际，亚历山大看清他很年轻，貌似只大自己一两岁，左眼眶下有一小道可怕的伤疤。

年轻人站直身体，举着酒瓶，说了个价钱，声音既带着轻蔑，又有些不安。亚历山大咽下口水。

“当然，国营店里五块钱就买得到，”那人说道，“不过，我觉着你能欣赏最好的东西。从那边来的，你知道的。”他顿了顿，在昏暗之中，亚历山大听见他的双手拍打着夹克衫，在口袋里摸索，“糟了，我把资金留在家里了。得，兴许下次——”

“我请客，”亚历山大说着，走进灯光之下，“我今天手头阔。”

他装出随意的夸张动作，掏出钱包，翻过一张张钞票，竭力不看同伴。

“你真大方，”此人说道，“还有什么看得上的吗？到处看看。”

也许只是因为阴影变化莫测的闪动，那人似乎并未显得太惊讶，或者根本没有吃惊——亚历山大几乎顿时觉得那股膨胀的得意劲变得空洞，就像消化不良的恶心感压在胃里。

“那把刀。”他简短地说，口气好似跟人争辩。

那人点点头，已经转身离去。

回到地下室昏弱的光线中，那人跺落脚上的雪，熟练地用刀尖划开瓶颈的封蜡，拔出芬香的瓶塞，缓缓地长饮了一口。亚历山大注视他的喉结上下滑跳，从粗硬而灰白的胡须下突出来。那人拿开酒瓶，摸了摸嘴巴，回视他。

亚历山大伸手去接。

那人仍然默不作声地看着他——亚历山大突然意识到楼梯井的隔绝、此人魁梧的身量，还有他母亲的钱包在自己口袋里鼓胀。他的手开始发抖，但没有退缩。

“轮到我了。”他厉声说道。

寂静蔓延开来。一刻，两刻，三刻。然后，那人突然露出洁白的大牙齿，拍拍亚历山大的后背，把刀和酒杯一起递给他。“我见你担心你爱人知道少了钱，”他说道，“我跟你说，你这么说——跟她说你被抢劫了，就会得到大把大把的同情。上回我和那些男孩也玩过头了，不过立即见效，总是很管用。”

片刻之前，亚历山大的喉咙还紧提着，这时大大地松了一口气，那灼烧而平滑的滋味滑下喉咙，像牛油似的切过他的内脏之时，不由得一阵惊慌。“我的爱人，耶！”他笑起来，模仿那人的样子，拿衣袖抹嘴，又笑起来，高兴得涨红了脸。

“有钱别藏着，要跟市民同胞们分享，”那人说道，“对了，我叫尼古拉,我们用不着客套……那么,我的朋友,现在去哪里？”

亚历山大又灌了一大口，才把酒瓶递过去。那磅礴而明朗的感觉又回来了。他说道:“我说,尼古拉,我碰巧知道一个地方——”

两个小时后，他们肩并肩坐在通向火车站月台的台阶上，望着火车在眼底下艰难地被拉出轨道，渐渐驶离月台——这些摇摇晃晃、漏风、窗玻璃破裂的火车,往返于这座城市与周边省份城镇,从颠簸、烟雾腾腾的车厢吐出一群群乏趣的人、提篮、背包、狗、水桶、笼子、灰尘。另一种罕见的列车，柔和灯光的车窗内挂着暖米黄色的窗帘，车门无声地开启，寥寥数个拎着大提箱的乘客，井然有序地上车，车厢壁挂着洁净的小铜牌，标示遥远的目的地。

亚历山大在说话。可能已经说了很长时间，因为他觉得喉咙很干燥。他也说不准了。他在讲一个故事。有一次乘夜间火车，是班级组织的旅游。“那时我还在上学。”他解释道。老师带了整只烤鸡，他们在黑暗的车厢里吃冷鸡肉。灯油烧尽了，但他们更喜欢这样的黑暗。天上挂着满月，他推开窗户，月亮跟着火车跑了好几个小时、好几个小时。风扑到脸上，带着各种奇怪、美妙、原野的气味，好像大海、湿濡的绿草、苔藓茂密的森林。有一阵子，他们驶过黑油油的平原，他看见三四匹马在奔跑。他不晓得竟还有马存在。他也唱起歌来，每个人都在唱。列车员端着叮当作响的托盘经过，玻璃杯装在细丝工艺的漂亮杯托里，他们喝茶，舒适地享受凌晨空旷的时光。没有人睡着。早晨抵达目的地，那城市跟这座城市很像——郊外矗立着丑陋的新建筑，市中心是无人照管的老建筑，到处是栅栏、售货亭、废弃的教堂——但是火车，火车却不一样。

他从不曾跟任何人讲过这件事，现在说出来，既有种解放的感觉，同时又觉得惊骇。老实说，他不知道可曾清晰地说出来，因为有些词语，也许很多词语，在脑子里很通顺，甚至流利地流泻出来，却在嘴里打结了，句子中间频频停顿。但是尼古拉在听，点头，喝酒，他也喝酒。火车在车站进进出出，随着夜幕落下，车窗越来越明亮。天那么黑，火车几乎消失在黑暗里，车轮咔哒咔哒地响，好似推着正方形的丝带急驰进入黑暗，去往奇怪、秘密的目的地，去往遥远、遥远之外的未来城市。

他们在亲密的沉默里坐了很长时间。雪已经停了。亚历山大觉得体内很温暖。人群稀疏又聚集，然后又稀疏。

“这个故事不错，”他终于开口说话，“眼下，我甚至都不用在乎时间这个东西。”

“什么时间这个东西？”

“你知道的，喏，你长大的时候，你父亲会告诉你，人生短暂、要树立目标、努力工作，所有这些废话，要不然，哪天醒来，发觉时间用完了或者什么的……嗨，给我，轮到我了……反正，我以前还相信他，当我还……你知道的，年轻的时候。搞得好像时间是什么真实的玩意儿，可以失去或者节省或者浪费或者打破或者搁在架子上。你得一粒一粒地囤起来。我记得他有一次这么跟我说。”

“像沙漏里的沙，”尼古拉说道，若有所思地点点头，“比方说，就像灵魂里的沙漏心房。”

亚历山大注视着他。

“嗯，差不多就像那样。”他接着说道，把酒瓶轻轻搁到嘴边。

“你父亲很智慧。”

“不，他不智慧。他跟一群倒霉蛋在一个可怜的小地方工作。他什么都不懂。你看，我琢磨着，人生不短。人生很长，太长了。我不想节省时间，你看，我想把它打发掉。我是说，看看这些没用的时间，这么多日子——年啊，月啊，日啊的……管它以后怎么着……但是，不管我们怎么对待时间，什么也不会改变的，你理解吗？至少这里的一切不会改变……不过，我猜别的地方可能不一样……可能，你不觉得吗？”

“有些东西是会改变的，”尼古拉从他手里掰过酒瓶，对着灯光举起，重重地一摇，“看，这个差不多没了。”

他发出一阵狂笑，或是打嗝。

亚历山大的眼睛始终注视着铁轨。“我常到这里来，”他肃然地说道，“就这么看着。不过，总有一天，我会攒够钱，乘上一列火车离开——离得很远。”他摸摸钱包，还在口袋里，然后朝着黑夜蹙起眉头。黑夜在他眼前黯淡又闪烁，令人感觉刺激又迷惑。

“东边还是西边？”尼古拉问道。

“什么？”

“你想往东还是往西？”

听到这句玩笑话，亚历山大吃吃笑了。除了外交官和担任特殊政府使命的要人，没有人往西去。边境已关了几十年了。当然也没有那么多人往东去，因为需要工作许可证、居住登记、迁移文件、安检审批……或者至少他以为需要这些。他见过列车员在乘客上车之前，仔细地检查他们的文件。

“嗯，我自己以前也常想，”尼古拉说道，“嘿，你脚往哪踩呢，有人坐这里呢！……喝起来很醇，是吧？我要是……介意吗？东部的金矿、森林、湖泊——他们说那里的水是明亮的蓝色，蓝得叫你不敢相信，树那么绿，我在你这个年纪的时候，整天梦想着去看看。”

“我是色盲。”亚历山大高声说道。

尼古拉张大嘴巴，仰起头，又露出喉结。他大笑之时，喉结上下搐动。望着那喉结，亚历山大突然隐隐感到一阵担忧。月台上挂着一面大钟，但数字亮着刺眼的霓虹灯光，彼此交融，根本看不清钟点。他揣想自己感觉有点……是的，只有一点……

“色盲？那不是家族遗传或者什么的？你父母也是？”

“不是，他们认得出色彩。不过，我母亲是音盲，还有——”他原想说些风趣的话，打趣家人，却脱口说道：“她不会想要什么音乐会门票的，我没继续排队也不要紧的……我是说，反正她不会想去音乐会的。”

尼古拉收敛笑容，安静了一分钟。

然后他说道：“我女儿喜欢音乐。小提琴、交响乐、动听的曲子……不过，她不太出门。况且交响乐的话，他们卖票子的时候，从来不是卖今天或明天的票子。把钱浪费在那样的东西上太愚蠢了。我是说，谁晓得十一月或十二月我们还会不会——就是，你知道的。”

“我父母以为秋季我会上大学，”亚历山大说道，“等我高中毕业后。可我不会。没意义。我只是——”

喇叭里传出粗嘎的嗓音，时断时续，没完没了地报出一段冗长、无条理的通告。

“嗨，你听，听见没？”尼古拉说着，抓住亚历山大的胳膊。

“它是说什么语言？”亚历山大咯咯笑道，“听懂了没有？什么语言——”

“不是，听，那是每星期一班的东部列车，穿越整个国家。两小时后出发。去啊，你有钱。去。下周，你就在东边的海水里泡脚了。”

“太有趣了。你得有各种文件什么的——”

“你只需要护照和车票。你十六岁了，是吧，该有护照了吧？两个小时够你跑回家，拿上东西，再跑回来。快去。”

猝然之间，亚历山大感到一阵清晰感，脑后觉得一阵凉意，好似开了一扇窗户，他开始理解及至今日以来发生在他身上的每一件事，发生的所有事，在那条路上母亲给他钱包之时的那种预感——那条遥远的路、栅栏、售货亭、老头老太排队等候，什么都没有等到——但他不是其中一人，他不是。因为对他来说，他现在相信，是的，他一直就相信，对他来说，自会有遥远、荒凉、美丽的海岸，拍打着冰凉的浪花，稀奇的鸟雀在他头顶高处飞翔，高大的银树飒飒作响，马儿奔跑，还有那大海、大海，看得见隐没在海里的鲸鱼掠过的痕迹，渔船，还有日出，如此巍然壮观，他终于会看见烨烨的金光……

他跌撞着爬起，双腿发软，但是没事，只要撑着什么东西或者人，还能站起来，只要他……

“当心，当心，”他最好的朋友说道，一边笑着，“我就在这里等你，在这台阶上……跟说你，不如我替你买好车票，你只要给我——”

太好了，好主意，他答道，也许只是头脑里响起这些话，不过，不管怎么说，给，这些够了么，好，再多两张，是的，这些应该够了，我没剩多少了，反正，只够乘电车来回了。回头见……这里爬几个台阶，得小心点，很滑，哦，瞧，电车，那里有辆电车。不知怎么的，他们不肯让他上车，无所谓，走着回去也行。美妙的冰冻的夜，到处是雪，一片寂静，屋顶雪光熠熠。树木静立，他去了那里后，在海边，看着海鸟、马儿，也许还会有点想念这一切呢，但只有一点点。一路走着，他想象火车消融在映着通红朝霞的地平线上，自由得广阔无垠的空间，绿草随风招展。他的胸膛里充满几欲溢出的浩气，明暗律动，震颤交替，陌生的城市的日出，明晃晃的蓝色湖泊上的日落，还有女人，红头发的女人——人生，一种真实的人生！——然后他家的公寓楼不期然地出现在眼前。他蹑脚爬上楼梯，悄无声息地开门，以便溜进自己的房间，拿上包、证件、一两件毛衣。然而整个屋子灯火通明，他的母亲在过道里踱步，双手极不自然地摆放着。

哦，我的上帝，她哀叹道，哦，我的上帝——我以为你——哦，我的上帝；他的父亲说道，年轻人，你得好好做个解释。之后事情确实有些混乱，一分钟与另一分钟挤压在一起，所有一切混成一团，地板总在转动，好像在船上，或者至少他以为在船上是这个感觉，因为他从来没有乘过船。他猛然意识到，下周或许永远也看不见东边的海上日出了。因为他感觉心脏快要碎了，他生气了，对他们说他被抢劫了，他离开那个愚蠢的队伍，是因为他们只是卖音乐会门票，有人说是什么愚蠢的交响乐，反正要到十二月才演出。

接着又是一阵混乱，但现在他们全都进了厨房。额头贴着搪瓷水槽，叫他觉得舒泰凉爽。他的父亲情绪激动地说着，但不是对他说，而是关于某个作曲家。伊戈尔·瑟林斯基，他反复地重复，肯定是他的交响乐，这些天我一直设法打听他们会在哪里卖票，没有人知道，但必定就是这个，在十二月演出，我是这么听说的，被迫离开这个国家的天才，伊戈尔·瑟林斯基。他的母亲显得心烦意乱，似乎很担心水槽，不断地询问，是谁，是谁？然后他知道自己必须告诉他们真相，于是他站直身体，向他们解释色盲其实没有听起来那么糟糕，其实看到的不全是黑白。当然，除非在很暗的地方或者冬天，这个，现在他仔细想想，这个该死的家总是黑白的。他的母亲想阻止他说下去，说邻居会听到的，可他不在乎什么邻居，事实上，这件事可能会启示他们认知。其实不是看不到任何色彩，只是混淆了一两种颜色，主要是红色和绿色。但往好处想，也很有趣的，在他的世界里，所有的旗帜都是绿的。他们在愚蠢的节日挂起的那些愚蠢的花环、画像，都是绿的，而且还不是好看的绿色，而是脏兮兮的、偏棕色的、叫人反胃的绿色，呕吐污秽的颜色。虽然他这么说着的时候，觉得该用另一个词，因为他母亲又露出痛苦的表情。

你去睡一觉醒醒头脑，她疲倦地说道。他想冲她大喊，但想了一分钟，或者准确地说，没有想，而是摇晃了一些时候，他转身,趔趄着往门口去——正是这时,他才意识到,他们全都意识到,厨房门口站在这个十分可怕的女人，不知在那里站了多久了，身穿那件可怕的、正在腐烂的睡袍，戴着那对亮得硌人的耳环，释放着，释放着一阵阵逼人的光芒，刺痛他的眼睛。她张开单薄苍白的嘴唇，她多年不跟任何人说话，她是他的外祖母，她精神失常，可她的确在说话，每个人都惊得倒抽了一口气，淹没了她的话语，于是她又张开嘴，重复一遍。

她是这么说的 :“我很想去这个音乐会，拜托了。”

5

次日，谢尔盖天没亮就起床，也不开灯，摸索着穿好衣服。袜子不好找，但最后还是摸到两只—— 一只在床下，另一只仍卷成球塞在鞋里。妻子还没有醒。他穿好衣服，蹑脚走到外面，迈开大步走在黑暗的街上，蒙着水汽的路灯投下斑斑点点的光团。趋近之时，只觉得自己越走越快，直快得颠跑起来。冬天的寒气涌进肺里，又迸发出来，内心激荡得犹如饱满的风帆。耳朵冻得刺痛，他这才意识到忘了戴帽子，但他并没有慢下脚步。

抵达售货亭时，夜色正被淡薄的蓝色天光稀释。他喘着粗气走近，在黎明空荡的街上光着头狂奔之后，不知怎的，感觉年轻了几岁。有些孤零的人影已经在挪动，往冰冻的空气里呵热腾腾的白气，遮着窗板的窗洞里支起一块纸板，一纸手写告示写道：补货后开张。下面有一行更小的印刷体：**冬季日常营业时间上午10点—下午5点。**

“不过，肯定是今天，对吧？”他说道，微笑着抬头看。围巾和帽子之间原该属于面孔的位置有阴影在移动，没有人回答。他的微笑消失了。

“那，谁是最后一个？”片刻后，他问道，拉起衣领。

他等到下午一两点钟，但窗洞仍然紧闭。然而昨夜心头激起的那股欢欣鼓舞的笃定感还没有消退，一种不亚于命中注定的笃定感，音乐会如此偶然而漂亮地安排在他触手可及的地方，这么体贴地在他所处的城市角落的街角立起售票亭，再次印证了这种感觉。虽然排得越来越长的队伍里，似乎没有人听说交响乐，但是这份笃定感丝毫没有动摇。也就是说，他坚信这正是他所寻找的地方。昨天确实售出一些音乐会门票，“但不是你说的那个什么人，”一个老头告诉他，其声音总是消失在层层包裹的羊毛之下，“是一个巡回歌舞团。挺好的，我希望还没有卖完。不过，这个瑟列奥斯基是什么人？”

三点钟后，谢尔盖离开队伍去上班。走过几个街区，他仍然不断地回头看，竭力忍住不拔脚跑回来，直到售票亭消失在飞舞的雪花里。在清澈明亮、充满可能性的户外度过白昼之后，人民剧院幽暗得如同洞窟，四壁是干枯的血色，舞台布景是用能让人患幽闭恐怖的纸板搭建的大烟囱和装配厂，让他觉得异常地透不过气。他往大号里吹入那渐渐解冻的气息，越吹越不耐烦，试图在长号单调的拉锯声之间捕捉斯维亚托斯拉夫的眼神。中场休息时，乐团大多成员都围着楼梯井的痰盂抽烟聊天，他把他的朋友拉到一旁。

“听着，”他压低声音急切地说，“我有个惊人的消息。”

“我也有个消息要告诉你，”鼓手悄声道，“我无意中听见——”

“等会儿，等会儿！……关于瑟林斯基，你知道的，我跟你说过的音乐会谣传，我想，他们确实在卖门票，就在——”

斯维亚托斯拉夫把他那部海象胡子凑到谢尔盖脸上：“别管瑟林斯基，你的麻烦够多了。我听见经理在打电话，说你的事，替你找借口。他听起来吓得要死。是关于大使馆的。到底出了什么事？”

两人站着，静得听得见心跳。

“不知道。”谢尔盖的声音干瘪。

“放心，你可以告诉我。”

他眼前又浮出大理石洗手间，滴落的水珠，闪熠的镜里眨过的灰眼睛……尖锐的小铁锤敲打他的脑门。“真的没什么。”

“好吧，”斯维亚托斯拉夫冷冰冰地说道，没有再追问，“对了，你的袜子不配对。”

余下的表演里，他在其他人脸上搜寻疏远自己的秘密迹象，不断地错失该他插入的提示，直到突然感到大号手将其硕大的胳膊肘狠狠捅进自己的肋侧的疼痛时，才回过神来。好吧，让这些狗杂种解雇我，这场音乐会改变一切，明天在售票亭前排队，雪花会积落在肩头，他这样思忖着。我去做电车司机、卡车司机，还可以去扫大街——但我至少不必夜复一夜地去演奏他们那些嘭嘭响的歌曲，在那个地狱窟浪费我的人生。也许，也许，我这一年扫着大街，曾经梦想创作的旋律终于会浮现——音符就像候鸟归家一般落在我的五线谱上。到年末，我就收集起这些乐谱，去听那场音乐会，我会终于见到三十七年前那天原该见到的那个人。他垂下指挥棒，在人们惊呆的寂静里，在掌声还未响起之前，我会走上舞台，我们的眼睛会短暂地交会，然后——然后——然后这里的情景变得模糊，因为谢尔盖不记得瑟林斯基的面容五官，小时候必定在革命前的那些照片上见过。在那些照片上，身着燕尾服的男子摆出不自然的尊贵姿态，映衬油光发亮的朦胧背景。他随即往空白里填上天才的宽阔前额、贵族式单薄鼻梁、专注的灰眼珠。我会把裹在秘密乐谱里的花束塞在他手里，乐谱角落里藏着我的地址。当晚，午夜后，我家的屋门会传来一阵敲门声。他会是独自一人。他抓起我的手，他会说："你给我看的这部令人倾倒的杰作——这部神曲——果真有可能在这里，在这个地方，在这个时代，还活着这样的天才。"——他询问——我回答——然后——之后——

之后，事实上，当晚，他站在剧院经理无比宽敞的办公室里，骇得一言不发，缩着肩，试图在头脑里完整地保留与瑟林斯基那场未来的对话，如钻石般晶亮、坚硬，举起来往这面或那面、这个词语或那个词语转动，以便抵挡内心的恐惧。然而随着沉重的沉默持续，瑟林斯基的高贵五官开始摇动，重新变成被遗忘的照片里那股棕褐色的雾气，然后彻底消散。他把重心从一只脚转到另一只脚，撞上腿边的大号，大号像一条挨了打的狗，偃蜷在地板上。他的目光落在窗台的假植物上，庞大异常的烟灰缸形似濒死的天鹅，经理肥硕的脖子肉嘟嘟地堆在紫红色的丝绸衣领上。

经理不肯看他，香肠似的手指嗒嗒地敲打摊在办公桌上的不知什么文件。

“求你了，伊万·阿纳托利耶维奇，”他声音沙哑地说道，“求你了。”

他能听见门外楼梯上噔噔的脚步，最后一些演员离开剧院回家，回到他们安全无事的生活。

经理没有说话。

“求你了。我要养活儿子、妻子、岳母。我不会再让你失望的。我……伊万·阿纳托利耶维奇，我会万分感激的。星期五的时候。”

星期五是下一个发工资的日子。这个心照不宣的知识在空中盘桓了一分钟，紧张地绕转。然后经理的身躯里长长地叹出一口气。

“你在这里工作多久了，谢尔盖？”

“二十四年。”

“二十四年，是吧？时间飞逝得惊人哪……我记得你刚来的时候，那么潇洒的小伙，简直还是个小男孩，一头浓密的卷发，乳臭未干……好吧，我告诉你怎么着。我愿意闭眼不看这次不愉快的事件。当然，有些惩罚是必要的，尤其是，鉴于你，怎么说呢，鉴于你可疑的出身，”他肥胖的手指滑过文件夹的脊背，“你会被转到午场，工资也相应降低。早上彩排是十点钟。你还得教一个下午研讨班，三点到五点。你理解的，教课纯粹是志愿工作——我们必须尽最大努力回报社区嘛。不过，事实上我是特别照顾你了，因为你可以回家吃晚饭，也就是说，回到你家庭的温馨怀抱，是吧？”

伴随一声几欲可闻的咬牙嘶声，他嘘出一口气。

他木然地说：“可是，可是，这就是说，我得从十点到五点都在这里。那……我怕这不太……我是说，还有另一个地方……就是，我宁愿……”

他想冲眼前这个恶人怒吼，把拳头狠狠捶在办公桌上，抓过他的档案，撕成两半。然而他却语无伦次、急促地说了几个词，接着吞没了话音。他觉得四肢似乎灌了铅，喉咙里爬满僵死、积着灰尘的虫子。他一动不动地站着，没有说话，眼里露出纯粹、凶悍的憎恨，瞪着大理石天鹅在那胖子的桌上死去。

“我得说，我原以为你会更热忱些，”伊万·阿纳托利耶维奇冷声冷气地说道，“你星期四开始新的工作表。记着，我会盯着你的。”

谢尔盖退出办公室。

售票亭的营业时间是从十点到五点。

除非接下来三天里开始卖门票，要不然，他不太可能去得成音乐会。

那夜他几乎不曾睡着。次日黎明，他第一个抵达那条安静的路上。但售票亭仍然一如既往地关闭。星期二也没有开，尽管这个时候，他至少得到了一点满足，从人们的口中证实了他的想法：拥挤的队伍兴奋地谈论瑟林斯基的交响乐。星期三，气温下降。人们跺着靴子，往手套里呵气，很多人早早离去，咕哝着没有什么音乐会值得这样冒着冻死的危险去看。谢尔盖固执地等待，尽管左脚趾头早已没了感觉，尽管他的气息呵出之时还是白茫茫的，随即在围巾上凝成一片小小的冰凌。但是下午三四点钟，他不得不放弃领头的位置——像前几次一样，上班快迟到了。

他已经走到第二个十字路口，只见一辆破旧的小货车吃力地驶过。他的心跳加快，转过身，眼睛跟着那车。小货车在售票亭旁的路牙上停下。

他吞下一声破碎、受挫的喘息，正当凹陷的车门猛地推开之际转身冲了回来，可是踩着自己的鞋带，险些跌倒，好歹稳住了身体，腾空往前一跃，脚在冰上打滑，又跌撞起来，不断地打滑、跌撞，在雪里滑步。他索性闭上眼睛，不看那团刺眼、湿漉的混乱，最后仰面朝天摔在地上，闭着眼睛，身体终于晕头转向地停止了。

一时间，他没有动弹。然后他估摸着没有摔伤，就睁开双眼，正要爬起来的时候，看见了天空。

天空苍白、空洞、辽阔，透明的云层看似越浮越高，各种色调的蓝色逐渐后退，直到最后在某个令人眼花、无法想象的高度，所有颜色、所有混乱似乎一并退去，强烈而纯粹，犹如一个水晶般的持续音。

他一动不动地躺着，看着天空。

车门砰然关闭，两双腿以怪异的角度穿过他眼前倒立的地平线。第一双脚穿黑鞋，可能是进口的，从他身上跨过；第二双脚穿着粗笨的毡靴，绕过他，吃力扛着一架梯子。谢尔盖看着天空。上空传来木头刮擦金属的声响，一个专横的声音呵斥命令。“移到左边！”“别钉斜了！”一分钟后，传来铁锤敲打声。在冬天里，每一声刺耳、粗厉的声响先要被掩没在寒冷的积雪之下，然后才能像乌鸦一般哑着嗓子冲向天际。天空没有发出回音，因为它无比杳远，盛满了它自己那清澈、寂静、无垠的音乐。敲击声停止了，两双腿绕着他转回去，车门吱哑打开。又重重地关上，引擎扑扑作响，打着喷嚏，啐着口水似的离去。然后一切安静。

队伍里走出一两个人扶他起来。售票亭上钉了一块大标牌，上面褪色的蓝色字母宣告：**音乐会门票**。

“褪色成这样，不可能是新漆的，”一个头戴软呢帽的男子摇着头指出，“肯定是从停业的老售货亭摘来的。”

谢尔盖目光空洞地盯着那块牌子，然后想起时间，忙不迭地往剧院跑。几乎迟到了半小时，他的外套上落满了霰雪，掉了两颗纽扣。进门的时候，他在过道上碰见伊万·阿纳托利耶维奇，后者狠狠地瞪了他一眼。

“明天十点整！”谢尔盖挤过他身边的时候，他瓮声瓮气地说道，“哦，要是你热切地想顺便来谢我的话，星期五我会在办公室。”

凛冽的一月天，阳光明朗，一切冰冻，然后很快就黯淡、解冻，进入二月的污秽和灰暗。每天傍晚，一到下班时间，谢尔盖就抓过外套披在肩头，来不及把胳膊穿进衣袖，奔过城市，外套在身后飞扬。等他抵达的时候，售票亭早已拉下窗板，紫色的路灯照着阒寂的街道。他气喘吁吁地、一瘸一拐地挨近窗口，绕着亭子走一两圈，趴着张望里面，企图分辨当日是否售出门票。他观察人行道，判断当日队伍的长度。因为在一段距离外，人行道上仍然积冰，坚硬而洁白。走得近些，雪已被踩烂，只剩下光秃的黑色地面。地上扔满了烟头。在接下来一两个星期里，他看着这些烟头将周围的雪堆团团包围。

烟头沿着人行道，从整个街区一直散落到街角时，他已经放弃了购票的希望，下班后径直回家。一天傍晚，他疲惫地走着，小心地看着地面，以免踩到狗屎，突然觉得后背隐隐有股不寻常的痛痒，瞥见前面一个发福的女人，在雪花飞舞的黑暗里，吃力地缓步走着，双手各提一个鼓鼓囊囊的包。

他犹豫片刻，然后赶上前去，说道："来，给我。"

"哦，"她不禁轻笑起来，"谢谢你，谢廖扎。今天家庭作业多。"

他们默默地走了一些时候。湿濡的雪打在他的眼睛上，飞进他的嘴里。他终于开口说话："每天都排队，你肯定烦得慌吧。"

"没那么糟糕啦。我下午才来，一下课就来。当然我也担心会在上午开售。不过从三月开始，我会有两个上午空出来。当然，肯定会在那之前开售的——没听说过排两个月的队的，你说是吧。但是以保万一。伊米莉亚·克里斯蒂阿诺夫娃也在排队，我们谈过，可以做些安排，相互顶替什么的——"

"当然，这主意不错，"他听而不闻地应道，"跟你说，安妮娅，我一直想跟你说个事，但在家里一直没有机会——"

她疑惑地微笑道："我们每天一起吃晚饭。"

"是的，是的，"他咕哝道，"我可能总是一下子忘了。不管怎么说，你知道我一直希望自己买张门票的，去听音乐会，可我这个新工作表，根本不可能及时到售票亭，况且”——此时她走下一小段台阶，他跟了下去——“我琢磨着，反正你在排队，也许可以，你知道的——”

她走到台阶底部的门边，转身看着他。下面已经聚拢了阴影，上面的路灯光斑斑驳驳地流泻下来。他只看得见她的双手，搁在粗糙的灰色外套上，好似在祈祷。她的脸沉在暮色里，眉毛上闪烁着融雪的细水珠，宛如紧张的小鸟颤动着翅膀。

她平静地说：“可是，谢廖扎，一个人只能买一张票，你知道的。我答应过妈妈。”

“当然，当然，”他说道，“可是，很显然，她——”

“对不起，我得进去买些面包……回家见？”

“我跟你一起去，”他随即提议道，“反正，显然她不——”

她推开门。里面令人窒息。在面包房炽热的黄色灯光下，一大群中年妇女在兜来兜去，拿着明亮的钳子戳面包，相互招呼。他紧随着她，越过交织的对话网，被灯光刺得双眼昏花，被热气和喧闹搞得头昏脑胀，冲着她的后脖颈急速地说着：“你看，我们都知道你母亲不是真的需要那张门票，她不——”

“全麦还是白的？”她问道，转头瞟他一眼。

“什么？……哦，我无所谓，随你喜欢……她没打算去，她从不离开房子，她——”

她已经转开，没有听见他的话，嘴里重复着：“啊，这里真好闻。”

他竭力跟紧她，却被夹在一群乱哄哄、叽叽喳喳地挤向收银台的女学生当中。他终于追上她时，她正跟一个熟人打招呼。他顿时像发了狂似的，因为一定要现在说定。家里的墙壁薄如纸板，她的母亲总在咫尺之外转悠，他不敢跟她再提这事的。

“安妮娅，”他说道，把手搁在她的衣袖上，“你觉得，可能，这票——”

那熟人闲步逛开了。

他的妻子正眼看着他，把那块白面包抱在胸前，手指抓碎了面包皮，神情平静得出奇——他明白，她都听见了。

“谢廖扎，”她开口说道，声音里充满了祈求，“我不能。妈妈请求过我。”

一时间，他觉得被悬置在这个温暖、灯光明亮的封闭空间，在拥挤忙碌的女人堆里，在这些面包中间，在这些他感觉永远被隔绝的热腾腾的、湿润的、美味的家庭气味中间，他近乎绝望地忖度，如何才能让她理解他这浩大无边的渴望。也许可以跟她讲三十七年前仍是小孩之时演奏的那支乐曲——或者工作上的麻烦——或者，尽管他把人生最好的年代就这样挥霍掉了，却在瑟林斯基的音乐里终于看到重新开始生活的机会，要成为一个比现在的他更好的人，尝试把那些几乎能够想象从指尖流泻出来的音符召唤出来——

“哦，不要难过，”她柔声说道，“还会有其他好的音乐会。”

他瞪着她，然后，一言不发，转身走进冰冻的黑暗。几分钟后，她跑着追上来，手抓着外套下摆。她不停地说话，道歉、保证着什么。他一路闷声走回家，在电梯里没有作声，在厨房里也没有作声。“请不要放在心上，”他熄灭他那边床头柜的灯时说道，“睡个好觉。”

接下来的几天，他很少说别的话，夜里练习吹号，用乐器的粗嘎声息淹没卧室的寂静。二月中旬的一个下午，班上仅有的两个学生打架，年纪大的把大号砸到年纪小的脑袋上。两个男孩都被送回家，谢尔盖见仍剩下几个小时空闲，便往那条熟悉的路走去，站到队伍末梢。他闭着眼睛，静止地站了片时，耳听穿过临近黄昏的空气传来的沉重、微弱、疲惫的说话声。

“打搅一下，能否打扰您片刻，这里大概在出售什么？”

“音乐会门票。”

“可否麻烦您费心告诉我，是什么样的音乐会？”

“哆来咪那种。”

“是嘛，但是——”

“我说，读书人，你想要我打破你的眼镜？干吗缠着我不放？滚开。”

“看在上帝的分上，你就不能好好回答这可怜人吗？没见他多大年纪了？”

“成，那我告诉你，是‘北方夜莺’。现在高兴了吧？”

“很抱歉，我不太熟悉——”

“看到了吧？他连‘夜莺’都不晓得！你这下可受教育了。”

“别理他，大爷，兴许他老婆跟水管工跑了。那是从北方来的一个歌舞团。他们穿漂亮的演出服，歌唱各族人民的友谊和幸福的明天。很感人的。”

“哦，是这样，谢谢您的好意，我想我还是——”

“接着说，女人，把交响乐的事也告诉他，那才更合他的口味！”

“抱歉，您刚才说‘交响乐’？”

“是呀，我忘了，有个交响乐，不过要到新年夜才开，还没有卖出任何门票。是什么很稀罕的作曲家，弗瑟林斯基，我想是——”

“那人叫索利昂斯基，你个文盲！”

“不是索利昂斯基，是瑟利昂德斯基！”

“实在抱歉打断你们，可是……肯定不会是瑟林斯基吧？不是伊戈尔·瑟林斯基吧？”

“我说的就是这个，你耳朵聋了？瑟林斯基、瑟利昂德斯基，不管什么吧——”

“等等，瑟林斯基，瑟林斯基。我记起一些事了……就是了，不就是那个出卖自己的祖国，**去那边**过安逸生活的叛徒吗？我跟你们说我是怎么想的，没哪个正派人要看卑鄙的贵族戴着蝴蝶结趾高气昂地挥指挥棒的！”

“我跟你说我是怎么想的，这些出卖我们祖国的叛徒该枪毙。连审判都不用，直接枪毙。呯的一声，就完蛋。你怎么看，教授？”

“老人家，怎么了，不说话了？这家伙跟你说话呢！”

“哦，你们这些人别折腾他了！可怜的，他的双手都抖了……

别喊了，他想说什么话呢。别理他们，大爷，说吧，有啥话就说！”

“谢谢您的好意。瑟林斯基交响乐的门票，您碰巧知道大概什么时候开售吗？”

“售票亭的女人说从现在开始，每天都有可能。哦，只有三百个座位，很快会卖完的。”

“天哪，这么说来……不好意思，打扰您了，您是最后一个吗？”

“是的，”谢尔盖睁开眼睛，“不过你可以站我的位置，我要走了。”

紧闭的眼睑之下的黑暗，几乎不知不觉之间黪黪地绵延到了外面。夜幕已经落下。一条路之外，男人们戴着巨大的手套，蹒跚地爬上梯子，在昏暗的路灯柱上挂标语，准备过建军节。他盲目地走过一块又一块惨淡的光斑，暗自发誓不再浪费时间做这等无望、揪心的等待，没有留意他的妻子走在一个街区之外，一路跟在他后面回家。

6

七岁那年，我父母带我去那里，跟随当时最出名的老师学习芭蕾。我们刚到那座城市的时候是冬天。那里的冬天不像这里的，不是黑暗的，而是透明的。也许现在依然如此，也许不是。大概不是了。这个世纪走得沉重，无一物依旧保持原貌，连季节也变了。然而在当时，天空犹如奶白色的玻璃，屋顶犹如湿润的树皮，树林犹如空中的蜘蛛网。我父亲在林荫大道旁一幢古老庄严的公寓楼赁居了一间公寓。上午我去上课，下午一两点回家。一连几个小时，我坐在窗台上，望着点灯人点亮煤气路灯，望着烟囱在无形的绳索上蹑脚走过夜空，聆听钟声从河边漂荡而来。

二月的一天，我母亲回家来，身后跟着两个身穿制服的矮个男子，肩上扛着一个巨大的灰色卷筒。他们把卷筒放在客厅地板上摊开成地毯。里面很柔软，深红色的，花团锦簇，我跪到地毯上趴着细看。我就是在那个时候看到第一颗的。

我一直想象着要这样讲述这个故事。我想象有人坐在对面，身子前倾，热切地聆听，听到这里，他总会问：第一颗什么？然而没有人来听我的故事，所以现在我关上房门，拿一条绿色的旧披肩罩着台灯——我喜欢柔和的光，海绿色的阴影交叠——等候屋里的人都睡着。然后我就自言自语。

那时候，我看到了第一颗珠子。木地板缝隙里夹着一颗珠子，交织着耀眼的蓝光。看到它的时候，我感到儿时玩自己发明的游戏时所感觉到的那种寂静。以前，我会在雪地里挖掘，寻找我所谓的“秘密”，其实是自己数天前埋在一块玻璃片之下的糖纸或碎绸布，或是在冬天的乡野搜寻而来的其他任何小宝贝。我用冻僵的手指刨去一层坚硬的积雪，看着奇迹般的色彩发出绚丽的光芒，那两个男子双手挥舞着展开地毯的时候，我浑身感到那同样的一种快乐。

只需一颗珠子，就引着我看到另一颗，然后又一颗。我意识到客厅的地板缝里落满了珠子。

他们铺好了地毯，但我每天下午回家来，就躺在地板上，仍穿着湿濡的舞衣，掀开地毯一角，拿一枚大头钉戳地板缝。过了一些时候，眼睛酸痛，我会开始想象整个世界是一片黑暗、平坦、肮脏的广阔区域，其间穿梭着融化的玻璃和熔铸的金子做成的线条。每当尖锐的针尖戳着一颗珠子，将它从缝隙里释放出来的时刻，小小的光亮就会转变成珠宝般的颗粒，照到地板上。成千上百颗珠子——有像马戏团帽子那样红白相间的圆锥形，有闪亮的玻璃圆珠，有带银斑点的小方块。最后，所有这些珠子都被装进一只鱼子酱瓶。我把这瓶子保存了很久。在革命时期遗失了。

现在，当然了，要是有人在听我的故事，他会问珠子是从哪里来的。他跟我还不太熟悉，所以不至于怀疑我的答案。我会乐意告诉他。这些珠子是从一个特别的、童话般的世界遗留下来的已被遗忘的最后残片，就像数世纪之后，海洋化作插满遮阳伞和塑料桶的沙滩之时，仍然留在岩石上的石化的珊瑚和贝壳。我以前经常这样想象，想象这个世界。这个世界曾经充满了快乐、淘气的生灵，坐在蜻蜓背上飞翔，在天空缝上虬曲的云朵，佯装是矗立在老城堡塔尖的长满苔藓的风向标，还相互抛掷太阳光束。光束落到地板上，就结晶为小小的玻璃珠。

你说什么？哦，真的那么重要么？好吧，那么，可能是在我们之前租这间公寓的父母，他们有一两个孩子，孩子们玩耍的时候撒落的。也许他们匆匆地离开这个城市——可能这个国家发生了暴动；或者是眼神不好的裁缝，长年坐在窗口一把舒适的扶手椅里，靠做针线活为生；或者，或者一个女孩为心爱的人绣钱包，突然听到他去世的消息，刺绣从她手中滑落。

这下你后悔刚才不该问了。

真实的解释通常是最简单的，也通常是最让人伤心的。

7

二月底萧瑟的一天，人们的脾气不加掩饰地赤裸展示出来，队伍里发生了一场尤其丑陋的争执，以习见的威胁，诸如拿砖头砸破某人的眼镜和打落对手的帽子为收场。人们匆忙远离这场眼看要爆发的骚乱之时，一个胡须乌黑的矮个男子走出队伍，对相争的双方说话。照例响起疑惑的声音——“他是什么人？”“我敢说是自以为了不起的大学教授。”“不是，他看起来像海盗。”“不管怎么着，凭什么听他的？”——但是，最后，队伍里的人同意且听他讲讲。原来此人有个极端的改组提议，先把排队买“北方夜莺”的人与希望听交响乐的人分开，然后交响乐这一队各人分派编号，从 1 到 300。他说道，这个队伍具有前所未有的本质，需要设立一些基本的规则，罗列一个名单，以便排队时勾画，如此，对于所有牵涉在内的人来说，生活会更加文明。

他说了很久。有些人竟然听懂了他的意思。

接着是一阵混乱、混淆、争辩。一连数日，雪不住地下，大片大片的雪花，落到路灯下的时候，飞舞起来，十分壮观、精彩。争辩逐渐平息。第四天，雪终于渐渐停歇，一个中年妇女，脸庞憔悴，身穿不合身的外套、湿濡的低跟鞋，站在队伍里，冻得发红的手指抓着一小方纸条。她的编号是一百三十七。她前面是一个三十多岁的女人，涂着鲜艳的口红，毛皮帽低低地压在额前，后面是一个小男孩，眼睛宛如多云的天空。

面容憔悴的女人看看这个，又看看另一个。

"我们碰见过很多次了,但还不知道你们的名字,"她说道,"我叫安娜。"

第二部　春

1

日子越来越长，天光变得苍白、深邃。在白瓷色的北方天空下，积雪开始融化，晶晃晃地滴滴漏漏、溶溶澹澹，响彻了整个城市，犹如鸟雀不定地啁啾，但他们家里十分寂静，好似沉埋在雪堆之下。他母亲每个下午都在排队，他父亲怏怏不乐、闷不吭声地走过屋子，摔上房门，恶狠狠地把大号掼在墙角。亚历山大自己也情绪抑郁，更糟的是，他夜里睡不着。自三月初以来，这幢公寓楼似乎出现了无数缝隙，外面的世界从这些裂缝渗进来，扰得人心绪不定——丝丝缕缕的春天的声息与明亮，暖洋洋的春风，飘到这间死气沉沉的公寓里，搅得他无法入眠。

这个月中旬，他度过一个尤其寝寐难安的夜晚。邻居在说话，古怪的对话断断续续地侵入他的梦境。“你说什么？”某处传来某人的话音，轻微却清晰可辨。“不是，恐怕不完全是那样，瓶子不是在革命的时候遗失的。那时候没了很多东西，有些可触摸的，有些不太能触摸的——但珠子不是那时候没的。这只是为了把故事讲得更戏剧化，你不觉得么？”接着一阵停顿，他正朦胧睡去，那同一个苍老的声音开始讲述一个漫长而无头绪的故事，关于两个穿工装裤的工人，扛着一盏巨大的水晶吊灯，穿过一条弯曲的中世纪街道。吊灯捆扎起来，好似屠宰后的牲口拴在杠上，水晶发出轻柔的碰撞声，一缕缕淡水彩色的天空如同丝绸花瓣一般，交织在光芒四射的水晶之间，一个小女孩惊得目瞪口呆，停下观望，然后，好像中了魔咒似的跟随他们，故事没完没了地讲着，他在半睡半醒之间忖想，这该死的公寓墙壁薄得荒唐，从楼上还是楼下传来的，究竟是谁凌晨三点唠叨这些疯话。他甚至想狠敲天花板或地板，尽管他也说不准是哪一处——但他心里隐约有些想知道故事是怎么结尾——但猝然间一片沉默。

他又开始迷迷糊糊地沉睡，也许早已迷蒙地睡着，这时那个声音——他随即认出是外祖母的声音——娇媚地说道：“哟，这么说来，你终于注意到了。是的，我已经摘下了。为什么？因为那是钻石，亲爱的，钻石只可以在冬天戴。春天来了。”

他蓦地惊醒，意识到外祖母那对令人心悸的耳环，她一向戴着的耳环，不知怎么溜进他这个充满了邻家愚蠢对话的梦里。他又躺了一些时候，望着天花板，想象那是高山峡谷，其间行走着身份不明的人物，长着毛茸茸的四肢，然后放弃入睡的努力，起身下床。他父母的房门开启一道缝隙，里面沉静的黑暗似乎比过道里更黑。他蹑脚走过。他站在厨房门口，闭上双眼，抵挡不期然照射出来的强光。

“母亲？”他说道，闭着眼睛把头从一边转到另一边，躲避灯光。

“我睡不着，”他听见她答道，“总听见有人说话——我想大概是哪里开着收音机——”

他竭力睁开眼皮，望着她从光线刺眼的空洞里浮现出来，成为一团白蒙蒙的雾霭，罩着一圈光轮，然而慢慢地呈现出因失眠辗转反侧而蓬乱的头发，厚实的法兰绒睡袍像是煮熟的牛奶，因新近洗涮而肿胀的手指间拿着一片纸头。“你在读什么？”他问道，眯起眼睛看。

自从他丢钱的那晚以来，他们几乎没有说过话。然而眼下，他的太阳穴嗡嗡作响，被那些可恶的梦境折磨得精疲力竭，直想一吐为快，这时开口说话，他不由得感到惊愕，或者解脱。

“没什么，只是菜谱，”她说道，声音听来有些伤感，“做酸枣馅饼的。这个菜谱在那里传……那里……你的物理老师抄给我的。”

他弯腰探过她的肩头，大声读道：“把牛油搅拌成糊状，直到搅得轻薄，然后加入磨碎的杏仁和橙花水——”

“比诗还好听，是不？”她小心地折起那张纸，抚平褶痕，“反正，比有些诗好。当然，我永远做不出这个馅饼的，根本买不到酸枣。队伍里有个女人总说她能弄任何东西，她每周都吃酸枣，说是这么说，不过我觉得不可能是真的。她总说些夸张的事。”

“一个女人，什么样的女人？”

“哦，排队时候认识的。你可能见过她，那次——”

她顿住口。

他不安地把重心从一只脚换到另一只脚，突然意识到光脚趾下冰冷的油地毡。时间在他们周围漂浮，似乎没有重量、不真实。墙上那只火车站的时钟消失陷落在重重阴影的缝隙之间，在强烈、赤裸的灯泡光亮之外，在两人猫头鹰似的彼此眨眼瞪视之外，整个厨房停止了存在。随着沉默蔓延开来，淹没了无形的时钟指针从一秒跳到下一秒的安静的嘀嗒声。安娜看着十六岁的儿子站在面前，身穿的睡衣太孩子气了，看得令人鼻酸，袖口一圈小帆船，短了一大截。从那晚以来，她心里第一次感到已经原谅了他，突然生起一股冲动，想跟他讲排队遇见的那些人，讲所有那些琐碎的遭遇、对话、眉眼相传，这些构成她无人分享、无人交流的一部分日子。比如，一百三十六号那个叫人难以忍受的女人，不厌烦地重复她是为了丈夫才到那里排队，他是一位*重要人物*，打算拿这张门票跟一位*极有教养的*同事谈定一桩交易。安娜不喜欢她。又比如一百三十八号的小男孩，她很喜欢他。他来自音乐家的家庭，想帮祖父买到门票，他祖父十二月过七十八岁生日。她一直试图跟他说话，但他总是转开视线，不停地啃指甲。当然，倒不是说她无人可说话。她常跟伊米莉亚·克里斯蒂阿诺夫娃聊天。她们安排了各自的时间表，隔天上午彼此占位。原来伊米莉亚·克里斯蒂阿诺夫娃有个儿子，只比亚历山大大一两岁。她想告诉他这些——你知道吗，你兴许在学校里认识他？她在给儿子织围巾，为颜色不搭而犯愁，因为她只有橙色和粉色的毛线——

“我的脚冻僵了，”亚历山大嘟囔道，“我还是回去睡了。”

“哦，”安娜说道，“当然，晚安。”

走到门口时，他转过身。

“你为什么做这事？”他问道。

“做什么？”

“一连几个小时站在那里排队。”

“因为你外祖母请求我。”她疲惫地答道。

“可是，她为什么想去什么音乐会？她从不去任何地方。连你也不知道吧？打那以后，她跟你说过话吗——我是说，她有没有谢过你？”

她愣怔在如同石头一般的沉默里，打量着他。他在门口等了一分钟，她仍旧没有说话。他点点头走开，回到床上，随即睡着，好似沉入沉静、黝暗的水底。早晨，他试图分辨睡梦与失眠之时，两个男子扛着吊灯穿过古老街道的景象生动而鲜明地悬挂在脑海里，而黎明前跟母亲的对话则如一个隐约觉得可耻的、模糊淡忘的梦境。

接下来的星期一，售票亭在午休时开张，售票员甩着染色的卷发，宣布稍后将出售一批门票。

“终于有了！”重要人物的太太说道，把一只袋子扔向安娜，“给，接着。”

安娜伸手去接，没有接着，弯腰从地上捡起来，袋子落在某人湿淋淋的脚印上。还未看见袋里的东西之前，先已闻到了气息：南方的黑土地、叶子乌油油的不知名树林、遥远的海浪有节奏地拍打的浓郁气息。她惊愕地吁出一口气，悄声问道："给我的？都给我？柳波芙·德米特里耶夫娜，可是这太……太出乎意料了。我怎么能——那个，我欠你多少——"

"哦，我不要你的钱，"那女人的声音裹在围巾之下，下巴转动着，要把缠在孔雀色围巾里的一只耳环挣脱出来，"就当作是小慈善。我敢肯定这年头当教师的没什么收入。"

安娜慢慢地把袋子搁在地上，挺直身子，看着那个女人。

"我呢，根本用不着操心，我丈夫能给我弄到我想要的所有小东西。看到这顶帽子没有，他送的妇女节礼物，还有这条围巾，是纯丝的。你摸摸看……好吧，随便你……等等，你忘了酸枣了！……你去哪里——看看你，你这是往哪里——"

安娜没有理她，径直走开。她走过正在誊抄酸枣馅饼菜谱的中年妇女，走过埋头翻看那本过去数日在队伍里传来传去的破损杂志的年轻女人，走过刨起残雪堆成污脏的雪人的男孩。她径直走着，没有意识到雪水在她头顶如小瀑布一般泻下，坠落的冰柱扎在日渐瘦损的雪堆上，没有注意到世界一片水汪汪，水光晃朗。终于到达她家那幢昏暗的混凝土公寓楼前，听得楼里一片婴孩的啼哭，响彻楼梯井，还有各种午间的气味，多半是鞋油味和肥皂味。走出电梯时，楼道被大号沉重的叹息声震得颤动。她这才想起来，丈夫今天下午休息。她艰难地拿钥匙开门，感觉鞋底传来令人不快的颤动，折腾了一分钟，才发觉弄错了钥匙。

走进屋里，她任由外套从身上滑落到门厅地板上，走过玄关，没有敲门，径直走进母亲的房间。她极少走进这个房间，有时会端来茶水，或者迅速地来掸书架上的灰尘，架上只有几本发霉的、薄薄的旧书。在这些时候，她总有一种极不自在的感觉，好似意外跨过门槛走进另一幢房子、另一个时代。在那里，一切，甚至包括灰尘，都有其准确的位置，她没有权利去干扰。现在，她就站在门槛边。阳光艰难地探进那扇小窗，微弱的光线消失在褪色的月季色的旧窗帘里。这个小匣子一般的空间，静静地躺在隐密、玫瑰色、微染香味的灰尘里。母亲坐在仅有的一把椅子边缘，庄重、脊背挺直，垂着流苏的老台灯将棕色的柔和光芒潋潋地投在面前的桌上；一叠明信片如扇状展开，摊在薰衣草色的腿上。她抬起头，那对鸟雀一般的小眼睛，宛如黑天鹅绒，里面看不见任何映像。

"妈妈，"安娜说道，"妈妈，你为什么需要那张门票？"

老太太做出受了惊的小小动作，明信片落到地板上。她似要说话，但没有开口。安娜等待着，一阵沉默之后，转身离去，在身后关上门，小心地跨过一张褪色的明信片，上面印着四轮马车驱驰的林阴大道，刚才落地时飘到过道里了。

大号的叹息声仍在公寓狭窄的过道里起起落落。她走进儿子那间空荡的房间，坐在零乱的床上，目光空洞地望着眼前空白的墙壁，丝毫没有意识到脏袜子、偷偷吸烟后留下的烟味以及青少年特有的味道相混合的臭味，她的双手僵硬地摆在膝头。她回想那个时候，似乎没有多久以前，排队期待令人兴奋的东西——期待一个惊喜，给自己的礼物，在这个令人窒息的生活里稍微喘息的机会——那时候，内心深处怀抱那么大的期待，她觉得更丰富、更完满，犹如待在一个温暖、秘密的洞穴里。而今她没有了期待，生活又裸露了，逐日被繁冗的官僚式名单和换班搅得烦乱。现在排队也是为了别人——不是为了自己，从来不是为了自己。她感到一阵遗失的剧痛、困厄的剧痛，叫她想大哭。可是她的双眼干枯，几分钟后，丈夫悄悄推开一道门缝，看了一眼，咕哝道："我好像听见……怎么了？"

"没什么，真的，"她说道，双手仍然蒙在眼睛上，"就是觉得我在那个无意义的售票亭前浪费人生，更别提还被一些很不识趣的、粗鲁的人侮辱，而且根本没有人告诉我为什么——还有你，你……你从来不……而别的女人的丈夫……你和我甚至都不……你——"

她的嗓音虽不响，却越说越尖厉、紧绷，然后猝然间停顿，好似上弦机制的一根弹簧松脱了。

"什么？"他语气僵硬地说，"你和我甚至都不什么？"

她专注地看着自己的双手。指甲总是断裂。

"又是说妇女节的事？"他说道，"你看，我跟你说过的，我本来想买些鲜花，可我正好……午场的时间表真是……那个时候所有售货亭都关了……你到底想要我怎么做？"

"我们会丢了我们的位置的，"她冷淡地说，"除非有人下午去那里。他们每天结束前检查一遍，五点钟前。"

"我们的位置？"他说道，"你不会是说——"

她终于抬头看着他的眼睛。

"我答应过她，"她说道，"可我很累很累了。"

"你不会指望我……难道你不知道那多么——"

“谢廖扎，”她说道，“我不需要你送我鲜花。可是我觉得，毕竟这一次我该得到点什么。”

他强迫自己继续看着她——看着她那张被岁月拉宽的脸，看着她眼睑上加深的纹路，看着她松垂的米色开襟毛衣上那排黑甲壳虫似的纽扣，看着她每年冬天都穿着棕色羊毛袜的迟钝的双腿，看着她那双平跟的方头鞋，向来一进家门就脱下，仔细地摆在门口地垫上，摆在他的那双鞋子旁边，而现在仍然穿着，双脚微微岔开，踩在儿子房间的光地板上，融化的污泥淌出两滩脏水……

他转开视线。

“行。”他说道，努力从牙缝里挤出声音。

“我们的号码是一百三十七，”她冲着他的背影喊道，“有规则的，我得跟你解释，还有，你还需要这个，给——”

“行，”他在玄关回答道，已经把胳膊伸进外套，一面说着，“行，行！”

他险些撞上儿子。儿子正上气不接下气地从楼梯转角拐出来，别过眼睛避开父亲的脸，好像做了坏事当场被抓住。谢尔盖等电梯时，听见公寓里传出争吵声，便放弃等电梯，转而走下楼梯，经过一群愤怒的狗崽，呼哧呼哧地喘着气，经过垃圾滑槽后密密麻麻的一堆空酒瓶，经过一个个新近涂鸦的楼梯井——有些粗陋表达的情感，用刀尖狠狠地刻划进灰泥墙。他的身体撞上公寓前门，在铰链的吱哑声中冲到外面的时候，感到有些涂鸦颇简洁明了地反映了自己的感觉。

他怒火中烧，大步走过积满水洼的街道，心想把时间花在散步上，或者去看个午场电影，或者买份报纸，找个干燥的地方阅读。他随意间转过街角，迎面撞进一个人群，一时有些昏头转向，仿佛顿时被转移到陌生的城市，眼前是陌生、不可能出现的风景。他怔怔地望着弓腰曲背的人，句读似的点缀在人行道上，整个队伍好似一个沉闷、冗长的句子——片刻后，他明白过来，恼怒地直想大声喊出心里的抗议，想说或者做些粗暴的事。

他走近关闭的售货亭，去看窗口的手写告示。

即将开售。补货后回来。

“又补货，嗳？”他没好气地说道，“他们倒不急，是吧？”

队伍前头那个留着一部凶神恶煞似的胡须的矮个男子木然不答。

“你是排队的吗？”他问道，手里手着一张纸，直戳到谢尔盖面前。

谢尔盖瞪着那人的脸，看着其硕大的鼻孔里虬曲的数根黑毛、右颊的痣、尖利的眼睛盛气凌人。哦，我一眼就看穿了你，你这个自封的圣彼得，气势汹汹地挥舞一串名单，而不是一串钥匙，决定谁被允许进入天堂，谁给打发回去，而这些——这些羔羊——所有这些温顺之人在自己造作的炼狱里服役。然而当他们最终被允许进入天国的大门，汗涔涔的手里抓着入场券票根，他们当中没有一人，没有，这些百无聊赖的家庭主妇和疯疯癫癫的老太婆当中，没有一人能够理解哪怕一个音符，没有一人听得见那音乐——而我，我等待瑟林斯基，等了一辈子，我有权利属于这里，却必须被排除在外，被大使馆的间谍、胖子、急于将来扛着大号走在游行队伍前的男孩，哦，还有如此尽责的女儿的共同密谋阻挠在外——

“很可能是今天或明天，”圣彼得不带感情地说道，伸出钢笔，“最迟星期四。可能在夜里，所以这个星期准备好排到晚些，也许到十点。票一来，很快就会销罄的。”

谢尔盖机械地接着钢笔，手指麻木了。

“门票，”他说道，“今天或明天。真实的门票。”

那男子的胡须不耐烦地颤抖。

“你是排队买伊戈尔·瑟林斯基的吧？因为你要是想买‘北方夜莺’的话，他们两周前移到另一个售票亭了。你带了号码吗？”

“我的……是的，当然。”谢尔盖在口袋里摸索。他张开嘴，只觉得双唇干燥、空洞，仅能挤出断断续续的、微弱紧张的声音：“一百三十八号，是……哦，不是，抱歉，一百三十七，名字是‘安娜’，看，在这里，我的妻子。”

他赶趱到队伍末梢，只觉得头脑昏热，简直难以置信。售票亭附近，有个仿佛眼熟的老人拿着香烟在空中画线，双眼望着远方。数步之外，一群学生堆里有个学生刚讲完笑话，正在掌声中笑得直不起腰来。另一角落里，一个三十来岁的男子，机敏的长脸晒得黝黑，正跟身后一个女人说话，把一只袋子塞到她手里：“说不准的，你可能，可能哪天——”

“我想这是我的位置。”谢尔盖咕哝着，插进两人中间。

他喘着粗气，似乎刚跑过障碍跑，血液在耳鼓里轰鸣。今天或明天，今天或明天，今天或明天……如此慷慨、如此不期而至的偌大机会，呈现在眼前，似是上帝替他求情，使他体内深处某个黑暗、寂静的地方汹涌起一股颤抖，长久以来一直压抑的波动的感觉——

“那，你用得着这些吗？”

“什么？”

晒黑的男子转身面对他。

“你用得着酸枣吗？”那男子重复道。

谢尔盖眨眨眼，抹了抹眼睛，竭力集中精神关注周遭世界的细节。会有时间的，他知道，之后会有如此漫长的时间——在墓穴般的乐团里演奏的一个个单调日子，在妻子旁边的一个个无眠的夜晚——哦，是的，会有足够时间去快乐、去内疚、去期待——

“酸枣？什么酸枣？”

“可以做美味的馅饼，我是这么听说的。我刚才要给索菲娅·米哈伊洛芙娜，可她说她不会做饭。”

谢尔盖瞥了一眼身后的女人——年纪不大，不超过三十——然后转回来面对那男子。“不该纵容这类事情，”他说道，“如果你想敲谁的竹杠，去那些指定的地方，去——”

那男子裂开嘴，露出牙齿，说道：“我又不是拿来卖。我就是有这么一袋酸枣，我自己不需要。你家有人做饭吗？”

他又瞥了一眼那个年轻女人。路灯刚亮，随着一声漫长的电气嘶声，在颤抖、不均匀的光线之下，她的皮肤苍白得好似米纸——**大变化**后最初几年里，他们用这些纸印刷书籍。她的眼睑那么精致，近乎透明，仿佛看得见眼皮下纤细的蓝血管繁复交错的纹路。她迎面看着他的眼睛，那安静、责备的目光，让他想起曾在画册上看到的中世纪绘画——静谧的绿色花园；冷色调散发融融的光泽；一朵边缘花瓣状的浮云；一队拍打着彩虹色翅膀的天使音乐家，长着尖下巴的娃娃脸，睁着昆虫一般、透明的大眼睛，小得令人难以置信的双手在拨弄闪亮的乐器……

他生怕被人发觉自己在痴看，急忙转开视线，开始找词谢拒酸枣，中途又改变想法，困窘地嘟囔道："那，那好，我拿着。"——慌乱之下，差点想开玩笑地说起他妻子做饭险些烧了厨房的事，但话到嘴边又咽下，接过粘腻的袋子时，转而问道："那么，你是音乐家？"

"我？不是，不是，"晒黑的男子说道，又笑起来，"不过我偶尔唱歌。年轻的时候我在一个合唱团唱过。"

站在谢尔盖后面的年轻女人往前探身，说道："哦，帕维尔，真的吗？什么样的合唱团？"

"主要是民歌，没什么很——"

"不过，我觉得民歌也可以很动听的。当然不是通常那种——我是说——"她抿紧嘴唇，不作声了。

"瑟林斯基在他早期的音乐里对北方民歌做过一些十分原创的诠释，"谢尔盖急切地插嘴道，"我本人是音乐家，我演奏过他的一些作品，在他——在我小时候。"

"真的？我从没听过他的作品。他们说他的演奏很精彩。不知他会在这里演奏什么。"

“请原谅我贸然插话，我听说是他新近的交响乐。他的第九部。大体是概览人类文明，从野蛮人围着一根图腾柱跳舞到今日，以全新的音乐语言谱写。我听说，乐器大多要专门为他定制。”

“有意思，你从哪里听说的？我听说的却是某种对传统音乐模式的颂歌，歌颂过去。我在音乐史博物馆的乐器部工作，传闻瑟林斯基的乐团会借用我们一些最古老的乐器。”

“不是，不是。他们告诉我是合唱。他们大半是清唱，服装会相当讲究的。蓝色和银色的丝绸。他们的嗓音简直像仙音一样。”

“哦，我真想听听。”

“哎呀，你很快就有机会了。”

“你觉得他们今天真的会卖票么？天已经黑了。”

“也许今天，也许明天，我会在这里等的。”

“是的，我也是……对了，谢谢你的酸枣，你实在太好心了。”

“不客气，我讨厌酸枣，总嵌进牙齿缝里，我姐硬塞给我的……嘿，我们反正给困在这里了，要不要听我唱歌？”

2

八点钟，谢尔盖仍未回来，安娜开始有些不安。九点钟，她心里恼怒了。十点钟，她开始担忧。洗涮盘碗之后，她打开窗户，探身往外看。春天的夜晚清新、阴冷，散发着煤油、湿润、焦虑的气息。路上偶然响起电车开过的叮当声，夫妇们跨着坚定的脚步回家的足音。她站了良久，耳听邻居家争吵的只言片语，分辨轮胎猛然煞车的拖曳声。偶尔车前灯闪过，伴随着一阵急驰而去的歌声，无法辨认的喧闹的残片，令她想象在一个封闭、香气弥漫的昏暗汽车里，城市在反光的漆黑车窗外飘然而逝，一个脑袋大笑着往后仰，一只手轻轻碰触另一只手……过了一会儿，她走进卧室。

她打开卧室的窗户，但是由于这个房间朝向大楼的内院，外面没有汽车，没有足音，没有声响，没有音乐——寂静无声。玄关里微弱的灯光照了进来，谢尔盖的大号蜷在地板上，犹如一条沉睡的龙，皮肤闪烁着光泽。看着它，她一时觉得平静些，更能叫自己安下心来，没有什么不对劲的，丈夫随时就会进门。也许她不该要求他帮这个忙，可是就算如此，他很快就会回来。她等候着，过了些时候，发觉这个更黑暗、私密的房间也跟厨房那边一样充满了声响和气味。但是这里的声响和气味有所不同，匿影藏形，简直是隐藏于地下——是悄语，而不是欢声，是踮着脚尖轻触地面的声息，而不是高跟鞋咔哒咔哒的声响。夜风吹来一阵刺鼻的烟味，杳远的天际外某人公寓里轻轻翻滚的水壶，一只鸟在不安稳的睡眠里抖动羽毛或是一个女孩在唱歌——在犹如结实的蓓蕾一般的黑暗里隐藏着无形的、欢乐的东西，在轻微地、秘密地绽放。她聆听着，困在漆黑空间分派给她的这四堵墙壁之内，呼吸渐渐平静，脸上发热，血液在喉咙里有节奏地涌动。

十一点后——大约过了二三十分钟——她才听到钥匙插进门锁的声响。她待在原地，她想要他——决定让他——走进卧室的阴影，在这里找到她，安静、双颊飞起红晕的她，一面等待，一面回想两人近二十年共同生活里那些不曾说起、几乎不记得的小小时刻。公寓里顿时充满了一连串遥远的声响——脱鞋、掷下钥匙、掏出硬币，还有一阵难以识辨的窸窣声——然而这些声响没有靠近，而是移进厨房，扩展为盘子碰撞声、关窗声，以及料理餐饭的各种声响。

她放松双手，走出卧室。

谢尔盖坐在桌前，面前摆的盘子里放了一片面包。

“你去哪里了？”她问道，声音因为失望而变得尖利。

“排队。”他漠然答道，拿餐刀挑起一片牛油。

“哦。”她说道。他的脸一如既往，不流露任何感情，却似乎潜藏着某种东西，某种沉思或情绪动摇了，敞开新的视角，朝向内心的启示，生起新的阴影。既更明亮，同时又更阴暗。她蓦地疑惑，试图捕捉他的视线。他仰头看着餐刀，她觉得仿佛瞥见他的灰眼珠斜眼打量仍残留着污渍的刀片，如同又一片牛油。

“你忘记关窗了。”他一面把牛油涂在面包上，一面说道。

“对不起，我是想着……快四月了。”

“嗯，夜里还是冷的……他们延长了接下来一两周的排队时间。到十点或十一点。他们告诉我们的。”

“哦，”她又说道，感觉整个身体在下沉，声音如同快被淹没的人，“这样的话，那我还是早些睡去，明天晚上才有精神——”

“我不介意晚上去替你。”他说道。

她静静地走进厨房坐下。他盯着涂了牛油的面包看了一些时候，然后站起身，拿着餐刀走到水槽前，打开水龙头。她哑然无声地看着他的后背。

“我可以下班后来，五点左右，”他仍然背对着她，“我是说，来替你。”

“谢廖扎，”她缓缓开口说道，“谢廖扎。我永远不会要求你这样做的。”

“我不介意。”他重复道，仍然没有转身。她竭力想透过流淌的水声，去分辨他那毫无感情的声音里的些许意味。洗把餐刀不用那么长久，她忖想道。“哦，对了，刚才忘了。我给你带了些酸枣。有人在队伍里卖。袋子搁在窗台上。我听说可以用来做什么美味的蛋糕……我的脚酸了，还是去躺下……”水龙头终于停息。他快捷地穿过厨房，似一团模糊的灰色，说道：“晚安。”

“谢廖扎，等等！你还没吃面包。我陪你坐着——”

“我很累了。你要是想吃就吃掉。好了，晚安。”

他离开了。她聆听他的脚步声伴随电灯开关轻弹的声音。然后，一阵想做些什么事的冲动突如其来，想做些动作，回应早已在体内涌动的某种模糊的感觉。这股感觉几欲将她吞没。她猛地站起，抓过窗台上装酸枣的袋子，系紧袋口，以免溢出气味，走出前门，转到楼梯口。

她的嘴唇紧绷，把袋子搁在垃圾滑槽旁的地板上。

回到厨房里，她吃掉那片其实不想吃的面包。某个邻居的收音机报响午夜钟点。她想起小时候家里有只布谷鸟时钟——涂漆的姜饼屋，小屋阳台上有只羽毛鲜艳的红嘴小鸟，热切地斜着身体打躬。她记得以前经常一连几个小时看着它，快乐地期待时间过去，在一幢幽暗房屋的幽深房间里，但是不再能够清楚地记起房间的布设。尽管而今这只钟也赋有虚幻、灰暗的品质，好像成了童话书里的插图，是透过旧书里用来保护插图的奶白色透明纸瞟见的；或是一首诗里的一节，现在偶然回想起零星几句重复的诗行，不记得是从哪里听来的。

那些词语仍在脑海里盘旋之际，她就睡着了——*我像时钟里的布谷鸟一样活着，我不羡慕森林里的鸟，他们给我上弦，我*

就唱歌——她的光脚拍打貌似轻快的童谣节奏，三四点钟，她站起身，穿过因为没有开灯而显得诡异的过道。过道里堆满了杂物，不时地撞痛她裸露的小腿。从卫生间出来后，她停下脚步，因为一缕奇异的绿光犹如海草一般摆动，似乎从母亲的房门下漏出来。她把脑门贴在门框上，睡意迷蒙之间，觉得听到一个声音，像水底的阳光一般颤巍巍的声音，在睡意之间穿进穿出，然后沉默。她慢慢地滑到地板上，靠着墙壁，迷迷糊糊地打盹。在睡梦里，那个声音又开始说话，她的梦境转啊转，好似纺一根丝线，那根丝线一圈又一圈地轻轻缠绕，把她裹进一个温暖的茧里，那声音问道：

“你见过栗子树吗？

“真可惜。闭上眼睛，亲爱的，想象一下。”

我儿时生活的那个西方的城市，长着千百棵栗子树。整条路，整个花园，甚至整个公园都是栗子树。它们很美丽，高大、茁壮，有些树已经数百岁。春天的一个星期里，这座城市开满了栗子树花，光亮一片，仿佛柔和的蜡烛。在秋天，人行道上积满落叶的时候，就会有无数栗子隐藏在落叶下，坚硬、油亮。栗子的颜色鲜艳——不似棕色，也不似红色，更像我有时在栗子树公园小道上看着驰骋而过的马儿光润、起伏的肚腹。

我们住在这座城市的第二个秋天，母亲告诉我栗子里面包含一棵新的栗子树。她总是教我植物的名称、鸟雀的鸣叫、种子任性的秘密。当时我八岁。第二天去公园，我用脚踩着一颗栗子，直踩到裂开。里面的仁皱皱巴巴的。我踩裂一颗、又一颗、又一颗——全都是一样的。但我忘不了母亲的话。我开始相信有些栗子是不同的，跟四叶草一样稀奇罕见。那些稀罕的栗子里面藏着一棵新树的礼物，有我小指头的一半大小，却已完全成形为一棵迷你小树，头发丝似的树枝、小水滴似的粉红和粉黄的花朵。我一连几个小时在公园和花园里流连，翻转湿濡、腐烂得散发甜腻味的落叶，捡来一把把栗子，一颗颗地砸开，希望在砸开两百或三百或四百颗后，最终得到奖赏，看到那颗令人狂喜的小树，长满节子的根，散发春天的花香。

落叶下不时露出其他秘密。有一天，我翻到一枚形似小巧玲珑的拖鞋的金色吊坠。又有一次，翻到一只发了霉的丝绸手套，它被染成了漂亮的青绿色。这些小小的贡物却只是让我伤感。夜幕降临时，我急忙往衣兜和舞蹈包里装进更多栗子，带回家里，倒在我房间的地板上，拿一块靴形的青铜镇纸把它们砸碎，然后偷偷扔掉这些灰暗的残骸。砸碎之后,栗子就失去天鹅绒一般的光泽。

过了一些时候，我不再掰开栗子。我把它们积聚起来，沿墙摆开，排成曲线和圆形。我想着，也许在不知不觉之间，一片隐匿的栗子树林会在我的卧室长出来，沙沙地摇动树叶，绽放花朵，那就足够了。

我的母亲终于注意到了。

我们的门房知道很多栗子菜谱。她最喜欢炸栗肉丸子。把熟栗肉泥、蛋黄、浓奶油、白糖搅拌均匀，再加一点香草精。母亲让我把糊团揉成球。我后来做得挺熟练的。

当然，你会问我是否不再相信，或者我是否仍然以为，也许——哦，请原谅这个——

墙壁另一边，她的母亲在咳嗽，安娜一惊，睁开眼睛。屋里无比地寂静，但她突然感到那种与美妙、秘密的东西在黑夜的深处悄悄成熟相同的一种感觉——不过现在她也是其中的一部分，她也在慢慢地生长，在黑暗里臻至顶巅。然后，她就那样光着脚，穿着睡衣跑出门，跑到楼梯角，跑下楼梯，双脚踩着冰冷的混凝土地面，冷得刺痛。幸好，袋子仍在那里，落在一些空酒瓶后。她提回袋子，在温水里冲洗了很久，竭力不看两三条白虫子，节肢肚腹鼓鼓胀胀的，在水里浮起又沉下，一圈圈地打转，被冲进下水道。

早晨，她记起梦境的时候，几乎哭出来——紧闭的房门之下漏出的透明的绿光，衣兜里的栗子树森林，奇迹般地回到窗台上的酸枣——但是她走进厨房的时候，酸枣在那里，酸枣真的在那里！

给家人做早餐的时候，她一面轻声哼唱。

接下来两周里，她继续哼唱，偷偷地到处搜寻，向熟人打听，去别的地方排队，一点点地收集那些难以获得的宝贵食材。最后，及时把一切准备停当。往糖水里挤个柠檬，肯定会跟什么橙花水一样香的，草莓酱（楼下邻居给的）肯定比杏子更美味，还有杏仁，好吧，想都不要想杏仁。所有售货员都笑话她。

四月初某个阳光灿烂、有风的日子，刚过下午五点，她和谢尔盖在街角碰头。她接过他的大号，把他们的号码和裹在餐巾里的牛油三明治递给他，一如她每天做的那样。“那，在通常的时候见。”她说道，竭力按捺内心的激动，不让嗓音发出满怀期待、少女似的吃吃傻笑。她的手指在他的手指上稍作停留。

他抽回手，把号码揣进口袋，目光扫过她的脸。

“好的，好的。”他说道。他走过之后，她在那里站了片时，望着他的灰色外套消失，兀自微笑起来。然后她跑回家，大号不耐烦地在磨蹭她的后背。

她迫切地渴望开始今晚。

他排进队伍，帕维尔——一百三十六号那个晒黑的男子——已经排在那里，替换一个戴着插满花卉的俗气帽子的女人。谢尔盖看着她的五色围巾飘过转角。一如往常，半小时后，眼睑苍白的年轻女人在路尽头出现，穿越明净的暮色和不定的路灯之间的界线。过去几天里，空气开始能够荡起回音，每年四月的一小段时间总是如此。她的蹬音回荡起水晶般的清脆声响，似是走在一片玻璃上。他想象那是深蓝色的玻璃，在这座城市的表层之下轻轻地颤动。

“我仔细想了想你的观点，”他说道，假装不在看她，“我恐怕不能同意。民歌……哦，哈喽，索菲娅·米哈伊洛芙娜，美好的傍晚，不是么？……民歌不是来自你所谓的‘民族精神’的深处，而是处于表面，属于简单的音乐，完全不赋有个人特性或者启发灵感，它是田野的节奏，农民群众种土豆或者什么的时候一起吆喝，免得打瞌睡。”

“那么，你不相信民族精神？”帕维尔问道。

“你们又开始了。”索菲娅·米哈伊洛芙娜说道，没有露出微笑。

“我相信，我全心全意地相信！但在我看来，得在其他地方寻找——也就是说，在我们最出色的作曲家的独特创作里，越原创越好。比如瑟林斯基。正是在天才的这些闪光里，每一代或两代人出世——”

“请原谅，我不是故意旁听的，”隔两个位置的一个中年男子插嘴道，他秃头，胡须形似一把鞋刷，“可我刚才听见你说瑟林斯基代表我们的民族精神？请原谅我多嘴，这简直是胡说八道。”他走下人行道，弯腰用手指刨刮仍然冻结的地面，他的秃头因身体用力而涨得通红。谢尔盖从他的衬衫领口瞥见一个白镴小十字架在晃荡，穿在一根细绳上。“这个，”此人说着，举起沾满污泥的手，“这是我们的民族精神。不多不少。瑟林斯基选择离开他的祖国，如此做法，就背叛了他的天赋。他也许是天才——至少，我很乐意为了享受聆听他的音乐而牺牲自己的时间——但是鉴于他不再站在祖国的土地上，他的艺术就不可能有根。艺术家只有跟同胞一起生活、一起受苦之时，才能为他们创作真正的艺术。”

“可是你无疑只看到事情的表面，而不是实质，”谢尔盖争辩道，“拿我们过去一个世纪最伟大的作家来说，他们当中难道不是大多在国外、在西方度过很多年？然而无人质疑他们在我们文化上的地位……你怎么看？”

“我相信我们把祖国装在心里，”索菲娅以她素有的轻柔而坚定的声音说道，“重要的是我们挚爱的深度，而不是我们的住址……不过，我觉得你对民歌的看法有些错误。也许你从来没有好好听过。”

“也许，”他说道，“可你难道不觉得——”

夜色渐浓，漂浮在如波浪般清凉、光彩照人的黄昏。他徒然地寻找数日前得知须排很长时间队之时心里泛起的失望感。而今，他满怀年轻、洁净、早已遗忘的愉悦，深深地呼吸夜间的微风，有一搭没一搭地参与对话，耳听帕维尔那尖细而古怪得撩人的歌声，眼望着黑暗的薄寒慢慢地改变索菲娅·米哈伊洛芙娜的苍白的五官，直到又赋染上古老画面的脆弱、轻薄的纯粹感。之后，十点钟，他虽不愿离开，但也是时候告别了，蓄胡子的组织者走出队伍，核对名字，告知每个人，“夜莺”那边的售票亭出乎意料地在凌晨两点派到货源，因此今晚这边也最好等久些。谢尔盖一惊，心脏狂喜地跳动，突然很感激这个拿着名单的大公无私的人，感激周围一起排队的人，这些陌生人也挚爱他所挚爱的东西。

“凌晨两点？”他高声说道，“太荒唐了。有完没完！”

“玩字母游戏？”帕维尔问道，“我给你一个字母，你给我一个作曲家的名字。弗拉基米尔·谢苗诺维奇，你玩不玩？”

“当然。”鞋刷形髭须的男子答道。

那夜他回到家，透着微弱灯光的窗户在黑暗里游移，天空已透出霜气，等待第二天的来临。他没有开灯，径直走进厨房。他在厨房门口停下。桌上、椅子上、厨台上，呈现出形状模糊的混乱——在重叠的阴影之下露出神秘、分隔的小空隙。一时间，他的鼻子和口腔里有种怪异的感觉，好似某个恶毒而甜蜜的东西挤过无形的障碍冲击而来。但是他还没有决定去细看之前，最深的那块阴影渐渐清晰了，毫无疑问地呈现出他妻子的弯曲脊背。她趴在桌上睡着，脸伏在伸展的胳膊上。

一股强烈的不安驱使他走进卧室，令他不能入睡，在凌晨时刻全身僵硬地躺着，甚至当她收拾停妥，出门上班前轻唤他的名字时，仍然躺着不动弹。她离开后，他迷迷糊糊地睡着，进入某个冰冻之乡，梦见那滑翔的冰原在冰冷的黑水里颤动。一小时后，他惊醒了，急于准时到剧院，只来得及匆匆扫一眼厨房，透过大号的螺旋躯体看见眼生的餐盘图案，蜡烛小心地将融化的烛油黏在茶托上，以及安放得整整齐齐的玻璃杯，好似准备庆祝。但当他路上追赶一辆不准时的电车时，又是一个有风的日子，吹散了留在他头脑的昨日，抹去他的疑惑。及至他如常在街角跟她碰头时，他已经忘记了这些，心里仅涌动着这一向总有的懦弱的心虚——又一个下午过去，门票还没有开售，没有在她排队的时候开售，没有在她排队的时候开售——

她似乎正要开口说话，不住地拿胆怯又迫切的眼神瞟他。

“我会在通常的时间回家的。”他快速地说道，脚步已经迈开，以免她开口说话。然而那天夜里，蓄胡子的组织者宣布，为保万一，慎重的做法是接下来一两夜里再多等些时候。夜黑下来，队伍开始焦躁不安。人们来来去去，熟人的面孔因数星期以来熬夜而消瘦，就像流通了很长时间的硬币上的肖像。有人悄步溜走，寻找不曾毁坏的电话亭。陌生的面孔加入队伍，组织者一面竭尽全力更新随时变化的名单，一面激昂地咒骂。十点钟，帕维尔离开，说他的换班人很快会来，半小时内会到。索菲娅·米哈伊洛芙娜那双宛如中世纪天使的蓝荧荧的目光落在谢尔盖身上，轻声感谢他的好意，把她的号码递给他，手指轻轻地拂过他的手掌——他能肯定是无意的——然后也离开了。

在接下来的时间里，他处于一种疲倦的恍惚之中，闭着双眼，右手是妻子的号码，左手是索菲娅·米哈伊洛芙娜的号码，漫长的等待终于压垮了他的精神。两点钟，他步履艰难地离开，蜷曲的手指已经冻得麻木，失去知觉。一个留胡子的老人坐在路牙上吸烟，往空中抛一只火柴盒，接住又往上抛。谢尔盖踉跄走进一阵烟雾时，远处阴暗的街道闪烁又消逝。老人抬起头。

“耐心，”他体贴地说道，“会值得的。”

“什么？”谢尔盖不由自主地停步。

老人微笑的时候，五官变得不可分辨，消失在纵横交错的皱纹里。“那音乐，”他说道，“会是你听过的最美妙的音乐。”

谢尔盖的眼睛追随火柴盒——抛起又落下，抛起又落下，抛起又落下，淡紫色的路灯的一块光芒照亮火柴盒，天蓝色，一面印着烫金字迹……他终于还是没有说话，只是点点头，走回家去，因为缺乏睡眠，头脑轻飘飘地轰鸣。早晨，他紧闭双眼等待妻子在身后关上屋门离去，然后掀开毯子下床，赤脚追到过道，拦住正往外走的儿子。

“好吧，”儿子阴郁地说，“不过，要五块钱。”

谢尔盖一言不发地打量他，心里充满了腻烦厌恶，本想教训他丢失积蓄的事，却转念去穿裤子（视线扫过厨房，只见玻璃杯和烛台阵仍然在餐桌上对峙，好似令人费解的战阵），倾空裤兜。

“先给你两块，”他不情不愿地说，“你要是真来了，再给你另外三块。”

让他惊讶的是，亚历山大果真来了，的确，不是确切的十点整，但稍后就来了。索菲娅·米哈伊洛芙娜几分钟前走了，她也安排了替补，他得知是某个家人，马上就会来。他走开，没有留意方向，只是隐约感觉还不想回家。毕竟是散步的好夜晚。走出一条街外，碰巧瞧见她，便加快了脚步，然后看清她正和一个人说话，一个男人。他看得见那个男人的脊背在薄外套下弯得像个高挑的问号。他放慢脚步，远远地落在后面，情绪突然莫名其妙地恶劣。但是一分钟后，那男子转过身，拖着衰迈、沉重的脚步走来，也是那种受伤天使的苍白眼神，透过眼镜扫了一眼谢尔盖。她的父亲，一个声音在他的脑海里呼喊，他吁出一口气，跑下街道，全然不顾白天落下的大雨溅起的泥浆。

“哦，是你，”她说道，“吓我一跳。”

“很愉快的夜晚，”他说道，跑得接不上气来，“人还醒着，却又不是在排队，感觉挺怪的。”

“昨晚谢谢你。我是说，替我占位置。我当时很累了。”

“随时乐意效劳。”

他们无言地彼此对看，然后同时开口说话。

他说道：“如果你愿意，我可以陪你回家，天色有些——”

她说道：“天晚了，不过你要是愿意，我们可以去看看我工作的地方，我给你播放一些——”

他们的话语交撞，相互在中途拦截。

她说道：“哦，谢谢你，我愿意——”

他说道：“当然，那就——”

然后他们笑起来，短促、尴尬的笑，但仍然笑了，不知怎的，此时的气氛变得轻快。在他们走向音乐史博物馆的半小时路程里，他想着，如果他仰头看，就会看见这个时刻穿过烟雾迷蒙的路灯光芒，这个微小而自在的时刻，轻飘飘地漂浮而去，飞过老城的屋顶和教堂，渐渐地淡释为珍珠色的云雾，化成四月天的又一朵云。

在博物馆所处的老公馆，他跟随她走过一个又一个房间，角落里打着戏剧化的蒙着灰尘的月光，立着上晚班的冷漠的管理员，还有线条优美、琴颈婀娜多姿的老乐器。他站得离她那么近，他们的肩膀几乎相互碰触——几乎，但没有碰触——他惊异地看着羽管键琴，浅蔚蓝色的漆面，边缘用象牙嵌着一圈嬉戏的丘比特，还有脆薄的小提琴，外壳内绘有精致的风景画。她为他一一指点自己最爱的乐器，她认识且照管了多年，还为它们起了深情的昵称。他一面听，一面想象这些房间不是如此黯淡、积满灰尘，而是灯火通明，装饰了丝绸和水彩色的饰物。她身着紧身长礼裙，坐在一台蔚蓝色的羽管键琴前，弹奏忧伤缠绵的曲子，或者心不在焉地抚弄一架竖琴的金色喉管——然而，他的眼神瞟向她的手指时，捕捉到戒指发出的闪光，他的幻想随即黯淡。

“那，我们去听听你的歌曲？”他唐突地问道。

“好，”她没有停顿便答道，“走这边。出去时可否请你熄灯？”

她领他走过一条过道，两旁立着很多紧闭的门，转进一个小空间，里面拥挤地摆着一堆留声机。一时间，她看似犹豫，不知选择哪台张口吐着黑舌头的家伙，然后带着果敢的气势走向其中一台。“我们最早的机器。脾气有点坏，但音色很好，很特别。这个，你会喜欢的，我敢肯定——”

她坐在他对面，闭上双眼。他终于看清楚，她眼睑上的蓝色毛细血管原来不是夜晚的光线效果。他强迫自己移开视线，专心聆听嘎吱作响的留声机咿哑地转出命运多舛、星辰陨落、绿草偃伏，似乎整个世界成了变幻莫测、令人迷乱的骑行，奔向遥远的地平线。在那里马儿驰骋、风儿呼啸、恋人注定早逝，快活得发狂。然后他的思绪游离。他记起与安娜在街道诊所昏暗的走廊里相遇，离现在已有二十年了。两人都没有生病，但他们工作单位的一份文件都需要医生签名。两人都等得无聊、心烦意乱，并排挤坐在不断咳嗽的焦躁人群里。因为他让安娜先进去，招致一个老太婆对他大加怒斥。后来离开医生办公室时，发现她仍在那里，站在无窗房间那道可怕的百叶门前等他，心里顿时感动。他也想起在这里瞟见的许多紧闭的门，想象它们通向无数光亮的大钢琴构成的风景、隐约颤动的小提琴点缀的神秘小花园、交响乐和奏鸣曲交汇的月光之下的幽深池塘，时或映现波光粼粼的倒影，偶尔有优雅的蝴蝶飞过。

“那，你怎么看？”她问道。

歌曲停止了。她正看着他。

“你说得对，”他说道，站起身，“很特别。”

一小时后，在陪她走到她的公寓楼前之后，他慢慢往家走。路过售票亭，队伍已经散去，但还有些人逗留，凑在湿润的黑暗里，烟头在他们的脑袋周围明灭，犹如一群暗红色的飞蛾。他看见儿子跟一个男子说话，看不清面孔，其身影横投在人行道上。路灯不规律地闪烁，亟需更换。他在路对面喊儿子，望着一只燃烧的飞蛾落到地上，仓促间被踩扁。

他本想责备儿子，但还是没有开口。他们走过半夜转向黎明的时刻，脚步不时显得零乱。

“母亲到这里来找你，”男孩说道，“拿着个馅饼。”

“馅饼？”

“馅饼或者蛋糕。她做的，想叫你吃。”

“多傻，”谢尔盖心不在焉地说道，“干吗不等我回家。”

他好奇她是否喷了香水。他料想自己永远不会知道的。这不是可以随便开口打听的事——不过，也许他会问的，音乐会那晚。他第一次放大胆子，不强迫自己压抑放任的思绪，不加掩饰地想象那伸展的楼梯，索菲娅纤细的手在他的臂弯轻轻地颤抖，一排柔软的天鹅绒坐椅，她把苍白脸颊上稚气的颧骨轻轻地搁在他的肩头，如此完美，如此触手可及的寂静，简直会如云朵似的飘向巨大的天花板。还有呼吸同样的空气，还有瑟林斯基。瑟林斯基，真的是他，捷步如飞，燕尾服的尾翼飘扬，白发飞扬，然后指挥棒令人目眩地划过充满敬畏的空气——然后……但他的幻想在这个场景变得模糊，然后索性凝滞。每日必须精疲力竭地寻找托辞，担心门票落在心神恍惚的妻子手里，想着自己的计划得逞后令人痛心的前景——必须编造说辞，解释何以空手回家，然后找个安全的地方藏匿宝物，再编造一连串谎言，解释音乐会当夜离家的理由——所有这些不正当的心思，令他感到沉重。然后他又自我安慰，自己才是应该聆听瑟林斯基的人。他不是不诚实，他有资格，是的，有资格——因为，因为，难道他的一生以及所有错失的机会，不曾实现的渴望，多舛的命运，不足为他担保这场音乐会，这份礼物吗——

“他们告诉每个人，明晚再等到凌晨两点。”儿子说道，斜眼瞅他。谢尔盖没有回答，儿子接着提议道：“你要是想的话，我可以像今天这样十点来替你。还是五块。”

“数学不是你的强项，是吧？你知道我挣多少工资？”

“那么，三块，三块也可以。”亚历山大随即接口道。

他们在公寓楼前停步。谢尔盖看了儿子半晌。他知道，若做解释的话，简直是荒唐。这孩子永远不会理解如此痛苦、如此剧烈的欲望……

“你不能总待到这么晚。”他终于开口说道。

“你要上学。”

“也不是总是。只有两天，今天和明天。我只是想帮一把。”

谢尔盖犹豫着。

“好吧，”然后他说道，“只是有个条件。你排队的时候，要是买到票，就拿来给我。我想亲自送给你外祖母。同意么？”

“当然，随便你。”亚历山大说道，但他不太敢看父亲的眼睛。

谢尔盖竭力不理会嘴里的苦涩滋味，伸手掏钱包。

3

“你肯定是新来的，我以前没见过你。”

“是啊，帮家里人站夜班。”

“啊，是了，夜班！有些人在抱怨，你知道的，他们说，门票在凌晨开售的几率能有多大。不过，我对他们说，说不准的，这些事情无法预料，无论如何，一点额外的希望不会伤害任何人……兴许你有多余的？再借个火？……谢谢你，衷心感谢你。还有，我们说白了吧，我们又不想往别的什么地方去。我失眠，你知道的，一连几个小时坐在黑暗里，自言自语。现在我来这里，认识一些人，侃侃大山，有点事做。大家交流笑话，那边有个家伙还唱歌……哦，我看到又一张新面孔了，一个男孩，肯定是来帮他父亲的。看见那个走开的男子没？对音乐精着呢，那家伙，还有另外一个家伙，那边留一撇胡须的那个——”

“嘿，我认识那男孩。哎呀，我还是回到我的位置去。那，再会啊……哟，哈喽，看来我们是邻居，你是一百三十七号？怎么，不认得我了？尼古拉，记得么？”

亚历山大没有回答。他一分钟前才瞧见这个骗子，在迷蒙的路灯下投下粗大的阴影，跟另一坏家伙分享一支烟，两人都转头盯着他，不断地笑啊笑……他还没有缓过气。

“我说，你怎么了？”这无赖欢快地问道，“我在火车站等了三个小时，你压根儿没有出现。”

亚历山大站在原地，怒火中烧，目光掠过那人的头顶。

“啊，我明白了，明白了。你以为——你肯定以为我骗了你的钱或者什么的。好吧，这可得罪我了。我真的被得罪了。我该叫你吃掉我给你买的那张愚蠢的车票——也得排队等的——可惜我不晓得错放在哪里了。”

“错放了。说得动听。”亚历山大从牙缝里挤出这些话。

“信不信随你，对我来说都一样。反正那车票现在没用了。不管怎么说，你不该在乎，你快要发大财了，干吗在乎那点钱？”

“哦，是吗？我究竟怎么要发大财了？”

这个窃贼似乎吃了一惊：“你是排队买瑟林斯基的门票，是吧？”

“那又怎样？”亚历山大反问道，不肯正眼瞧他。

“那么，想想看，”他凑近来，亚历山大闻到陈腐的酒精和汗臭，“稀罕的作曲家回家乡演出唯一一场音乐会！一大堆人想看得要死，可不是每个人都能每天在这人行道上排队的。懂我的意思吧？朋友，你花在这里的时间就是金钱。你用政府的票价购买，然后去一趟你知我知的某个小地方，我给你介绍一些不错的人，出来的时候，你的口袋就鼓了。”

亚历山大的思绪违背意愿地敞开，任那座教堂的阴冷空气进入体内。那空气不同于外面的空气，似乎从一块岩石中劈袭而出，手电筒的光束探照他那些最隐秘、难以言喻的欲望，几记心跳之间，他的胸膛里涌起热情爽朗、慷慨大方的感觉，夹杂着预先体验成年的刺激，有大事发生了，他的人生里终于有要发生大事的感觉了……

“有多少，你觉得？”他脱口问道。

那人俯身耳语，嘴唇几乎碰到亚历山大的耳朵。

“瞎扯。”亚历山大惊叹道，双眼瞪着他。

那人严肃地点点头：“兴许更多。够你乘三四趟火车的。”

亚历山大的情绪旋即浓缩为一星愤怒的火光。火车站，醉酒时向这个坏蛋倾诉的秘密，两人一起看火车驶过的耻辱……他的五脏六肺剧烈地扭曲。他后退一步。

“这票不是我的。”他的嗓音里紧绷着复苏的怒火。

那人好脾气地耸耸肩：“无所谓，我只是想帮你。你其实算是帮你的家人。我是说，如果我是你母亲，我会用那些多余的现钱买点好东西，而不是花两个小时坐在闷气的房间里听咿咿哑哑响的老朽的小提琴。不过，我猜她真的热爱音乐。我总这么说的，人的品味是说不准的——”

“别浪费你的口水了。”亚历山大呸了一口，转过头去。

夜悄然滑过，湿润而闪烁光泽的万物渐渐苏醒。午夜前，他母亲拖着脚步走来，拎着一个包裹，里面是气味浓重的蛋糕，令他十分窘迫。夜深了，街道两旁公寓楼透出微弱灯光的窗户，最后也一个个地熄灭。在黎明到来之前，城市变得漆黑一团，如同一块沉重的岩石，沉入无梦睡眠的黑暗深渊。他站在那里，瞪视春季无垠的天空，漂浮得那么高远，似乎属于一个完全不同的城市。他的思绪追随其后，不安地漂流。不过，他只在这里站一夜，所以无须担心那人所说的话，反正自己不信任他，况且门票开售的时候，自己也不会在这里，压根儿不需要……

又过了一个小时，一个蓄盗匪胡须的家伙，在队伍前头宣告道，准备明天也要排到深夜，可能还有后天，也许直到这个周末。那家伙说，很有可能是半夜开售。然后亚历山大若不是禁不住地琢磨，至少也是在转念之间想到。渐渐地，他心神不宁地开始跟尼古拉说起话来。尼古拉给他讲了很多故事。他的故事发生在这片土地的遥远尽头，在那里，树木长得如此密集，阳光永远照不到地面，凶猛的野兽在波光粼粼、令人目眩的湖边漫步，下巴糙得像砂纸、胳膊粗如他的大腿的男人，在险峻的山路上开卡车，穿越蜿蜒的峡谷，路过粗野的小村。在那里，长着杏眼的女人长发披散，赤脚的男孩骑在不备鞍的马背上，生活富有传奇色彩的永恒的必然性……

亚历山大坐下来缓气，咽下口水，说道："可我怎么跟他们说？"

尼古拉咧嘴笑道："抽支烟。我想想，你不是已经被抢劫过一次？……好吧，那，回家的路上掉了，因为你的口袋破了个洞。"

“可我没有。”亚历山大说道，感觉喉咙口干痛。

“你身上有没有碰巧带着那把刀？我想你可能还带着。好，不要动，就一秒钟……你看，你现在有了。我说，他们在学校都教你们什么了？”

亚历山大把手指穿过口袋破洞，扭动了几下。

“嘿，我看那边有人叫你。”

亚历山大急忙转身，看见父亲，赶紧扔掉香烟。

“哦，是他啊，”尼古拉说道，“不时一块喝酒的一个家伙。那，看来要走了。”

“明天见？”

“行，也许，要是我不太忙的话。”

丈夫和儿子踩着沉重的脚步走过厨房的时候，安娜惊醒过来。她没有抬头，只是睁开眼睛，从黑暗里看着他们。她的脖子酸痛：这是在餐桌前睡着的第三夜了。厨房里充满了糖味，还隐约有一股数周前喷的除蟑螂剂气味。

她觉得自己是无形的。

第二天早晨，谢尔盖仍然睡着。这些天他一直这样。她在卧室门前驻足犹豫，探看他埋在枕头里的脸。转瞬之间，她仿佛看到他的眼睛在眼皮下紧张地转动，便屏住呼吸，但是没有其他动静，便蹑脚走出。在厨房里，她把酸枣馅饼装进提包。

昨夜她已去过楼下邻居家，归还借来的玻璃杯和烛台。伊丽莎薇塔·尼基季什娜挤出礼貌的假笑，询问结婚周年纪念日的晚餐进行得如何。“二十周年，是吧？”她欢呼道，“过得如何？”

“好极了。”安娜答道。这位未婚的邻居双手交叠，吁出一口气：“哦，安努舒卡，你真幸运。”

“是的。”安娜忧伤地赞同，越过伊丽莎薇塔·尼基季什娜的肩膀，望进她那闪亮的拼花地板过道，一把扫帚低调地靠在角落，随时准备一听见大号响，便往天花板上撞去。

在学校里，安娜把馅饼装进书桌抽屉，小心地封闭麝香般的发酵味。今天她要上三堂课，决定在第一堂下课铃声响起之前，把学生的注意力吸引过来，用略带夸张的动作抽出馅饼，看到孩子们高兴得鼓掌时，就露出浅浅的微笑。但是第一堂课结束时，才早上十点，阳光在天花板上交织出灿烂而混乱的图案，她觉得心里还未准备好放弃近一个月以来所想象的情景——在晶莹、幽静的烛光下，丈夫俯过身，跟她再要一块点心——尽管她不把失望归咎于他。当然，她知道都是因为排队，将他们的日子刨空了意义和温暖，将他们相互分隔，将他们的生活缩得更小。她同样让第二堂课的学生散去。第三堂课显得比规定的时间漫长。一个男孩站起来阅读他写的故事，关于一个男人在旧社会工厂事故里失去一条胳膊，后来在起义中领导工人同胞，在胜利的最后一幕，他用完好的那条胳膊拿枪打死工厂的经理。男孩欢欣鼓舞的措辞令她不安，但她给了他最高分。一个女生请求允许上卫生间，近半小时后才哭着溜回来。安娜竭力不朝她看，但她感觉到一种古怪的恐怖——倒不是怕这些孩子，而是觉得这个房间里有种狰狞、强横的存在。铃声响起时，她木然地望着他们离去。

她知道公寓楼旁有个小公园，总是落满了鸽子。那天下午排队的时候，她想一换班就到那边去，把馅饼撒在地上，让鸽子拍打翅膀扑到自己脚边啄食。然后她生出别的念头。她转头看着身后的男孩。

他完全不像学校里的那些孩子。

“你喜欢甜食吗？”她问道。

他没有说话，只是点点头。他最近一直很沉默，眼睛里那片天空愈加阴郁。“那，我有点东西给你。”她说道，莫名地松了一口气，然后压低声音，怕前面那个嘴唇鲜艳的女人听见（自从酸枣事件以后，她们两人避免交谈），说道：“等我们离开这里后，我再给你。”

男孩又点点头。

五点钟时，她叫他稍等，待她先去和丈夫碰头。下午的天色苍白而安静，她急步走向前，跟谢尔盖会面，听见他的脚步从街道另一端传来，汇进自己的脚步声里，似乎是自己的回音向她靠近。

“有消息吗？”他说道，停下脚步。他今天休息，但看起来还是很累，眼睛困倦，黑眼圈更深了。这张脸心不在焉、心事重重，掩没了她曾经认识的那个男人的那张充满生气、英俊的脸庞，就像被一层透明的薄蜡封住。都是因为这排队，她又想道，转开视线，心里痛苦，勉强露出微弱的微笑：“大家都说很快就到了。”说着递去号码。他吐了一口气。是沮丧，她知道的，是表示又一个下午过去，事情还没有了结。然后，他走过她身边。她胸中蓦地掠过一阵惊慌，心里无比空洞，感觉某种珍贵的东西从她身边逃走，也许是永远——

“等等！”她喊道，拉住他的衣袖。

他停下脚步：“什么事？”

她犹豫着，手里拎着的馅饼变得沉重。她回头看看。男孩站在刚才说定的地方等待。他站在街角，眼睛低垂，一只脚在路上来回拖曳，在泥土里画图画。她的心一紧。

“没什么。”她说道，放开他。

“那，晚上不要等我了。可能会迟些。排队，你知道的。”

“我知道。”略微停顿后，她答道，慢慢转过身。

她和男孩走了一段路，直到看不见售票亭，她才停下。

“我自己烤的，”她拿出包好的馅饼递给他，“兴许你可以邀一些朋友来聚会。你的生日快到了吗？”

“是上个月。”他一动也不动地说道。

“那，那就泡杯好茶，跟你父母一起吃。”

“妈妈要过几小时后才回家。”

她等待着，但他没有说起父亲。她感觉自己站在他面前，像个诉求者，双手往前伸，周围一片寂静。

“你可以和我一起去。”男孩说道，盯着自己的鞋子。

她想着，再过半小时，当春天透明的翅膀疯狂地拍打厨房里起雾的玻璃窗之时，就该做晚饭了——然而嘴里却让自己吃惊地答道：“谢谢你，我很乐意去。”

路上，他们没有说话。一条散发酸腐味的小巷，两旁墙壁的灰泥被人恶毒地刨开，公寓的窗户开启，敞向今年第一个温暖的黄昏，别人家做晚饭的浓烈气味传进她的鼻子，伴随着准确地操持盘碗的声响。走到第二条路的尽头，男孩领她进入一幢灰色楼房，低矮得好似一根沮丧下垂的眉毛。走过昏暗逼仄的门厅，里面嵌着一排排发黑的邮箱。走向电梯。电梯看似仅略大于邮箱，两人如同两封信塞进信箱一般挤进去。他的手指试探似的按下一个按钮，然后等待着，头歪向一边。漫长的停顿之后，古老的齿轮一颠，吱哑作响，在他们脚底某处勉强移动起来，然后电梯匣子往上颠晃。经过楼层之际，光线一暗，然后又一亮，然后又一暗。停在第四楼层，他们走出电梯，安娜吸进一股酸腐的牛奶味，瞥见一只蓝边的茶碟，一只流浪猫一闪而逝的影子，然后屋门呻吟着向内开启。

“这边走。”男孩说道，一面用手指示，尽管也只有一边可走。

眼前的生活空间很狭小，疏于照料，中间的空间摆设了笨重的棕色家具、庞大的桌子、宽深的扶手椅，全都大得不适合这个空间，只空出一些小角落。“我睡这张沙发。”他打开一盏台灯，说道。在斑驳的灯光下，她看见旧墙纸褪色的花环中间挂着玻璃相框，里面的相片闪着微光，不由得吃了一惊。开灯后，每个相框就呈现出橙色灯罩的小小的刺眼映像。她犹豫着趋近前去，只见是两个瘦长的年轻人，身穿僵硬的服饰，年长的露出微笑，年轻的十分严肃，胳膊搭在对方的肩头。

“那是祖父和一个堂兄弟，”男孩瞧见她的视线方向，便解释道，“他俩都是学音乐的，很久以前。”

她看见照片边缘繁琐的老式涡卷形图案，蒙尘的相框边缘落着小孩的手指印，黑漆漆地发亮，于是不安地走开。她曾被教导——尽管是以那样慎重的方式教导，却不记得是何时或何人所教——老照片有隐约的恐吓感，似乎发出令人烦恼的邀请，邀人看那拇指大小、失焦的面孔。人们排起队来庆颂早已遗忘的场合、家庭纪念日、微小的胜利，这些东西还是不要拿出来，最好还是隐藏在相册里，任其破损模糊，叫蠹鱼饱腹。

“那，这人是谁？”她指着一张照片问道。

男孩注视着满面笑容、脸庞单薄的男子，看了半晌，好像是第一次见到。

“我父亲，”然后他说道，“那是七年前的照片，我们没有新近的。那是妈妈……这边，我领你过去。”

安娜跟他走进厨房，里面没有食物味。他的眼神古怪，羞怯又热切，专注地看着她往水壶里灌水，找到两只茶杯，从包里拿出馅饼。“只是我们没有够大的盘子，”他说道，“只有一些茶碟。”

“那就切成小块，”她爽快地说，“你家的刀子在哪里？”

在别人家翻寻橱柜，令她觉得颇尴尬。橱柜内散发着霉味，在一堆不相匹配的盘子后面，她瞥见色泽暗淡的银器隐约闪亮。水壶烧了很久也没有开，数分钟数分钟地等待（她注意到墙上的钟，又大又圆，黑白钟面漫延着大片空白）。水壶终于烧开了，好像凄惶的省际列车一般呜咽起来，震得整个厨房直晃荡，似乎往夜晚的阴影里颠簸而去。

“我们能不能只喝开水？”男孩说道，递出打开的茶叶罐，“妈妈只剩一点茶叶了。”

她看着他小心翼翼地品尝馅饼。

“挺好吃的。”他说道，把馅饼搁在茶碟里。

她接着也尝了尝，只觉得腐烂的甜腻味把舌头粘在牙龈上。

“我很高兴你喜欢。”她说着，也放下自己那块。肯定是酸枣在窗台上搁了太久的缘故，她暗自责备自己。接下来半晌，他们一声不吭地坐着，啜着开水，呼吸着这间充满不曾使用和不需要的东西的厨房里散发的微弱、陈腐、安静的气息。“我小时候，”她终于开口说道，眼睛望着他，“我们有个很大的家庭，很多朋友，我父亲那边的。我们一起吃美妙的晚餐。我父母拥有最漂亮的瓷器，勾画着细巧的金边，瓷器薄得可以看透烛光。现在只剩一只茶杯了，但是曾经足够给二十四个人用，晚餐的时候，橱柜里一只盘子也不剩，就是有那么多客人来。”她一面说着，一面感觉童年的模糊景象在周身扩散，浸染了色彩，回响着孩子的喧闹，暖暖地熏着壁炉的火光，一切渐渐地变得真切。“我记得盛汤的大盖碗热气腾腾的，吃了甜点后，我母亲就弹钢琴……后来我父亲过马路的时候给撞死了。那时候汽车不多，人们过马路的时候忘了先看看。**大变化**前。”

“我父亲没有死，”男孩说道，“他只是不在。有一天他会回来的。”

“他当然会。”她以教师惯有的乐观、响亮的口吻说道。

他默不作声地看着她，老成的眼睛里流转着忧郁的神色。

然后，她有点心慌意乱，想说点别的，说一句意味深长的话，也许数年后他会记起的一句话。一时间，她以为感觉到适当的词语了。这些词语已经涌到她的嘴边，动人而充满智慧，犹如混沌时代沉重的巨石一般压在舌头上——然而，她正要开口，隔壁房间炸开一个洪亮、皮革般的声响，好像是一只发狂的蝙蝠撞到墙上。

男孩原本双眼一眨也不眨地瞪着她，似乎在等待什么，这时急忙垂头看着自己的双手。“祖父总咳嗽。不会传染或者什么的。”他说道。

那些巨石顺着她的舌头往回滚落，变得越来越小，变成了小石块，然后变成卵石，然后只是沙砾，划痛她的喉咙，直到最后忘了它们是什么、曾是什么。“我以为你一个人在家。”她说道，不知何故，压低了声音。

“祖父总在傍晚打盹。”

“我该走了。”

“你可以留下见见他。他醒了。”

她摇摇头，站起身。

“家里人在等我，”她撒谎道，“我，我把馅饼留下给你。”

她忐忑不安地走过墙上黑白色的陌生人面前，感觉像是不请自来地趴在锁孔上，张望她无权侵入的别人生活里的隐密、赤裸的背面——那个笑容灿烂的逝者及其羞怯的寡妇妻子，她无形的睫毛之下的眼睛单薄、饱含哀伤；那两个瘦长的年轻人，穿得过于考究，来自上个世纪，身处烫金、庄重、静谧的过去，也许曾经有过豪壮的梦想，要成为伟大的音乐家，要逃脱命定的平凡——不要在一幢灰暗楼房的破败公寓里度过凄凉的老年景象，没有任何希望，仅指望能活得足够长久，得以参加别人的音乐会……

她走得缓慢，心脏却像在逃跑一般地跳动。

一到公寓楼外，她就开始跑，跑过被绿色的暮光照得鲜亮的四月黄昏。透过光亮，清闲的气息吹拂她的头发和衣服，她的心里激荡着剧烈、无言的召唤。一回到家，她就冲进卫生间，惶急万状地翻寻一只抽屉，因为受挫心烦，把衣物四处乱扔，最后终于在一层压平的白色长筒袜下把它抽出来。一张棕色的相片，大小正好摊在她的掌心。她把手指合在相片上，指尖感受纸张的厚度。

“我父亲那边有个大家庭，很多朋友。”她大声地重复道，有些犹豫，似在试验这些词语的真实性。

那夜，她没有睡着，而是在记忆深处搜索过去的痕迹，试图回想冬天的色彩，却只是隐约摸索到虚薄、怪异的感觉，在她的触摸之下，匆匆逃逸，就像打开厨房灯光时，蟑螂仓促奔蹿。**大变化**时她才五岁，忘记的多过记得的。天亮前，她蹑脚走到过道站着，竖起耳朵听。可是，当然没有声音，从来没有任何声音。她想冲进去，摇醒母亲，要她回答所有她不知道的事情、所有她从没想过要问的事情。告诉我你为什么需要音乐会门票。你怀念怀上我之前、一切变化之前的青春、跳芭蕾的时光吗？给我讲讲你的舞蹈。还有父亲，给我讲讲父亲。他想要你继续跳舞，还是很高兴有了我？你高兴吗？在我记得的那间漏风的集体公寓之前，我们住在哪里？我有很多朋友吗？壁炉、钢琴、晚宴，这些都是我想象的吗？还有，我父亲没看之前就穿过马路那一天，你在哪里？

你为他哭泣吗？

你爱他吗？

你快乐吗？

她把手搁在门把上，握在手心感觉冰冷。过了一会儿，她回到床上，听着丈夫规律得极不自然的鼾声。接下来一两个星期，她在社区周围搜索，最后有些良心不安地买了一个带照片的相框。照片是一个神色严峻的女人，也许是谁的姨母或教母。卖主身穿破夹克衫，性格活泼，在一条荒凉的小巷跟她搭讪。他的呼吸有股恶臭，口袋里装满了各种破旧无用的小饰物。回到家里，她拿专用来为偶尔买来的鸡开膛的钝剪刀，剪掉父亲的方形照片的四角，把它塞进椭圆形的相框。她没有把陌生女人的照片抽出来扔掉，由于手指紧张，把父亲的照片撕出一条凹凸不平的裂缝，下面露出一截女人的白裙。装帧完毕后，她仔细地琢磨父亲那张冷漠的中年面孔，慈祥的近视眼，隐约露出的双下巴。然后，没有找到所寻找的，她小心地把新装的相片摆在床头柜上。

然而，那股迫切的情绪仍然攫执着她。五月的一个晚上，她的丈夫去排队，儿子独自在厨房里吃晚饭，母亲在泡澡，她偷偷潜进那个不属于她的房间，手忙脚乱地抓挠，拉开一只抽屉，令里面的干花、陈年的精致物什、世纪转换之际留下的优雅纪念品散发出陈年的气息。她慌得涨红了脸，在一层层腐朽的蕾丝、磨损得如同旧纸般脆薄的丝绸里翻寻。终于揭开散发霉味的绿色披肩，找到她想寻找的东西，偷偷抱着那包东西回到自己的卧室。

在卧室里，数小时后，谢尔盖碰巧看见她坐在床边，胳膊抱着膝盖，指关节因用力过度而发白。

“怎么了……你没事吧？”他问道。

她点点头，但没有看他的眼睛。她的睫毛湿润。

“谢廖扎，我知道我母亲很难相处，但她是苦命的女人，”她悄声说道，“谢谢你为——你知道的。”

他的喉咙里涌起苦涩的羞愧。

“没什么。”他说道。但是等她睡着后，他起床离开卧室，隐匿到厨房的黑暗里。他思索着那份期待，如此地将他牢牢地揪着，如同攥紧的拳头将他抓牢，迷糊地度过一整天，等待夜晚终于展开，深沉的、荡起回音的夜晚，蓝色、螺旋般的夜幕里，充满了帕维尔的歌声，激情地与弗拉基米尔·谢苗诺维奇争论音乐、勇气、命运，以及很多他以前从不曾用词语表达的东西，然后索菲娅的轻盈的高跟鞋蚀刻这个神秘城市的地图，这个他生活的城市，他生活了一辈子的城市，然后透过纷纷飘落的白色花瓣，透过近乎快乐的薄雾，他不再认得这个城市。每天夜里，他陪她走向公寓楼的路上，谈论音乐会，或者各自最爱的作曲家，或者儿时读过的书，或者什么也不说。他的快乐无限地蔓延，他重新感觉那阵刺痛，那种透不过气来的折磨。她轻声说再会之后，急步跑上通往大门的台阶，她的脚步声—— 一声、两声、三声，第四声被大门砰然关闭的重击打断——敲击安静的夜空，犹如落在他竭力想要破译的难以辨认的乐谱上的音符，留在他的记忆里，好让他至少能在心里保存其中一小部分，聊以慰藉，一面焦急地等待下一晚、下一次一起走路……

* * *

已过了午夜。路灯的光芒漂浮在人行道上，照出雾气迷蒙的一团强光。远处几条狗专注地对话，公寓楼边，有人酒后斗殴，破酒瓶闪着光亮划破黑夜，车灯滑过一把刀片。他仍然一动不动地坐着，似乎连呼吸都停止了。直到他与这个春天的深夜完全地交融，这个涌动着痛苦、欢欣、飘飘然的渴望的春夜，涌动着某种浩大而不可言喻的希望的春夜。他那么忘情，以致凌晨两点钟后，亚历山大摸进厨房，没有开灯径直走向食品储藏柜之时，以为他父亲的腿是椅子的投影，一脚绊倒，一面诅咒着摔在地上。

4

“我家里人都有点精神失常了，”次夜，亚历山大说道，手指拢着一根火苗蹿跃的火柴，“这排队把他们都弄疯了。”

“你走运，现在随时哪天都有可能走掉，”尼古拉的牙齿一闪，“你最好开始收拾行李，朋友。”

“是啊，当然。”亚历山大喃喃说道。他们默默地抽了一会儿烟，两颗通红的烟头在微凉的黑暗里明灭，只有公寓楼方形的窗玻璃透出的微弱光芒，稀释这黑暗（昨夜路灯的灯泡烧了）。廉价的烟叶混合煤气的化学味，还有某种不能立即分辨的气味——某种刺鼻、洁净，并且不难闻的气味。“告诉你，我一直在想，”他终于开口说话，“所有这些人在这里等了那么久，光为了买那些门票？我真好奇这人，他叫什么名字来着？我琢磨他肯定很特别。”

尼古拉的夹克衫窸窣作响，亚历山大猜测那声响的由来，然后耸耸肩。

“我只是为了钱，”尼古拉说道，“懦夫不值得我浪费时间。一见苗头不对，他就逃出国，是不是？兴许也在那边跟错了人，我一点也不吃惊。国外有的是兔子[1]，想想就恶心！”

亚历山大皱起眉头看着他。尼古拉的左眼可能又起了一阵阴霾，但是没有灯光，亚历山大看不清楚。尼古拉又耸耸肩，晃了晃烟盒，往里掏了掏，翻转过来，剧烈地摇晃几下，然后啐了一口，扔掉烟盒：“该死的。好吧，我去去就回来。要是那些家伙在我不在的时候开始打牌，告诉他们我马上就回来，扭掉他们的脖子。你入一份？”

“我昨天输光了。”亚历山大面有难色地说道。

“我借你。”

“我还不了。我父亲不再付我钱了。”

“别担心，我们想想法子。”尼古拉从路对面喊道。

亚历山大仍然望着他的背影，只听得身后传来沉重吃力的脚步声。他的眼角瞟见那个吃力的动作，那个人影直起身子。

“能否请你好心替我看一会儿位置？”一个苍老的声音说道。

亚历山大不置可否地哼了一声。他身后的老人一向避免跟人交往，他们没有说过话。拐杖叩击路面的声响沿着队伍渐行渐远，亚历山大不用转身也知道，老人捡起了尼古拉扔在地上的那个揉皱的烟盒。老人费了很长时间寻找垃圾筒，终于回来的时候，亚

1 fairies，指男同性恋者。——编者注

历山大感到他那穿着破蔽衣服的高瘦身影往前倾，悻悻地忖想，他要教训我乱扔垃圾是不文明的行为，或者吸烟有害健康……但他还是回头了，烦躁之中夹杂着一股模糊、不安的冲动——不是好奇，也不是挑衅。暮色遮没了老人那整洁、胡子刮得干干净净的瘦小面庞。汽车偶尔驶过，把他的双眼照成两个闪亮的圆孔，露出白色、清澈的光芒，然后又变得黯淡。

“我跟你说，那不是真的。”老人温和地说道，扶正眼镜。

“什么不是真的？”

“你朋友说伊戈尔·瑟林斯基的那些话。不是真的。”

“怎么，他不是兔子？”

“他不是懦夫。”片刻沉默之后，老人说道。

“啊，那么他是兔子了。”亚历山大立刻回嘴，旋即便后悔了。但这时候，队伍前头骚动起来，喧闹不绝，乱哄哄地挤作一团。尼古拉突然间出现，平息打架——或者他原本就夹在打架的人群里——人人都在叫嚷，跑来跑去。不久后，各方愉快地对骂了一阵，他们已经在路旁架起空木箱，准备开一夜牌局。

那晚，亚历山大也参加牌局，输了些钱，这次甚至都不是他自己的钱。第二晚又输了，接下来一晚，接下来一周，都在输钱。尼古拉以素有的愉快的行事方式，拿走亚历山大的刀，对他说，只要他想要，当然可以随时赢回去，况且他总是可以借用一两天的。失了刀，亚历山大虽然难过，但没有反对，因为他输得光明正大，主要也是因为交出刀的时候，为了挣面子，虽露出怒容，却霍然领悟自己多么喜欢这些夜晚——喜欢午夜后渐渐发亮的天空的寒意，不去任何地方、不做任何事情的自由感觉，身处某个秘密的、超越时间的无形口袋里，某些私密的夜晚时分，跟这些粗鲁、危险的汉子一起，清醒、警惕、活跃，而在整个城市那些千篇一律的丑陋的公寓楼里，夜晚窗后活动着千篇一律的丑陋的生活，就像成百部凡庸的戏剧里千百个被灯照亮的舞台上的人偶，直到这些窗内的灯光一个个地熄灭，就像果子过度成熟而落地，被黑暗吞噬，这个令人憎恶的城市蜷入死气沉沉的集体睡眠——然而他们仍在这里，聚在烧了保险丝的路灯之下，凌晨一两点钟，男人们紧紧围成一圈，散发着尼古丁、汗臭、异国水果的刺鼻气味（有人说，那是酸枣，限量的货，装在这些他们用作桌椅的木箱里）。随着时间过去，他们的面孔如同黑暗与光亮的狂野拼图，空酒瓶当啷作响，在他们脚边滚动。手电筒的光束越来越不稳，时而曲折，时而倾斜，时上时下，底下方形的投影照得一只下巴显得两倍大，照得一只鼻子硕大无伦，鼻孔呼哧着明黄色的毛发，似乎在冒烟；一只手握着扑克，一只手把一张纸钞顺进衣兜，一只手狠劲擂下；鼻子鼓得连鼻孔都变黑了，黑黑地一片汇进没有刮的下巴——所有这些之上，漂浮着那股气味，清新，干净，充满活力，他现在分辨出来了，这只是春天逝去的气息，混合着一丝可能的快乐。

他发觉自己暗自希望门票不会开售，至少不是现在。

早晨，他会硬撑着起床，穿上校服，张扬地把书包斜背在身上走出家门。书包里没有书，只有衣服。他会在楼梯口换了衣服，把校服塞进书包，强打起精神走到社区公园，在一张位置偏僻的长凳后的灌木丛里睡醒宿醉。下午，他在路上闲晃。这个城市的白天也同样地无趣透顶，但现在感觉不同了，因为空气里涌动着可能性，他另一个秘密的自我偶尔从一些小缝隙泄露过来，发出耀人的闪光。他经常看见卸卡车的男人或者消失进门厅的男人冲他点头——大白天里，这些粗鲁的汉子看着有些面生。有一次，傍晚时分，他走过离售票亭几个街区外的另一个售货亭，窗内戴首饰的女人招呼他过去，拿一双睫毛涂得厚厚的眼睛斜睨着他，给他一个肉馅饼和一小管外国牙膏，却不肯拿他的钱。“反正是我丈夫欠你的。”她莫名其妙地说道，然后高贵地一甩耳环，打发他走开。

又有一次，他头痛得尤其厉害，对于前一夜只有极微弱的印象，在街道拐角撞见一个同学，两人刚并排走到一起时，一个眼睛下带一道隐约伤疤的年轻人从容地朝他们走来。“妈的！”那位同学偷声诅咒。亚历山大也一退缩，认出此人正是去年冬天在废弃的教堂卖给他白兰地的那个年轻人。他料想会被羞辱或挨揍，但那年轻人却把一两张小额钞票塞到他手里，若无其事地走开，往后抛出一句话：“昨儿谢谢你，兄弟。”

“不客气，”亚历山大冲他的后背高声喊道，“随时效劳。”那件事之后，他在学校得到隆重的尊敬，高兴得他去上了一两天学，但很快又没了兴致。

有时候，脑门不是捣得那么厉害的时候，他纳闷母亲是否知晓。虽然她教低年级，但是其他老师肯定会抱怨他的缺席。每天早晨，她熨烫他的校服时，会叹息道：“萨沙，你怎么会穿得这么皱呢？”她从没说过要一起去学校（自从他八九岁以来，两人就各自分开去学校），也从不过问其他事情，直到离期终考试还有三周的星期一，她跟他走到门口，站在昏暗的门厅，她把双手放在他的肩膀上。

“萨沙，你都还好吧？”她柔声说道。

他们的旁边，在一面旧镜子的灰蒙蒙的、忧伤的深处，他看到一个矮胖的中年妇女挪动嘴唇，却没有发出丝毫声息，恳求一个瘦长的年轻小伙一些重要的事情。亚历山大凝神阅读镜中那个女人的嘴形，他的眼睛遇上镜中小伙那双模糊、沉默的眼睛，四目相接片刻，然后他转开视线。

“我很好，”他对母亲说，“只是有点累，那是，是——排队弄的，你知道的。”

她垂下头。他看见她的头发略有些稀疏了。过去数月里，他一下子蹿高，现在比她高出很多，事实上，高出每个家庭成员——他们都纳闷他这是像谁。她似乎正要说些别的，却没有开口。但是他跨过门槛的时候，不安地回头看了看，镜中那片黑暗、凄凉的空间里，那个矮胖的妇女在说话，激动地说着，似在道歉，似在感谢他……

他感觉一阵因怜悯和内疚而升起的怪异的痛苦，简直就像一只炽热的手伸过来，掐住他的喉咙一捏，然后再放开的那种真切的肉体疼痛。

“再见，妈妈。”他咕哝道，在身后关上门，不期然间关得尤其沉重。

安娜独自缓缓地走回卧室。她已给学校打电话请病假，这是那个月第二次请病假了。她把窗帘拉得严严实实，遮住阳光，然后坐在床上，伸手探到床垫底，摸出那包明信片。她把它们捧在手里，许久之后，才解开那条系在上面的磨秃了的天鹅绒丝带。在挡住了晨光的琥珀色的昏暗里，她将明信片一一铺在毛毯上。有些是风景画，湖上的满月、悬崖下黑夜的大海、山中的粉墙村庄，但大多是城市风光，薄雾中的林阴道，点缀着一排排煤气路灯，光亮透过蜂蜜色的淡雾；卵石路黑暗、古老得如同龙鳞，蜿蜒延伸到山岗上，小桌子摆在人行道上；开满鲜花的大房子雕刻着石头花饰和仙女，其中一扇窗上用绿色墨水打了叉号；一条栗子树小巷，一条河堤，一座大教堂，一道拱门。栖居在这些地方的人们在漫步，手持花束和手杖，灰色的手套搭在臂弯；女人轻盈地举步，手撑蕾丝遮阳伞，头戴宽大的帽子，脸庞消失在深深的阴影里。

她觉得这一切美丽得让人心碎。

她用手抚摸这些明信片，轻触棕褐色的纸张，然后把它们一一翻过来。她原本希望、期待在这些明信片中找到父亲的信，却失望了。她又细看那些水彩色的精致邮票，教堂和广场的外国名字以夸饰的字体印在边缘。她浏览这张或那张明信片，随兴阅读已经烂熟于心的句子。

我在你带我去过的那个小市集买了一只弯曲的烛台，想起你，想象在这个破蔽的光线下，你的单脚尖旋转会是怎样一番景象。瓦斯拉夫跟新来的编舞私奔了。别忘了你保证过夏天结束前回来的。昨夜我的猫死了，现在我睡不着，所以又给你写信。请快回来。雨接连不断地下了整整两周，化妆室漏水，我的口红成了一滩粉红的湖泊——连音乐都听起来像喷洒出来的水。我在河边一个书摊上看到这张明信片——你认出来了吗，还记得吗，我标出了窗户。那里下雪了吗？我和塔玛拉想给你寄一瓶你最爱的香槟，可邮局的办事员笑话我们，所以我们就自己喝了，然后像两个傻瓜似的又笑又哭。你还戴着那对耳环吗？以前你跳舞的时候，耳环闪得多么光耀。你还跳舞吗？小安妮娅大概会走路了吧，不，现在该会跑了。谢谢你寄来的照片。我看见太阳爬上了屋顶，想背诵你喜欢的那首诗，那首关于等待的诗，可我已经不记得词语了。今天我想着，你可能永远不会回来了。现在已经三年了。

最亲爱的玛娅，玛娅，我的甜心。玛娅，玛娅，玛娅……

她渐渐地沉默，共同分享的欢乐和忧伤从无形的伤口渗出来。安娜上完学的时候，母亲经常一连数日沉入安娜以为是安静的时日，直到后来变成安静的星期，然后——然后彻底的沉默。起初是温柔而温馨的沉默，在安娜看来，母亲好似一种智慧、宽恕的存在，操持着家务，然后数年过去，她的沉默坚硬得如同一层冰。但安娜年纪小的时候，她会说一些话，不多，虽然几乎从来不说过去，但已经足够让安娜拼凑起她的人生的简单地图。她儿时在国外学舞蹈，在叫作世界文化中心的那座闪耀的光之城。很多年后，她跟巡演的芭蕾舞团再次回到那座城市，在那里博得声望，居留了数年，成为传奇般芭蕾舞团里的著名舞蹈家，直到她遇见故乡城市来的一个男人，几乎大她二十岁。结婚后，与他短暂地拜访过他的家庭，然后生下女儿，丈夫去世，革命爆发，她从来没有回去。那么，这些明信片就是她所抛弃的那个生活的回音，她的舞蹈、她的朋友、她的城市。

明信片里有很多不同的名字、不同的笔迹。瓦斯拉夫寄来的那张浪漫得不可思议的月光下的风景，字迹十分幼稚；塔玛拉，还有那个死了猫的女孩，用薰衣草色的墨水，字迹颤抖，字母尾巴留下一点点闪烁的墨渍。还有一些昵称、私密的玩笑，有两张明信片署名“蝴蝶结”，还有几张寄自自称“粉扑”的女孩，字里行间洒了浓郁的香水，近半个世纪后，香水的阴影仍从她的酒窝和卷发之间隐约地散发出来。几乎没有一张标注日期，但是很容易揣测它们的年代。早期那些述说成功的表演、不眠的夜晚、频频的心碎——烛光下陌生、美好、令人陶醉的音乐世界，容眸流盼，香槟桶里插着甜蜜、馥郁的百合，青春、韶光无限，英华洋溢，混乱、欢喜、痛苦、人生。再后来，明信片渐少，内容谨慎地提及一个婴儿，祝贺她的第一个、第二个生日。

之后，就没有了音信。

阳光碎屑钻进窗帘的裂隙，安娜看了看钟，把明信片收拢起来。几分钟后，她走进母亲那间布满尘埃的蒙蒙亮的卧室，手里拿着明信片。她径直走到梳妆台前，伸手打开最上层抽屉，这才回头看。房间空着，母亲不在。她这才意识到，她是想被当场抓住的。事实上，她把明信片保存了那么久，隐约希望逼迫母亲开口说话。她满心失望，耳听着卫生间的水声，把明信片塞进抽屉，放在一只装满了粪便色珠子的玻璃罐和暗绿色天鹅绒盒子之间。她又逗留了一分钟，长久得足以拉出那只盒子，无所事事地打开。在这个房间的永恒的玫瑰色阴影里，钻石耳环暗淡地躺在磨损的绒布上，黯然的琢面空无光彩。

水声仍然在响。

安娜合上盒子，关上抽屉，然后退出，关上房门。

然而，那天下午近黄昏时分，她在排队，前面是那个想帮丈夫晋身的女人，后面是希望让祖父高兴的男孩。她忖想也许自己误解了，误解了一切。也许那不是她所以为的失落的记录。也许，尽管没有一张明信片是寄自她的父亲，但那些明信片却是他和母亲所分享的爱情，他给予她的一个完满、尽管短暂生活的唯一可触摸、唯一可能的证据。简单来说—— 一个配得起她所做的牺牲的人生和家庭。

然后她想到亚历山大，虽在上学的事上对她撒了谎，却放弃了学业和休息，仅为了让她高兴，她揣测他大约是为了弥补那次早已被原谅的过错。她也想到谢尔盖，几乎不再跟她说话，数星期以来一直装睡，却日复一日地把全部空余时间用来替她排队，站在令人灵魂都麻痹的队伍里，放弃自己听音乐会的希望。

然后，她内心渐渐平静，想起另一件事情—— 一件她做得到的事。她激动不已地想着，那是她有能力做到的事。曾经怀抱着期待，为了在排队结束时得到一个惊喜、一份礼物——尽管曾怀着愤懑放弃这份期待——而今这份期待重新在胸膛里燃起，这一次鲜明而确定。

那晚，她等待儿子排完队回家。他在凌晨两点之后才回来。她在过道里迎他。他的气息叫她厌恶，却没有责备他。

“萨沙，我要请你帮个忙，”她悄声说道，打了个寒战，裹紧睡衣，“要是门票在你排队的时候开售，请你把票子拿来给我。”

他睁着困倦、布满血丝的眼睛瞪着她，身体晃荡着。玄关的顶灯在他背后投下昏黄的光线，她看不清他的表情。

“不要给你外祖母。拿来给我。”她重复道。她蓦地意识到屋内的静寂，这团静止似乎包围了她的话语，将之放大，提升到空中，清晰又危险，让所有人都听到。“你会——你明白么？”

他转开视线，烦躁不安地上下打量墙壁，好似被墙纸上的条纹囚禁了。“当然。”他咕哝道，猛地转身，跌撞进自己的房间。

清醒地躺在黎明前灰白的晨光里，心里怀抱那份秘密的兴奋所带来的小小的、充满希望的、初生的温暖，安娜觉得很有把握，几乎敢肯定母亲——曾经为了所爱的男人而抛弃自己的整个世界——会理解、会宽恕她的。

5

期终考试两周前，亚历山大在通常去的那张长凳背后的灌木丛里打盹，觉得长凳被人的体重压得吱哑作响。他抬起头，半睡半醒之间瞅了一眼，椅腿间露出一双破旧的鞋子和一根拐杖的尖头，然后又倒回地上，随即沉入睡梦，好似呼啸飞驰的火车穿过一道黑暗的隧道。再度醒来时，阴影已经从他的左侧移到右侧，但那双旧鞋仍在。他掸去编织进膝盖和肘部衣服里的草丝，从灌木丛里钻出来，闲步走过长凳。

是一同排队的那个老朽，坐在午后刺眼的阳光下看书。

“哈喽，”老人愉快地招呼道，“天气真好，很适合享受大自然。”

亚历山大狐疑地打量他：“今天是……你知道……是五月的节假日，”他说道，想不起今天的日期，“学校放假。”

老人看似没有在听，忙活着从松松垮垮的开襟毛衣里掏摸，终于掏出一只油腻的包裹。

“面包和果酱。你饿吗？”

“我要回去做家庭作业。”亚历山大说着便走开。

当晚，他们在队伍里见面的时候，彼此点了点头，但没有交谈。接下来三天下雨，为了避免淋湿，亚历山大去学校混过上午的时间，但是星期五，他经过公园，只见老人坐在同一张长凳上。

“又放假了？”老人问道，眼睛仍落在书上。

“我逃课。”亚历山大没好气地说。期终考试越来越近，他的情绪恶劣。老人似乎泰然处之。

“你吃过早餐没？”他问道，“想吃个水煮蛋么？”

亚历山大看着老人腿上铺开的餐巾里那只萎缩的蛋。

“不想，”他说道，“还有，这是*我的*长凳。”

老人答道：“这是公共的。对了，我们要不要认识一下，我叫维克托·佩特罗维奇。”

亚历山大怒目瞪他：“你的眼镜破了，你知道吗？”一面说着，转身就走，当晚坚决不肯看老人一眼。但是第二天，老人又坐在公园里，拿着黑乎乎黏稠的碎屑喂鸽子。

“想毒死它们？”亚历山大问道，“难能可贵啊。”

“这让我有事可做，”老人温和地答道，“在我这个年纪，不容易找到事情做。到这时候，所有的好书都已经读过了，然后发现再没有好的新书出来，当然希望六十年后情况会有所不同。”

“我母亲告诉我，不可以说这样的话。”

“她很智慧，我敢肯定。年纪大也有些好处。其中一个就是不再害怕。”

“我不害怕。”亚历山大沉默了，感到那个问题塞在牙缝里，却犹豫着没有问出口。老人抬头看他，阳光照着他瘦小的脸庞，圆形的眼镜片在反射之下变成两个白太阳，左边的裂成两瓣。亚历山大斜睨着他：“上回，排队的时候，你说瑟林斯基的话。我只是好奇……你知道他什么。”

“事实上，我是知道一些。”

“比如说——什么？”

老人往后靠，身体遮在阴影里，两只眼睛赫然在脸上呈现，在老式的银边眼镜后，显得淡然而遥远。“那，你知道吗，比如说，他在**东方**的时候——”

“你是说**西方**吧。”亚历山大在长凳边缘坐下，鸽子涌到他脚边，喉咙里咕咕地叫着。

“不是，不是，瑟林斯基先去了东方。在内战期间逃往南方的海边。战争蔓延开来的时候，人们企图从海上逃走，但船不多，军队很快开进来。他用他母亲留下的最后首饰——他用最巧妙的办法偷带出去的，但那是另外的故事——买了一艘小船，开始载送难民穿越海峡。当然，他从来不要报酬，尽管他自己已经身无分文。然后有一次，在他的第七次穿越之后……可是，我不该给你讲这种事情。”

“我不会告诉任何人，”亚历山大急切地说，“我发誓。”

“嗯，这可说不准。那，好吧，兴许就跟你说这一个故事。”

老人讲述着，眼睛半眯，佝背探向前方，身体纹丝不动，只有瘦长的手指不定地、神经质地揪着腿上一个无形的结，打起又解开。亚历山大专心聆听，随着太阳从早上爬到中午，注视着长凳下一块光斑缓缓地移过砾石，望着狂热的鸽子张大血红的喙，相互追赶，抢食甜蜜的黑面包屑。过了一些时候，温暖、充满阳光的空气里传来广播报时，是从公园周围公寓楼那儿摆在敞开窗口的收音机里传来的。报时才开始便已停歇，老人轻叹一声，看看手表，急忙站起身，拖着沉重的脚步离开，整个身体支撑在拐杖上。当夜，排在队伍里，变幻多端的暮色不时被车前灯照亮的时候，他那双苍白的眼睛又是那样光刷刷的，叫亚历山大心里不太肯定。但他似乎觉得在自己参加那群人的牌局之前，两人之间交换了一个会心的眼神。

那天夜里，他清醒地躺在床上，凝神望着天花板上时隐时现的阴影，想象这个房间轻微地颠簸，想象一个男子，眉梢带着高傲的神情，面庞似苍鹰，当小船驶离海岸之时，摇着船桨，两个家庭挤在侧倾的舱内。海岸映衬着漆黑的天空，也是黑黝黝的，如此安静，在水击船桨的哗啦声之外，还能听见那边黑暗处海滨长廊响起的混乱的马蹄声、枪响、嚎叫声。向导是个年轻小伙儿，皮肤黝黑，牙缝疏落，摇着另一双船桨，告诉人们得到看不见陆地之后才能在船上点灯。然而即便危险已经过去，也没有人起身去点亮船头的灯笼，没有人说话。只有向导自言自语地述说头顶那些星座的名字。

面庞似苍鹰的男子是强壮的桨手。他的肩胛酸痛，却没有松懈。数小时之后，一点灯火在他们前方阴影重重的水里浮落，靠近之后，看清是一只灰色的渔船，孤身的渔夫举起灯，水浪拍打船只，水花四溅。过了一些时候，远处雾气中露出又一点灯火，然后又一点、又一点，直到他发觉周围的渔船密集得犹如灰白的星辰，将他上下左右团团包围，需要费劲地在其中穿梭而过。然后天空变得温暖，透着桃红色，星辰和灯火消逝，宣礼塔的纤细轮廓在麝香味的地平线上耸起。

“如果你们带着贵重的物品，现在是时候藏起来了。”向导从漏风的齿缝间说道。

当晚，他和向导一如既往地在他认识的一个女人家里过夜，是在另一个人生里认识的女人。很久以前，他刚过二十岁，在一个优雅的、珍珠色的城市，在那里，杳远的天空也是珍珠色的。她来听他的音乐会，从铺着天鹅绒的匣子里拿出花束抛给他。后来，她的丝绸垂幔的马车靠近，一串珍珠在夜里断裂。再后来，秘密地传递书信，还有那个灰蒙蒙、透着寒意的黎明，他走出酒店大门，拎着小提琴和手提箱。一个小男孩上气不接下气地跑上前来，询问他的名字之后，把一张信笺塞到他手里。他站着阅读之时，风从他戴了手套的手指间吹走纸笺，但他已经读到“今天突然回来”和“千万不要做冲动的事”这两个句子——

“需要回复吗？”男孩问道。

“不需要。”他说道，往男孩前伸的手掌里搁下几枚硬币，回到酒店里，取出行李，任由他的人生朝另一个方向而去，直到十年之后，两人第二次在海外相遇。在东方玫红色的晨光里，他和马拉特正走在萌动的海湾边，孔雀在隐蔽的花园里发出粗嘎的鸣叫，一个中年妇人走过他们身旁，然后停下脚步，转过身，一字一字慢慢地说道："我的天哪。"

"你和你的丈夫住在这里？"他问道。

"我的丈夫死了八年了，"她答道，"要是你和你的朋友需要住的地方，我在这附近有个房子。"

当晚，他们住在她家里。之后，每当他们来到这座城市，就住在她家。这一晚，第七次穿越海峡的当晚，年轻小伙睡在底楼一堆地毯上，她将这层楼租给了隔壁的地毯店。她手头有些紧缺。他们两人坐在楼上，在一扇敞开的窗边喝她煮的薄荷凉茶，望着一只灰色的大飞蛾围着灯台飞转。

过了一会儿，她说道："现在结束了，你知道的。这次你不能再回去。"

"我保证过的，"他说道，"人们需要我。"

"你会被打死的。"她说道。

他沉默不语。

"我需要你。"她说道。

他想要告诉她，他的乐谱还在那边，为了把枪声的丑陋断音挡在耳朵外，他在亢奋的间歇写下这支黑暗的交响乐。他把乐谱整齐地摆在书桌上，以免自己突然间懦弱畏惧而不敢回去——

"你不需要我。"他说道。

她叹息一声——轻微的叹息，就像一时忘了如何呼吸似的——然后搁下茶杯，从他手里拿走茶杯，熄了灯。待他睡着后，她却起床来，从床头柜的暗格里摸出一只小檀香盒，蹑脚走下楼梯，摇醒那个年轻人。

次日早晨，他发现朋友已经走了，却没有发愁。

“马拉特肯定在海湾等我，”他说道，“我得走了。”

她一如既往地亲吻他，反复说着：“小心，不要越过极限。”她踮起脚尖够他的脸。

“我很快回来见你，我保证。”他对她说道，也一如既往地凝视她的脸庞，却是心里一惊；因为她的嘴唇没有颤抖。

她相信他会在中午的太阳转为白光之前回来。她等了一整夜，晚上在窗边等待，望着街道，硕大的棕色飞蛾在她脸旁轻轻扇动翅膀。他没有回来。他整夜在港口游荡，眺望黑暗起伏的海水那边还不曾道别的土地。日出时，他转身消失进古老巷道的迷宫，然而，当他经过闪烁着清澈晨光的西瓜和捶打地毯的女孩之时，他开始纳闷，这些东方女子的面纱是蒙着的，还是揭开的？他的思绪由于倦意而越来越混乱，不知怎的，他原路返回，回到那个女人的屋里，喝冰凉的茶。这次女人变得更年轻，柔软、袒露的胳膊环着他的脖颈，珍珠又一颗颗地滚落到奢华的地毯上。

“他留在房间里的乐谱后来怎样了？”第二次早晨，两人在公园碰面之时，他这样问维克托·佩特罗维奇。

“没了，”老人说道，“军队放火烧城的时候，那房子烧毁了。”

亚历山大想了一分钟，问道：“可是，你怎么知道的？他们不会把这种事情写在历史书或者什么地方的。”

“哦，下个版本的历史书里肯定会有的，”老人微笑着说道，“时代在改变。我大概不能活着看到历史书收录他在远东的鸦片铺里被当作间谍的故事，他离开宣礼塔之城后，旅行去那里采集民歌。”

“那故事是怎么样的？”亚历山大问道。过了很久之后，老人已经离开了，他才意识到另一个问题还没有得到答案。

接着数天一直落着濛濛细雨，维克托·佩特罗维奇没有来公园。排队时，亚历山大踌躇着想开口询问，心里的疑惑越来越大——这老人是怎么知道的，他怎么可能知道这些事情？他时常出神地思索这个问题，尤其在深夜里，城市变得如此安静，他觉得简直可以听见窗外的鸟雀在睡梦里摩挲羽毛，蟑螂在厨房垃圾筒里穿梭，还有这幢大楼某个深处的水管因交接不良而发出的声响——早春时第一次听见过的那个苍老而委婉的声音，而今频繁地在天亮前响起，讲述稀奇古怪又戏剧化的故事。那声音频频进入他的睡眠，就像一枚灵活的银针，在黑暗的织布上来回扎针脚，把时间缝在一起，毫无痕迹地将其故事融入他的梦境和思想。于是，他醒来之后，时常感觉头脑里旋转着无数幻象，半信半疑地以为是自己虚构出所有这些故事——美人鱼坐在咖啡馆的露台上，从精巧的小茶杯啜饮带泡沫的饮品，把尾巴藏在裙子繁琐的褶裥之下；一把匙柄呈优美弧度的茶匙，轻轻地敲着小巷街市上出售的玫红色螺旋形贝壳，发出动人的音乐；某座城市的时装店里，金鱼懒洋洋地在玻璃人体模型的四肢里游泳——那个声音渗进他睡梦的微细裂缝之时，总是这般魂牵梦萦地述说那个遥远、神奇、不存在的城市。

那个声音不是每晚都响起的，但是期终考试前的星期六晚上，他焦躁不安地睡去，似乎听见一个故事，一个关于那个童话般城市市中心的剧院里舞台的帷幕升起的故事。是的，帷幕终于升起。

音乐家奏出旋律，犹如游泳者跳进冰凉、清澈的水里，舞者从纸做的树后飞舞而出。这支芭蕾舞曲全然不似从前听过的，是一位极富潜质的年轻作曲家创作的。他们说他此时住在这座城市，但无人见过他来看彩排。我们自然都很好奇，而我不只是好奇。筋疲力尽地练习了一星期又一星期，但他没有出现，我开始觉得焦躁不安。

你看，我希望他看到我跳舞。

“你知道的，甜心，天才都很古怪。”初场那晚，瓦斯拉夫对我说，抚摸我的双手，就像抚摸一只猫，温柔而戒备。

舞台是柔软的天鹅绒般的虚境，照射着闪耀的灯光。地板和四壁垂挂黑幕，数百支或者可能有数千支蜡烛插在晶莹的黑水晶烛台里——蜡烛那么多，演出前一小时，他们从街上雇来两三个男孩帮忙点亮。我从后台张望，入神地看着黑暗变得鲜活生动，看着一支支蜡烛点亮，宛如眼睛盈盈地睁开。

我很紧张。

这是我跳过的最难的舞蹈，那段独舞，但也是最美丽的。接近尾声时，有一个时刻，美丽变得如此可怕，我觉得自己就要死去。可是，就是要这样的：你看，蜡烛是星辰，我是月亮，我盈我亏，然后死去。第一夜，我跳啊，跳啊，跳啊，直跳得眼睛昏花，双脚长出翅膀，跳得周围的世界与我一同盈亏、消逝。光芒在我的皮肤深处跳跃，乐声犹如飘渺的水珠滴沥。接着翻腾为汹汹的瀑布，然后变成我眼里一颗颗星辰而坠落，然后一声悠长、狂喜的呻吟。所有令人心碎的一切把我的灵魂削抹荡析，银色面纱飘到地上，我屏息跳起那最后一跳，跃过黑色天空中一道黑色的缝隙。第二天早晨，他们在所有报纸上描写这一跳，不可能，不可能，他们鸟雀一般的声音叹道——“哦，她看似飞起来了！”——第二夜，然后接下来的夜晚，还有更多夜晚，他们挤满了剧院，来看我在空中多停留一记心跳般的跳跃，他们称之为异乎寻常。“她不与音乐同时落下。”他们这样形容我。事实上，那跳跃艰难得叫我痛苦万分。彩排时，替补舞者站在后台，等我从天鹅绒的空中降落时把我接住，我从她们好意而不经意的手指间滑落，摔在地上。

不过，第一夜，后台没有替补舞者——另一人囚住我的跳跃，我不认识的人。我终于恢复呼吸之时，他仍在那里，从阴影里凝视着我，我以为是帮着点蜡烛的小男孩。我看着他的时候，意识到他不是小男孩，而是二十三四岁的年轻人。他的神情忧郁，嘴唇生动，还有绿得惊人的眼睛。然后他开口说话，看起来年纪更大了。“谢谢你。”他说道。就这样，我就知道了他是谁。我想说：谢谢你，但我说不出口，因为我突然想哭。就像经常发生的那样，声音肯定又开始溜走了，从亚历山大的梦里淡去，因为点蜡烛的神秘男孩变成了蛰居的伊戈尔·瑟林斯基。然后，亚历山大很快鼓起勇气，询问那个仍然困扰他的问题，那个老人怎么知道的，他怎么知道关于你的所有这些事情，瑟林斯基的脸不再是一张脸，而是摇曳不定的烛火。他用那样的声音回答，仿佛一阵微风吹过亚历山大的头脑。“他知道，因为他是我，因为你是我，因为我不存在。”然后，月亏了，接着消失，最后亚历山大沉沉地睡去。

第二次早上，五月的最后一个星期天，他的父亲在过道里拦住他。

“你过些天就开始考试了吧？”他说道，“接下来一两周里，还是由我接替夜班，免得你考试期间分神。你已经为排队浪费了太多时间。”

“行，不过，今晚我还是去排最后一次，”亚历山大无所谓地说道，“我得——也就是——”

他正绞尽脑汁寻找借口，父亲已经点点头走开，似乎在想其他事情。

那夜仍然下雨。维克托·佩特罗维奇挣扎着撑起一把边缘上卷的大伞，这段时间，他一直不断的咳嗽更严重了。亚历山大等待机会开口说话。午夜过后某个时候，他的朋友们凑在一丛灌木下，围着一支手电筒，照亮他们手里微微发光的东西，激烈而语无伦次地讨论。在喧闹声里，他听得见尼古拉的声音。他转过身，躲开裸露的伞骨，风把伞骨直打到维克托·佩特罗维奇的头上。

“你最近没有来公园。”他脱口说道，随即为自己说出这句孩子气的话而皱了皱眉头。“我很抱歉，”老人说道，“最近身体不太好。事实上，我得错过这里的几夜。他们要我在家休息，这天气对我的老骨头不好。不过，你要是想说说话，随时可以来我家。来，我给你写地址。”

亚历山大接过雨伞，在雨光闪烁的夜里，风不停地吹，刮得雨伞总是偏离维克托·佩特罗维奇的头顶。老人费力地写字。亚历山大接过纸条，在手指间翻转，纸条被雨水淋得湿漉漉的。是乐谱上撕下来的一角。他看到一个高音谱号，这是他父亲费尽心思试图教他认乐谱之后，他唯一记得的东西。谱号的尾巴粗壮、湿漉，墨迹被水滴洇开。

“随时来找我。”维克托·佩特罗维奇在纸头另一面的地址上方写道。

这时，尼古拉从那边阴影里走出来，在路对面招呼亚历山大。

他把纸头塞进书包，后退一步，压低声音匆匆问道：“那，你怎么知道瑟林斯基的事？”

老人身子往前佝偻，悄声作答的时候，他已经转开视线：“瑟林斯基写信给我。”

6

“那么，你打听到什么了？”

“什么也没有。她不肯跟我说话。说她正忙着。”

“她在忙什么？反正又没有票卖，她光坐在那里。”

“兴许她要做账，或者核对售票时间表。她看起来那么不耐烦，肯定是忙着什么事。不过，她也可能在织毛衣，我猜想……哦，对了，我又看到那家伙了，从来不见他离开，白天夜里都在。他就没有家人来替换？”

“你是说七号那个老家伙？他看起来蛮欢快的，总是跟人微笑。也许他被感动了。我怀疑他没有更好的事情可做。排队可以打发时间。”

“极是，极是。确实，我有时担心事实就是这样。”

“你什么意思？”

“我说，如果实际上根本没有什么音乐会的门票呢？”

“你疯了？”

“他说什么？我没听清楚。”

“他说根本没有什么音乐会的门票。”

“什么?!”

“音乐会的票已经卖光了？”

“这怎么可能，难道还有一个售票亭不成——”

“不是，不是，你误会了。我只是说，城里有数百个售货亭，都在卖东西，所有售货亭前都有人排队，你说是吧？”

“他这是什么意思？”

“他犯傻了，别理他！”

“我只是说，用这种方式给人们打发时间极其有效，你看不出来吗？我们成千上万个人，有人排队买丝袜，有人等交响乐。可是，比方说，如果没有丝袜呢？如果没有交响乐呢？如果所有这些售货亭不过是叫群众忙碌、保持希望的方式——解决时间问题的一种廉价方式？”

“等等，这个笨蛋当真以为政府操作假售货亭系统，就是要让我们浪费时间等待不存在的东西？”

“不是，不是，我不是声称事实就是如此，我只是哲学地分析。就像一个隐喻，人生的隐喻，你理解吧？”

“什么隐喻不隐喻的，我看这像是颠覆，你最好小声点——”

“我没听见。我没听见。要是有人问的话，我什么也没有听见！”

“哦，上帝，太荒唐了。我这就去找那个女人，要求一个答案。她当然知道那些该死的门票什么时候到。”

第三部　夏

1

初夏的傍晚充满瀛瀛溶溶透亮的光辉，白昼轻柔地徘徊逗留。“六月的白昼双重底，”两人第一次深夜一起排队的时候，索菲娅对他说，“你注意到没有？你刚以为天黑了，又有一道光芒似乎从秘密的抽屉里探出来。”

刚过十点钟，白昼的第二节抽屉无声地关闭，黑暗遽然移入。

“就像有人在天空不小心打破了一瓶墨水。”第一夜，她抬头望着天空，这样说道。谢尔盖看见她脖颈底下精致的珍珠色衬衫纽扣敞开，锁骨起伏处，犹如一片苍白的瘀痕，急忙转开视线。晚上排队的人开始离去，他望着帕维尔和弗拉基米尔·谢苗诺维奇一同离开，仍然专注地交谈。队伍已经溃不成形，随时变换，人们三三两两地坐在路牙上，或者聚在树下，手电筒晃晃漾漾地照亮一些鬼鬼祟祟的作为。酒杯碰撞，烟头点燃，他听见前面某处传来扭打声。他突然意识到路灯坏了，可能坏了一段时间了，随着傍晚排队时熟悉的周遭环境——栅栏，路旁低矮的建筑，映衬着苍白、高低不平的教堂剪影——消逝在夜晚渐渐蔓延开来的黑暗里，他看到眼前呈现一个不同的、难以辨认的城市。这个城市显得陌生，甚至可能有些危险，却似比先前那个城市宽阔，其无垠蔓延的幽昧遮掩了捉摸不透、神秘莫测的事件和情绪。

他觉得有些失控。

“谢尔盖·瓦西里耶维奇，你饿了吗？”索菲娅喊道。

她已经走到道旁一片枯萎的草地上，坐在地上。他犹豫片刻。昨日下过雨，地上仍然湿濡，他担心会在裤子上留下草渍。但是他看见她正仰头看自己，满脸期待的样子，心里生出一个难以忍受的想法——倘若她认为我是和蔼、古板、慎重的中年男子，很快就要上五十岁的大叔，那可怎么好？他走到她旁边，一屁股坐下，仰面躺在草地上，向上凝望，看着熄灭的路灯柱顶上盘绕的隐约白云，看着树木。这些树木白天看起来发育不良、刻满涂鸦，眼睛却看不见形状，仅传来树叶的沙沙声。“初夏的夜晚躺在草地上看星星多好，是不是？”他慨叹道。怪的是，尽管他的话听似生硬、做作，颇似拙劣的模仿，却也多少表达了他真实的想法。

她微颦眉梢，瞥了他一眼，一只手在提包里寻找。

“恐怕不多。”她说道，打开一个包裹。

他不好意思地坐起，咕哝着道谢——但是当他笨拙地接过她递来的一片面包时，两人的手指不经意间碰触，他们身后那不可见的城市猝然间越发幽暗、广阔，令人震颤。第二天早上，他发现裤子和夹克衫都染着绿色的污迹，但他已经不在乎了。接下来两周里，他们一同吃迟迟的晚餐。傍晚排队的人走后，她会拿出一块黑麦面包、一盒牛油、一把从电车站一个妇人那里买来的香菜。“很抱歉，我不会做饭。”她不断地道歉。他想告诉她，他多么喜欢这些晚餐的简单性，却说不出口。他多少次希望能够保存这些不经意出现的小小的时刻，原封不动地保留下来——夜间疏落的对话传来，远处的烟头在阴影里明灭，牛油和香菜在嘴里的滋味，她微倾的脖子，切面包、铺餐巾的那双纤细优雅的双手……

她的手指上仍然戴着戒指，但他现在不那么介怀了。

他们边吃边说话，她把剩余的食物包起装回提包后，仍然继续说话。随着日子一天天地过去，他觉得两人之间要说的话越来越多，而不是越来越少。六月中旬的一夜，凌晨两点钟，他们仍在说话，只见售票亭周围的人影开始散去，于是他扶她起身，护着她走过散坐在人行道上那些酒徒；他们一面打牌，一面往地上啐口水，诅咒某个叫作萨沙的人，一连两个星期不见了踪影。一如既往地，他陪她走向她的公寓楼。他们从不说起各自的日常生活。关于自己的家庭，他做过足够的暗示，让她知道他跟一个教师结了婚，有个差不多成年的儿子，对两人都不觉得满意。而他也零星拼凑出她的过去，曾有过一段没有善终的爱情纠葛。至于那个戒指，可能是因为年龄而戴的罢——她告诉他，她已经三十三岁——老处女总被人可怜。他笃定地以为所有那些绝口不提的空白，终究会填满的，而在这些夜里，他们只谈音乐。他跟她说他的童年，对小提琴的热爱，他的父母相信他有天赋，他的老师说起他光明的前途。对了，瑟林斯基最初是小提琴家，她知道吗？

“我不知道，”她说道，“我从没听过他的音乐。”

“你需要再耐心等待一段时间了。”他说道。

她加快脚步，但又似乎逼迫自己慢下来，与他并排走。

“可你现在吹大号。”她说道。

“是的，这个，我的音乐学校——”他突然开始斟酌字眼，随即又为自己的谨慎而羞愧，“我父母让我得到最好的音乐教育，但是**大变化**后，政府强迫我的学校开放招生。‘把艺术带到群众当中去’，他们是这么说的。当然，大多新进来的学生对音乐不感兴趣。而我们这些被认为享受了特权的学生被开除，或者要是幸运的话，被分派去学习那些被认为足够革命的乐器。我是幸运的，我分到大号。我最好的朋友分到大鼓。他原本会成为出色的独奏家，一位钢琴家。”

她停下，碰触他的胳膊。

“也许我们生错了时代，”她柔声说道，“但是等我们的孩子长大的时候，就会不同的。”现在她仰头看着他，手仍然搭在他的臂弯，温暖而轻柔。他屏住呼吸。他感觉黑夜朝他们挤压得更近，将他俩包围在私密的黑暗里，周围寥寥几盏路灯的光芒往上漂向天际——天上有人又漠然地洒了一瓶墨水——他不由得往前移走一步，与她已经靠得那么近，他已经——然而，尽管从来不曾有过如此完美、宁静、独立的时刻，他看到她脸上静寂而痛苦的神情，不是咬嘴唇或者皱眉那么明显的运作，而是微妙的、脸色变得更苍白的退缩……

他也后退一步，小小却无尽的一步。她吁了一口气。

“那，我们到了，”她说道，“一如既往地谢谢你。”

他不曾意识到他们已经站在她的公寓楼前。

“当然。”他说道，也松了一口气。她的手已经移开。“随时乐意效劳。”

一声——两声——三声——四……走完台阶，她转过身，身影模糊不清，仅显出黑暗中一团模糊轻飘的轮廓——提包、裙子、一粒纽扣的晶莹光辉——然后他觉得似乎看见她那双哀伤的眼睛，在笼罩阴影之下的单薄脸庞上发出微弱的光芒。“我是想跟你说，我以后夜里不去排了，只在傍晚去。”她说道。她从来没有解释过，他揣测她家里有病人，也许是她年迈的父亲。“还有，你儿子，他还在考试吗？”

“今天是最后一天，”他说道，虽然不知道事实是否如此，“事实上，我也不排夜班了。”

“哦。那，再次谢谢你。明天傍晚见。”

“好的，”他说道，“晚安。”

大门关闭后，他一动不动地站了片刻，强迫自己不要屈从心里隐约涌起的沮丧感，感觉一切都已经终结，望着公寓楼里漆黑的窗户，等待其中一扇亮起来。但是窗户仍然漆黑。他不知道她住在哪一层，她从来没有邀他上去。他转身离开。

他到家的时候，路灯的光芒已经恢复旧样。家人都在沉睡。他在厨房里倒了一杯早已冷却的茶，拖延着不肯睡到妻子旁边。

坐在桌边，索菲娅的话语在他的脑际回旋，犹如在儿时夏季别墅的游廊上，在点亮的灯台前盘绕的飞蛾。那时候，每天傍晚，他总是坐在灯台柔和的绿光圈里，九岁的男孩在认读乐谱。等我们的孩子长大会不同的，等我们的孩子长大会不同的……墙壁另一边，某个邻居开着收音机，一块方糖不肯在他那杯的冷水里融化，他拿起茶匙搅拌，一圈又一圈地搅拌，伴随她的话语和飞蛾撞击灯台的沉闷节奏——“谢廖扎尔卡，我的阳光，进屋来，凯蒂雅准备好了点心，你的茶快凉了！”——收音机里的节目仍在喋喋不休地讲述，播音员苍老的声音在静电干扰之下时起时伏，直到他最后不由自主地竖起耳朵细听，听出是最近一阵子开始深夜播送的怪节目。失眠的时候，他坐在厨房里，不时地隔墙听到这个节目。

他啜饮着无色无味的茶水之时，并没有在听，因为他的思绪在别处，也是因为他以前听到那个声音所阅读的故事近似胡诌——关于一家糖果店卖一种有魔力的巧克力，能够带回人生里最完美的日子的记忆；或者在某个遥远的城市，一只名叫云的猫的幽灵在剧院后台出没；或者一个女孩爱上一个男孩的那天，花掉所有薪水，买了一顶小提琴状的奢华、丑陋的帽子，那个男孩的工作，要是他没有听错的话，是点蜡烛——是的，极其琐屑的胡诌，根本不该在广播里播放的，并且，倘若他坦诚地对待自己的心情，发觉出于某种莫名其妙的原因，这些故事让他觉得忧伤。

凌晨三点，坐在这间幽暗的厨房里的时候，他没有去听，但是那个声音仍然阵阵地袭来，单个词语或者短语，有时甚至整个片段——“刺痛人心的美……季节的感受……我的舞衣上钉着闪光的三角金属片，瓦斯拉夫举起我的时候，总是割破双手。鞠躬谢场的时候，我的裙子上染满了血。坏兆头，他们拥着我走向后台之时这么说道，啊，这样一个坏兆头……”

他屏住呼吸，放下茶杯，茶水泼溅出来。

“……终于到了‘萤火虫华尔兹’，”播音员念道，“前所未有的第一部现代华尔兹。他们这样评论道。有一天夜里，在花园里，在夏天雷雨前，他看见千百只萤火虫一眨一眨地闪烁，在空中飞行，画出一个闪耀的数字。他就是在那时候构思这个主题的——轻盈的闪烁，杳远的雷电刚传来可怕的轰隆声，在萤火虫有序的飞行之下，迸发出光亮和黑暗的混沌。当然，我肯定你已经听过这支乐曲，我无须多做描述。当然，萤火虫的故事，当时的音乐批评家都熟悉，也熟悉这个曲名，但我是寥寥数人当中知道的之一，也许只有我一人知道，那个数字是什么，萤火虫在阴云密布的天空下画出的数字——”

那个声音渐渐微弱，就好像播音员开始往枕头里说话。谢尔盖跃起身，撞倒了椅子，奔到窗前，推开一扇窗，探头聆听，希望那个邻居也开着窗户，希望这样可以听清那个声音。外面的夜无边无际，温暖而寂静，犹如天上某个主妇清洗打扫，把一条黑床单绷得紧紧地晾在天空。一切沉默。他没有放弃，奔进卧室，摸黑找到自家的收音机，几分钟里，发狂似的调频。一个电台播放急促而含混不清的爱国歌曲的刺耳合唱，其他电台只有噼噼啪啪的死音。妻子挪动身体，在睡梦里叹出几个模糊的词语。他关掉收音机。但是天快亮的时候，他正要沉沉睡去，仿佛又听见她的声音，他知道她是对的，一切还没有结束。他涉进浅浅的梦境，像溪流，又像梦境，萤火虫在水上闪烁。他绝望的情绪终于消散，因为她似乎不是指她的孩子，当然，那只是譬喻的说法——不久，不久，他会告诉她。

第二天早晨，他醒来的时候，床另一边已经空了。清脆的鸟鸣和强烈的阳光涌进窗户。他平静地躺着，聆听公寓里的沉默，然后起床，光脚啪嗒啪嗒走进昏暗的过道。电话搁在一团蓬乱的电线里，这部电话如同脾气恶劣的大怪兽，极易抱怨嚎叫。

斯维亚托斯拉夫还在睡觉。“什么？”他的声音沙哑。

“你有瑟林斯基的音乐吗？”

“谢尔盖？是你吗？几点了？”

“很迟了，反正你该起床了。瑟林斯基，你有他的音乐吗？肯定还有些旧唱片留着的。到处会开始演奏他的音乐的，只是时间问题了，当然了，但同时——”

“听着，我跟你说过了，我不想卷进这里面。怎么连你也——”

“我跟你说过多少次了，没有关系的。现在不只是关于音乐会了，昨夜广播里还有一个关于他的节目，很有意思，你知不知道——”

“我要回去睡了。”斯维亚托斯拉夫大声说道。

“等等，你知道他的第二部芭蕾舞曲里的‘萤火虫华尔兹’吗？看起来……喂？喂？”

一扇门开启，一个光束旋即探进过道，照亮他光脚的脚趾。儿子打着呵欠走出来。“你跟谁说话？”他问道。

“没谁，”谢尔盖答道，挂上电话筒，“考试考得怎么样？”

“还行，”儿子又打了呵欠，咕哝道，“只剩两门了。今天下午考化学，明天考音乐。今晚要我回去排队吗？”

“明天考试怎么办？”

“哦，音乐像闹着玩儿的。我们唱一两首歌，歌颂祖国这个，祖国那个，人民永恒的友谊，用不着醒就能搞定。”

谢尔盖忧思重重地望着儿子的后背，然后跟着他走进厨房。满屋都是金色的阳光，照亮飘浮的尘埃——在墙上落下菱形的光斑，在地板上落下条纹的光斑，在敞开的食橱里照射出一团团模糊的光晕——儿子正在寻食。但他知道这就是昨晚那同一个寂静、幽暗的地方，他昨夜在这里又收到一个征兆，暗示他的人生确实正朝向一种完满的实现。

“行，今晚你去，”他说道，“不过，你能不能帮我做件事？”

亚历山大从食橱里探出头，手里拿着一只陈腐的百吉圈，眯起眼睛，沮丧地端详这只面包。

“你能不能问问卓娅·弗拉迪米罗芙娜，看她是否碰巧有瑟林斯基的唱片？跟她说我想借一下，她认识我的。你觉得能做到吗？”

“嗯，无所谓。”亚历山大说道，又把头探进食橱。

第二天下午，亚历山大跑过学校的走廊，一边放声高呼，一边把校服外套像旗帜似的在头顶挥舞，身后跟着一些同学，他喊哑了嗓子，冲下台阶跑到操场上。其他同学都停下来，像一群中年海象似的喘气，开始谈论各所机构院校的录取政策和大学入学考试时间。“萨沙，你有什么计划？”其中一人问道。亚历山大蓦地愣怔，感觉好像透过望远镜，看到一个空洞的夏天，接着是空洞的一年，接着是空洞的十年，接着——但是望远镜在这里卡住了。他觉得两眼之间传来昏眩的疼痛，就好像盯着太阳看了太久而出现的炽热白光。他的同学都没有作声，等待他回答。

“我落了东西在里头。”他嘟哝道，转身走回学校。

他漫无目的地走在这个灯光昏暗、空荡荡的地方，到处散发着淀粉浆、脏袜子、荒废时光的气味，直到最后无意识地停在音乐教室门前。走廊里没有其他人，只有两位年轻教师歪歪扭扭地拉起一幅标语，费劲地张挂起来。两人都怒气冲冲地向对方发出指示，标语上用大字写道：**毕业生，干得好！**在他看来是灰色的，实际上大概是红色。

“你，过来帮一把怎么样？”其中一名老师喊道。

“我有事。”亚历山大说道，推开教室的门。

卓娅·弗拉迪米罗芙娜坐在窗前，旁边是她上课时候使用的笨重的唱机，现在默然无声。她的手肘边摆着一盘洒着糖霜的千层糕。她抬起头，丰腴的手指沾满了白糖霜，五指叉开举在半空，厚重的眼镜片后，两眼睁得巨大，露出惊慌的神色。“啊，萨沙，进来，请进，”她欢跃地说道，“终于自由了，感觉肯定很棒！哦，你要是担心成绩，不要担心，你总是很优秀……当然，这不值得惊讶，有个当音乐家的父亲——”

“吹大号的。”亚历山大说道，仍站在门口。

“是的，是的，我记得。”她身着那件考试之时总穿的油汪汪的紧身裙，嗓音好似紧张的翅膀一般颤抖，极像一只肥胖、衰老的蜻蜓。“哦，请随意，自己拿着吃，期终考试的时候，我总买点这个，预备着万一有人考完试过来，你知道的，来告别——”

她不期然地笑起来，尴尬、尖声的笑。他想离开，但是这个时刻的某种气氛——让人无食欲的点心，这女人肿胀的脸庞上满怀希望的光彩，夏日的太阳从灰暗的窗户照进苍白、微弱的光束——其中赋有某种东西，他不知道是什么，逼迫他往里走了一步，逼迫他说道："好，我吃一块。"

她的脸庞松弛为微笑："好极了，好极了！"她吸了一口气，耸起肩膀："哦，想听点音乐吗吗？来，听听这个，你会喜欢的，上世纪的作曲家，他们被不公正地遗忘。他们——我是说，我们——不再在学校里教……哦，他现在不是被禁或什么的，当然——太美了，太美了，等着听那一段——”

他在一张桌前坐下，嘴上黏着糖霜。音乐以一阵摩擦音的低弱呻吟开始，伴随唱带转动的吱哑声。这旋律或者不管该叫作什么的东西，听来有种梦境一般的隐约的熟悉感。他意识到，这让他想起很久以前的那些时刻。父亲从卧室冲出来，头发蓬乱，面孔“红得像甜菜”——母亲这么形容——情绪昂扬地说着广播的这部或那部名曲，激动得口沫四溅，叫他们都到卧室去，跟他一起听……母亲推托在煮东西，怕烧糊了，而亚历山大——那时还不是父亲口中的亚历山大——起初是萨沙卡，后来是萨沙——八岁、九岁、十岁的时候，还不懂拒绝，跟在他屁股后走进卧室，闷恹恹倒在床上，无聊地望着条纹窗帘缠结窗外漏进来的一束阳光。时间漫长得让人难以忍受，父亲则来回踱步，激动地比划手势，哼着“嗒啊嗒啊嗒”，呻吟道:“萨沙卡，听这里，听这里，啊，美极了！”

当然，父亲不再叫他去听任何曲子，好多年没有叫他了。自从那次之后，父亲没有再叫过他，他清楚而难过地记得，十二岁的他，冲父亲吼道，只有老顽固和老糊涂才会喜欢这种压抑、浮夸、叫人牙痛的闹声，而他，亚历山大，跟他们不一样，跟他不一样，他永远，不，从来不会——

音乐停止。在遽然出现的沉寂里，他听见那两名教师仍在走廊里相互呵斥，慌乱的话音在墙壁之间荡起回音，那些声音似乎企图逃离学校令人窒息的内部，却找不到出路……

他站起来，急切地想离开。

“哦，还没有完，那只是第一乐章。”卓娅·弗拉迪米罗芙娜倒吸了一口气，也站起来。生硬的旋律又响起来，在他耳中听来十分痛苦。

“我得走了，得去买晚餐的面包，”他急忙撒谎道，“哦，对了，差点忘了，我父亲想让我问问你有没有瑟林斯基的唱片，你知道的，那个要开音乐会的家伙——”

“是的，”她说道，“请转告你父亲，我很抱歉，但瑟林斯基音乐的禁令还没有正式解除，他肯定还不知道……没人有。”

“当然，无所谓。我会告诉他的。你不喜欢那家伙的东西？”

在白墙灰窗的寂静教室里，一个尖利的音符无休止地逗留。她回头瞟了瞟关闭的门，朝他走近。

“伊戈尔·菲奥德洛维奇·瑟林斯基是这个世纪最伟大的作曲家。”她平静而肃重地说道，声音不再颤抖。

“那你怎么不去排队？别人都去。”他突然生出一股敌意。

那女人的眼珠在塑料镜框下一眨不眨地转动。她靠得那么近，他能看见她上嘴唇隐约有一圈髭须。

“我认为不会举行音乐会的。”她终于说道。

尖利的高音仍在他耳内震颤，迟迟不肯歇止。他对她的反感更强烈了，也许是被某种阴暗、私密的情绪所影响。“哦？为什么？”

她又看了看门，似乎犹豫了片刻，然后说道：“告诉你父亲，我会试着找找。我有个朋友……我看看能不能找到一两张唱片。我母亲曾是一所音乐学校的老师，在……在教育改革之前，所以我知道你父亲的一些故事。我很乐意为他做点事。”

亚历山大去开门。

“我父亲没有故事。”他在门口说道。

学院操场上已经空无一人，沥青在午后的热气里散发气味。他一动不动地站了一些时候，望着灰白无垠的天空。那天夜里，他想跟维克托·佩特罗维奇谈谈，但没有独处的机会。他的朋友们庆祝他回来排队，以及开始成年人生。队伍终于散去时，他走回家去，街道显得十分古怪，同时通向很多方向，危险地陡然转弯，让他毫无预警地撞到墙上；穿过的公园根本不是公园，而是封闭、阴险、黑暗的森林，充满了杀气腾腾的长凳，像是布满木板阴影花纹的老虎向他扑来；还有盗匪团伙打起手电筒信号，叫人看得心惊肉跳，走近了却变成闪亮的飞虫飞走了；还有人行道像是扬起后腿的马儿，在他脚下奔蹿，他只得用膝盖紧紧地把它夹住，一面手指抚摸马鬃，一面用沙哑的嗓音带着深情的语气不断重复："乖乖，乖乖，站稳喽！"头顶传来一阵可恶的笑声，马儿就消失了。他从地上爬起，继续在树林和原野里趔趄前行，沿着铁路，在黑暗深处绕转，心不在焉地思索，也许，乘火车东去终究也不会改变什么。他觉得好像是数小时后，不知怎么终于就到家了，试着摸索进厨房，打开灯，灯光刺得父亲眯起双眼。

亚历山大望过摇曳的迷雾，看着眼前这个眯着眼睛的男子，中年男子，腰部膨胀，面庞松弛。他又想起——或许从来没有停止想过——教室里折磨人的吱嘎的乐声，年轻、瘦削的父亲请求他听的那些乐曲，还有他默默忍受的那些唠叨个没完的关于时间、选择和智慧的教导，当时听来是那么的絮聒、言不由衷——然后不知怎的，他不自觉地开始说话，说出一些愤怒、惊人的话语，词语在嘴里感觉仓促、潮湿、沉重。

听着，我很抱歉，你要是想叫我听你喜欢的什么音乐，我不介意，还有那张门票，你可以拿去，我不会卖掉，我会努力工作，把欠你的钱还给你，我不是故意的，我很抱歉弄丢了你的钱，我们能不能，能不能，能不能就只是——

＊＊＊

谢尔盖嫌恶地打量儿子。如果这不是第四次的话，那就是第三次看见他喝醉。儿子站在他面前哭诉，叨咕着模糊不清的话语，关于钱，大概还想多要。

“去睡觉，亚历山大。”他厉声说道。

儿子闷声了。见他脸上露出受伤害的古怪表情，谢尔盖不由得不安。然后儿子转身走开，没有再说一个字。他就需要这个，谢尔盖不安地忖想，严厉点对他有好处。然而儿子关门之后的几分钟里，他愣怔地坐着眨眼。

最后，他终于起身去关灯——觉得在黑暗里听觉更敏锐——接下来一小时里，他不时地在收音机上调频，然后转到静音，等候邻居家的收音机响起。那一夜或者次夜，或者事实上，接连一两个星期，都没有瑟林斯基的故事。尽管有一次同一个播音员的声音隔着墙壁传到他耳中，抑或可能是渗过敞开的窗户，讲述一个仰慕者带一个女孩去一家商店，穷得不敢进去，同她站在人行道上，凝视珠宝闪烁的橱窗，为一对她钟意而永远买不起的耳环难过。六月末的某个夜晚，邻居家的收音机终于又开始讲述瑟林斯基的故事。他只听见一些片段。“舞台很简单，”墙后的声音读道，“舞台的背影是大海，蓝色的幕布堆成起伏的波浪。我们笔直地静立，每个人都独自站立，均匀地相隔，丝绸掩及我们的膝盖，犹如半沉没的孤岛。这是他的主意。编舞愤怒极了，吼道：‘你叫她们怎么跳？你不能把舞台包在布里，她们会绊脚跌倒的！’可是伊戈尔·菲奥德洛维奇说道：‘她们可以用手舞蹈，可以用眼睛舞蹈。’编舞警告道：‘会闹丑闻的。’他说：‘那就闹吧，这不是关于舞蹈。我要他们听我的音乐，我要他们……’”

声音渐渐微弱，但是那夜谢尔盖近乎快乐地上床睡觉，清醒地躺了很久，想象她的家，虽还不曾进入她的家门，想着博物馆里那台古董唱机，或者是留声机，想着她那双明亮、迷蒙的眼睛，看着他把唱盘从封套里轻轻取出。唱盘漆黑，散发光泽，从容地转动，一圈又一圈，就像茶杯里的茶匙，就像儿时游廊上绕着灯台打转的飞蛾，夜空漆黑，散发光泽，也一圈又一圈地旋转。夜晚那巨大的拾音器臂越转越近——终于触到黑圆圈纹路，他们终于一起听见那音乐。

2

“都快七月了，简直不敢相信。”

“别往我伤口洒盐了！我们还取消了今年的度假计划。我女儿整天在泥地里玩耍。”

“我的亲戚跟我说，要是那么想听音乐，干吗不开收音机。我那些亲戚，没文化。”

然后很久没有人说话。天热得叫人不想开口，太阳晒得他们的鼻子通红，融化他们手里的冰淇淋；那是人们轮流去附近一个冰淇淋售货亭买的。

“你知道其中的蹊跷吧？”终于有人开口说，“排了那么多月，总觉得终归会有人等烦了或者放弃。”

“当然，或者死了。”

“或者搬家。”

又一阵沉默，这次沉默里隐藏着一阵寒意。或者只是冰淇淋滑下喉咙的冰凉感觉，安娜不安地忖想。

“反正，如果有人离开的话，队伍怎么没有缩短？”

“兴许他们离开的时候，把位置让给了朋友。那些死掉的人，大概写进遗嘱。像一份遗产，是吧？”

“或者，也许不是他们。你知道那个黑胡子，核对名单、组织一切的家伙？你说他为什么做这些事情？我敢说他肯定有什么不光彩的阴谋，比如偷偷卖掉空位。”

“哦，我突然有个可怕的念头……靠近点，靠近点……要是从队伍里消失的人都被转移到别的地方，很远的地方，那个留胡子的家伙是在掩饰真相，可怎么办？我们不是都写下了姓名和地址吗？”

号码体系早已废除，现在他们直接在名单上签到。安娜知道，这股寒意不是由于冰淇淋。他们不该公开讨论这些事情，或者根本不该讨论。况且，每当人们被转移到偏远的地方，她肯定这是他们应得的报应。她忧虑地看了看那男孩——这个夏天里，两人一起喝过多次没有茶叶的茶——但他没有从自己的书上抬起眼睛。一阵微风不知从何处吹来，吹得脚边的光斑来回晃漾，阴影与衣衫上的圆点交融，树叶在头顶发出悦耳的沙沙声。两个位置前的女孩宣告道：“太荒唐了，人们不会消失到什么地方。我这就去数！”——没人叫她安静，只是看着她摇摇摆摆地走去。这女孩时常冒失冲动，但是自从人们脱去冬装以后，大家都明白了，开始宽容她。有些女人还开始织小袜小帽——她很快就要生了。

“数字对不对？”她回来的时候，人们问道。她摇摇头。不可能数得出来，正如他们原先知道的。自从入夏以来，白天的队伍有些失去了控制，到处是放暑假的孩子，在路边跳绳，画粉笔画，消磨时间；老太婆坐在折叠椅上晒太阳，一个富有创业精神的男子以小时计出租这些椅子；还有一些家庭妇女来来去去地参加每天中午聚集的缝纫班；在阳光下接吻的恋人。似乎没有人一直站在同一个地方，到处淌着粉色、白色的冰淇淋，地面十分粘腻。渐渐地，阳光从仍未曾蒙上灰尘的树叶间消逝，椴树甜甜的树胶味，肉馅饼热气腾腾的油腻味，一个声音粗嘎的妇人每天数次沿队伍兜售这种饼，绳子拍打路面和小脚噔噔、噔噔地着地的有条不紊的节奏，孩子们的尖叫声令人昏眩——然后，渐渐地，又一个温热的下午把他们谨慎的沉默融化在灿烂、馥郁、绿色的时光里，他们开始有一搭没一搭地聊天，然后发笑，谈论菜谱、男人、书籍。日子就这样过去。

天色晚下来，安娜提着在近旁摊上购买的蔬菜，在黄昏里走回家。路灯开始亮起来，灯光微弱迷蒙，犹如几十个月亮，但是其实不需要路灯，因为天色仍然光亮，还会亮上几个小时。她几乎觉得快乐——不是平静、满足的快乐，而是一种年轻、蠢动的快乐，潜伏着一股感觉似叛逆的兴奋，并且确实是一种叛逆。一直以来，她默默地心怀怨恨，忍受那个蛮横、只顾自己的女人无声地主宰她的人生，她挣得了为自己做点事的权利，不是么——做点自己想做的事……

她走过街道，嘴角隐约露出微笑，心里默默忖想：现在我有秘密了，现在每天排队有目的了。一拿到门票，我的人生就会改变，我的人生就会改变。

3

七月第二个星期的一个上午，已经很迟了，亚历山大穿好衣服，躺在凌乱的床上，任由眼神在天花板上游移，想象一间低矮、幽暗的酒馆飘出丝丝缕缕难闻的烟雾。人们横七竖八地躺在酒馆地板上，没有表情的面孔粗陋得如同兽皮，泛黄的眼睛望着一个侧影似苍鹰的苍白高瘦的陌生人投下的阴影在摇曳。陌生人翘着二郎腿坐在角落，伴着孤零零的油灯投下的黄色光晕，在笔记本上书写。酒馆老板俯到他肩头问他想喝什么，瞟见纸上写满他看不懂属于哪国语言的符号，像小鸟、泪滴、龙形符号，尾巴飞舞，卷曲得极其稀奇古怪，就像现在飘向天花板的邪恶烟雾盘绕卷曲——正在此时，率尔一记敲门声后，房门开启，在天花板上投下一道阳光。

亚历山大坐起来。

他父亲说：“我想跟你谈谈你暑假以及之后的计划。我们好像有一阵子没有谈话了。要我陪你一起去大学吗？”

“干什么？”

“注册入学考试。下个月开始，是吧？”

“我已经注册了，”亚历山大冷冷地说，“我现在没空，去学习小组快迟到了，我在找书包……啊，在这里。回头见。”

走到公寓楼外，他犹豫不决地站了一分钟，然后朝公园走去。但是这些天来，公园里总是空荡荡的，连鸟雀也逃离了这片烤焦的草地。他停下脚步，在书包里翻寻，一枚早被遗弃的星形校徽的绿色针尖扎破他的手指，痛得他缩回手。然后又伸手探进书包翻找，终于在久已遗忘的作业本、断铅笔头、去年秋天剩下的早已变成化石的苹果核之下，找到一团揉皱的纸，上面印着一个高音符。他抚平纸条，地址仍隐约可辨。

自从维克托·佩特罗维奇回答他的问题之后，他就避免跟老人谈论瑟林斯基，觉得这个解释可能是维克托·佩特罗维奇的玩笑，或者由于隔着雨声和风声自己没有听清楚——当然尽管心里清楚，然而出于某种理由，他不愿放弃这份神秘。他看着纸条，又犹豫了，然后对自己恼火，坚定地迈步走去。

炽热的阳光把城市照得煞白，眼前这幢被阳光照得刺眼的白色建筑看起来陈旧、阴森、脏乱。他心里一沉，忖想这样的公寓里不会有异乎寻常的事情发生。他推开大门，从阳光下走进门厅，双眼随即因为里面的幽暗而昏花。电梯门敞着，像没有牙齿的大嘴朝他洞张。他转向楼梯，摸索着往上爬，搭着扶手盘绕而上，为了逃避楼梯上浓烈的猫尿臊味，他两步并作一步。按响门铃后，等了很久，但没有人应门。他又核对了纸条，才把它塞回书包，又等了一分钟。正要转身离开，心里生起古怪的感觉，既失望，又觉得宽心，却听见屋内传来趿拉拖鞋的声响，交织着拐杖的敲击声。门开了。

“多意外的惊奇，”维克托·佩特罗维奇在阴影里说道，“请进，请进。”

亚历山大抹去脖子上的汗水，随着拐杖的敲击声走进屋内，经过一个沿墙排满了灰暗书架的房间，走进另一个狭小的房间，小得简直像一只柜橱，或者原本就是一个柜橱。“请坐，”老人说着，拍拍床，“抱歉我没能去公园。我的腿脚不好，你知道的。除了勉强支撑着去排队，什么都做不了，在那里又不能好好地说话，有趣的是事情竟……请随便，我马上回来。”

这个房间也让人失望，仅有的家具就是一把椅子，光秃的地板上落着一方光斑，还有一张小床，铺着灰暗的格子毛毯，墙上挂着一张典型的世界地图，就像学校里用的那种。亚历山大随即又有把握地认定，瑟林斯基绝不会跟住在这样一个房间里的人交往。他觉得很沮丧，走到没有挂窗帘的窗前，看着院子对面一幢公寓楼的背面，看见别家窗口摆着一盆盆枯萎的植物，伏着打盹的猫。阳光投下一道道斑驳陆离的光束，形形色色的衣服挂着晾晒。他正要走开，却瞥见一顶奇怪的帽子，又高又黑的帽子。他记得在一张旧照片上见过这样的帽子。一幢耸立着大理石柱的建筑，三角形的屋顶上立着白马，一群人漫步走下宽阔的台阶。这张照片印在他们的历史教科书里，说明文字写道：“游手好闲看芭蕾的人：富人的颓废消遣。”这顶帽子如此地跟环境格格不入，竟古怪得让他又充满了希望。他眯起眼睛，试图透过污迹斑驳的窗玻璃看清楚，这时身后传来嗒嗒的敲击声，是拖鞋的啪嗒声，还有金属的咣当声、玻璃杯的叮当声。

他转离窗口，接过老人手中摆着茶具的托盘。

“正好,我差点要摔了,”维克托·佩特罗维奇温和地说道,“我可不想损坏这些东西。”

两个玻璃杯放置在银杯托里。银器已发黑，但涡卷镂花十分精致。

“我见过这样的杯托，有一次在火车上。”亚历山大说道。碰触之下，感觉冰冷而湿腻，似乎是因为在潮湿的黑暗里存放了太久的缘故。“不过，你的漂亮多了。”

“是我家祖传的。”维克托·佩特罗维奇说道。亚历山大这才注意到姓氏缩写在缠绕的水果和茎叶之间蜿蜒，又感到一阵微微涌动的希望。也许，他忖想道。“我不太用这些，特殊场合才拿出来……很抱歉，家里没有点心。你要是在春天来的话，还可以给你一块蛋糕，虽然不太好吃。”

“反正我不喜欢甜食。”亚历山大撒谎道。

两人并排坐在床边，啜饮茶水。茶隐约有点金属味，银杯托似乎渗进茶水里，亚历山大嘴里有股久久不散的涩味。老人捏茶杯的手势那么轻巧，简直似爱抚。

“那，你跟孩子们一起住？”亚历山大问道。

“我有一个儿子。他以前住在这里。他现在住到别的地方了。

你叫我想起他，有一点像，他在你这个年龄的时候，也长得很快……对了，我从来没有问过你，你为什么想买门票？你那么喜欢音乐？”

“不是我要的，”亚历山大说道，移开视线，“给我外祖母的。”

“啊，你真善良。我孙子也在帮忙排队。要是他年纪大些，你会喜欢他的。”

“你……你是音乐家？”

“我学过，但从来没有成为音乐家。我梦想周游世界，可是一直拖延着，然后，你知道的……**大变化**后，我教地理。当然，现在退休了。”

房间里的空气沉闷，但他仍穿着开襟羊毛衣，似乎觉得寒冷。亚历山大见他的纽扣歪斜了。通过敞开的窗户，听得见院里一个小孩尖声喊母亲，几条街外突然传来爆胎的巨响，鸽子飞离屋顶拍打翅膀的噼啪声。眼前照亮灰尘的光束里，蔓延着一片小小的沉默。他不想打听。他又想打听。他张口询问，打算知道一些乏味的真相，让它如同冰冷的石头一般沉入他的脸庞。

“是这样——我是说，你是学音乐的时候认识瑟林斯基的？”

维克托·佩特罗维奇盯着空玻璃杯，看不见他的眼睛，只见两只银杯托在他空洞的圆形眼镜片里映现，幽幽地闪烁。

“我从小就认识他，”他终于抬起头，“我们的父亲是亲戚。”

“你——瑟林斯基是你亲戚？”

“堂兄弟。远亲。我们家族很大。”

亚历山大目不转睛地看着他。

“我通常不跟人说这事。所以我希望你不会——”

“我不会告诉任何人，”他的心怦怦地跳动，缓慢，沉重，又欢快，从胸膛蹦进光亮里，“有没可能……我能看看他的信吗？他描述那些事情的信，就是关于他的逃亡，关于**东方**，所有那一切？”

“眼下有点困难，”维克托·佩特罗维奇说道，“你知道的，我把信件藏在一个安全的地方。也许下次……再喝点茶？不用，不用，就搁着，我待会再洗……不过我有样东西可以给你看，稍等。”

亚历山大觉得有些恍惚，试图分辨老人在隔壁摸索、东西刮擦墙壁的声响。老人回到这边，拿来一个相框。

“右边是伊戈尔，”他说道，一个发黄的指甲敲着相框玻璃，“我二十四岁，他十七岁。”五天前我也十七岁了，亚历山大想冲口喊出，但没有开口。七月的阳光照在玻璃上，让人难以看清楚，把两张面孔模糊为一片反光。“在我父母的郊外别墅的聚会上拍的。照片上看不出来，其实伊戈尔戴着红色领巾。他经常穿戴红的。这有点讽刺。我曾问他，为什么爱红色。他装作不知道我在说什么。‘红色？’他对我说，‘我从不穿红色。’这还让他惹上麻烦。有一次——当然是很久以后的事——他待在一个南方小镇。我有一张明信片，哪天找出来给你看……他在音乐会结束后走回宾馆，碰巧穿了红色西装。”

“接着呢？”

“接着啊，”维克托·佩特罗维奇说道，眼镜片在闪烁，“碰巧那个星期也是那小镇的节庆日，他们放出公牛，让它们自由地在小巷里奔跑，由于一些巧合，你明白的——”

亚历山大觉得房间在扩大，仿佛四壁消失进新的窗户，而通过这些窗户，另一个令人惊慌的世界光辉熠然进入。跟老人在一起的时候，他曾经感觉到那个世界——而仅在一小时前，他完全打算放弃这个世界——在那里，没有哪样东西缺乏意义，没有哪个行动微不足道，每个词语、每次转变、每回留意，都会通向某种探索，这个探索在人的心灵深处荡起回音。但是这次，他觉得自己也被允许进入故事。这种被容纳在内的感觉如此紧迫、如此光明，以致纵然瑟林斯基那张平凡的黑白面孔丝毫不似苍鹰的轮廓，他片刻也没有感到不满。并且，他晌午离开时，又将外面扫视了一遍，看到对面公寓顶层的窗户敞开，露出窗台上那顶黑色高帽。阳光鲜明地勾勒其轮廓，原来只是一只平常的锅，他却也没有气恼。

这些都不重要了，因为在那另一世界里，一切似乎都有可能，确实有可能，并且他笃定地、精神鼓舞地知道进入那个世界的方式。

“随时过来。”维克托·佩特罗维奇在门口说道。

“我明天可以来吗？”亚历山大急切地问道。

往家跑去的途中，他几乎蹦跳起来，经过排队的队伍，经过正为了什么名单发火的蓄黑胡须的男子、抬起深陷的眼睛安详地向天空微笑的老人、给他打了不该得的高分的物理老师，经过胖得令他尴尬地转开视线的女孩，经过他的母亲，她正跟几个月前给过他一只肉馅饼、化着浓妆的女人说话。他没有停下，只从路对面挥挥手，除了兴奋之外，他确实隐约觉得有点困扰。但他的父亲不配知道真相，跑过街角的时候，他这样告诉自己。因为除了关于成就、时间、规矩那些狭隘、自以为是的观念之外，他什么都不懂。而外祖母是疯子，至于他的母亲——至于她，等他和瑟林斯基一起周游世界的时候，会照顾她的。是的，他会给她寄很多漂亮的东西，譬如他曾见她在杂志上欣赏的皮手套，或者高跟皮靴，当然，如果不是太重而不能过境的话。

安娜的视线追随他到街角。

“柳博芙·迪米特里耶夫娜，那是我儿子。”她骄傲地说。

“我见过他。”那女人答道，耸耸肩，转过头去。

安娜叹了一口气，认命地继续忍耐接下来无聊的数个小时。

一天、一星期、一个月缓慢、缓慢地拖延过去。太阳无休地炽烤，孩子们在灰尘里尖叫，前面那个怀孕的女孩一天又一天地抱怨太阳和灰尘，还有孩子的吵闹，直到有一天——“七月二十二日，你在日历上标一下。”有人大声说道——女孩弯下腰，又直起身子，四下张望着，迷惑地张嘴发呆。队伍随即起了一阵混乱，妇女们大声喧嚷，催促女孩呼吸，拿报纸给她扇风。空气散发着油墨混合汗臭的气味，有人跑去给女孩的丈夫打电话，另一人打电话给一个朋友，那位朋友有个朋友有车。突突作响的汽车终于载她离去，汽车后座还坐着队伍指定的两个护送妇女。安娜松了一口气。她清晰地觉得这个夏天终于到了尽头，等待终于要结束了。

“我纳闷是男孩还是女孩，”她说道，“柳博芙·迪米特里耶夫娜，你猜呢？我听说后头有个家伙在下赌注。”

过去几周以来，这女人的眼线画得越来越邋遢，口红经常粘在牙齿上。她闷声地瞪着安娜，似乎没有听明白，然后双眼湿润起来。

“你没事吧？”安娜兀自惊异。

“没事。”那女人厉声答道，接着整个下午不跟安娜说话。

第二天早上，女孩的朋友回到队伍中间，从医院直接出来传达消息（是男孩）。安娜见那女人拿手帕擤鼻子，就去买了两个冰淇淋。“只是想花掉兜里的零钱。”她装作随意地说道，心里准备扔掉多余的那个。但让她吃惊的是，柳博芙·迪米特里耶夫娜接了过去，贪婪地吃着，大口大口、不顾优雅地舔手指。次日，一阵雷雨冲走暑气，凉爽了几个小时，她们缩在瘦骨嶙峋的伞下躲避雨水，聊了几句天气。再次日，柳博芙·迪米特里耶夫娜递给安娜一支漂亮的金管口红。“我丈夫给我三支一模一样的。”她随意地说道。

安娜照样感激地收下。

那天晚上，她换上他曾经喜欢的裙子，坐在卧室的镜前，端详自己的脸庞，曾是直的线条而今变圆，而曾是圆的线条变直了。然后，她轻柔地转开口红，沿嘴唇轮廓涂画。口红浅粉色，金色亮片隐约闪烁——年轻、充满希望的颜色，初升的太阳照暖海边卵石的颜色，幸福的新娘头发上佩戴的丝绸花朵的颜色。涂好后，她用一块卫生纸轻轻地拍拍嘴唇，然后在床上躺下，翻阅从母亲房里拿来的一本诗集。时钟已转向九点。她顿时觉得疲倦渗进骨子里，隐秘而弥漫。她读读这首诗，又读读那首，觉得时间在周围缓慢下来，变得更迟滞、更沉重、更明亮，直到最后变得如琥珀一般凝固，而她自己则是一粒尘埃，或许是一只苍蝇。是的，是一只苍蝇，悬挂在这一小时、这一天、这永无尽头的一年的微小、隐秘的永恒里。时间那完全、丰满、金色的光芒犹如一个轻柔的承诺，将她团团围绕——如果你想永远活着，她在睡意朦胧之际想道，就把人生用来等待某种伟大的未来幸福——光线照进她饧涩的眼睛，或许不是苍蝇，而是一只鸟，一只布谷鸟，我就像活在时钟里的布谷鸟，时钟说现在是八点三十，这不可能，除非时间倒退，透过所有这些墙壁结实的过道，倒退到儿时阳光灿烂的房间，倒退到如此深远的过去，连那时的空气都似乎透着欢乐。

半小时后，谢尔盖进屋来，打开台灯，见妻子睡在被子上，耷拉着手臂，手拿着封面落着肝色斑点的书籍。她穿了一件不合身的连衣裙，腋窝处勒出红印，前面的纽扣紧绷，看似随时要绷落。下巴抹了一片闪烁的粉色。看着她，他的心里蓦地一冷，突然冒出一个可怖的念头：如果我无法在这里感受幸福、爱这个善良无私的女人这一事实，完全不是由于她不能理解我那些崇高的思想，分享我对音乐的激情，那可如何是好——如果事实上这不是任何人的过错，而是我自己的过错，是我天生的缺陷，某种深层的失败、某种匮乏、某种悲剧的匮乏，那可如何是好——

他熄了灯。

次日傍晚，他站在售票亭前之时，感觉烦躁不安、疲惫不堪，跟人类和周围骚动的人群隔绝。什么时候会结束，人们在队伍里相互询问，受够了。一如上月以来的习惯，快到六点钟时——售票亭延长了夏季营业时间——女售票员收拾起毛线，拉下窗板，走出亭外，摇摇摆摆地踩着针尖般的高跟鞋离开，身后跟随着一群敌意的眼神。有人低声叽咕道：“我们哪天该跟踪到她家，一劳永逸地问个水落石出。”几个男子不安地笑起来。

过了一些时候，炎热七月的黄昏在地面弥漫开来，犹如一头毛皮光亮的野兽伸展身体，阴影晃动，路灯初上，灯丝懒懒地舔着粉红的舌头。再过了一些时候，一群讨厌的人闲步逛来，是“北方夜莺”队伍散了。他们的音乐会在四月已经举行，人人都十分满意。传闻很快要出售传奇的民间歌舞团“小冷杉”的门票，眼下售票亭休业补货，排队的人们无事可做。

“你们享受着呢？”路对面有人喊道，“文化太高的蠢蛋。”

挽着他胳膊的女孩咯咯地笑。

“我打赌根本没有音乐会，他们这些人就是喜欢凑在一起。”

谢尔盖的队伍困窘地骚动起来。

“你们才是蠢蛋。”有人虚怯地低声答道，但其他人没有说话。“北方夜莺”发着嘘声，吹着口哨，溜达开了。

“我确实希望他们能早点开售。”帕维尔抱怨道。

“唱支歌吧。”

“不唱，今晚不想唱。”

“哦，唱吧！”

“我说，我今晚心情不好，行吧？”

“行，我只是说……嗨，听说最新的消息没有？听说前头那个人，那个组织者，你知道的，他不是……不过可能不是那么回事。只是谣言。”

“你在说什么？”

“我不知道要不要告诉你，不过，要是你真的一定想知道的话——”

数步之前有个老人悄声跟一圈人说话，他们的脑袋凑得越来越近。谢尔盖只能听得见频频回音的词语——“挑衅”——悄声低语的话音里，夹杂着弗拉基米尔·谢苗诺维奇愤慨的感叹，只见他阔步走开，一手狠狠地扭着胡须，啐骂道：“卑劣的毁谤！”谢尔盖瞧着他的背影，皱起眉头，然后把手表抖出袖口。快十点了。只见索菲娅已经把小说装进提包。

“我送你回家？”他说道，尽管心里不抱希望。

过去几周里，自从夜班结束以来，她一直很安静，不太说话，总是在看书，极少将那双透明的眼睛转离书页。即便她总是谢绝他的提议，他仍然每晚照旧询问。

“谢谢你的好意，”她说道，眼睛没有看他，按上提包搭扣，发出轻脆、精确的声响，“不过，我没事，天还亮——”

“你该让他送，你知道的，今晚这附近很多鬼头鬼脑的人物。‘北方夜莺’的人有时蛮痞的。”帕维尔插嘴道。

“那——”她犹豫不决地说道。

“我给你拿包。”谢尔盖赶紧说道。

走过一两个街区后，他放弃了开始谈话的蹩脚企图。他们默默走着，每走一步，都让他觉得气氛更紧张、尴尬。司空见惯的栅栏、住宅楼、电车站、长凳、一排排蒙尘的树苗在他眼前相继展开，这一天积累的令人烦乱的小事和久久不散的闷懑，在他的体内愈演愈烈，终于迸发了，化作一种尖锐、简单而可怕的感觉。衰老潜袭而来，人生铁定要硬化为荒凉的未来岁月那不可更变的固定形状，这种恐怖感攫噬着他的心——对付这种趋近的恐怖，他感到一种陌生的沮丧，知道光靠音乐会已经不敷。

他突然停步。她也停下。周围没有人，又是一个无名的街角，又一盏昏弱的路灯在他们脸上投下光和阴影。夜晚的城市伏在他们周围，他能感觉它在他的后颈呼出温暖、期待的野兽气息。“怎么了？”她问道。

他不曾预先计划过——不想会是这样的情景，站在随便哪条路上，市政府闷热的路灯弄污了头顶的天空，路上黑乎乎的狗无声而迅捷地追逐看不见的猎物——然而，时间即将耗尽的那种近乎切身的感受已经把渺茫不定、巨大的词语挤出喉咙。

“索菲娅·米哈伊洛芙娜，有件事我一定要告诉你。我——”

他顿了口。她那轻飘、苍白的眼睛在他脸上搜索。他能看见路灯映在她的眼底，好似两个小小的问号。

“怎么了？”她又问，他听出她的声音里有种紧迫感，怪异得如同害怕。

一记心跳，两记心跳，三记心跳，四……

“我有个惊奇给你，”他脱口说道，“瑟林斯基的唱片。我想，因为你想听，所以用不着等到——”

“哦。”她叹道，他不能确定她的感叹包含什么意味，宽心还是失望。“瑟林斯基的唱片？可你怎么，你哪里——我找过，但没有——你听过没有，是什么曲子？那——哦，那可太好了！”

那声叹息包含着欣喜，他这下明白，心里想哭。

“我——我家里没有合适的唱机。”他说道，不敢看她的眼睛。

“哦，当然。”她迈开步子，轻快、欢喜的脚步，几乎颠跑起来。他跟上去，路面似泥浆一般吸附着他的脚底。“明天带来排队，然后我们去博物馆——”

“明天恐怕不行，唱片不在我手里。现在在朋友那里，所以要等两天，几天，也许一周，那朋友出城了。”她的公寓楼阴森地耸立在路尽头，遮蔽了天空。现在他的语速飞快：“我以为博物馆可能不太合适。你可能还不知道，但官方仍然明令禁止他的音乐。要是有人撞见你在工作场所——用国有资产听违禁唱片，你知道的，可能会给你招来麻烦——”

“是的，你说得对，家里更合适。”她说道，又停下，“我确实有台留声机，应该可以用。那，等你朋友一回来，我们就商量怎么听。哦，这真是最最奇妙的礼物，谢谢你，谢谢你，谢尔盖·瓦西里耶维奇——”

然后，不期然地发生了——轻巧得如同小鸟飞过，一团黑暗朝他跃近，一缕卷发逃离她束紧的发髻，拂过他的面颊。她的连衣裙在他的手心里感觉如此柔软，是什么布料？她的嘴唇如此接近他的嘴唇，仍然没有，还没有接近，只是轻触他的下颏。她的肩膀已经滑下他的胳膊。晚安，再次谢谢你。一声、两声、三声、四声，砰然一响——他站在那里，望着紧闭的大门，记起这幅想象过那么多次的情景。唱盘的黑色光泽旋转，投影在她房间的天花板上晃曳，音乐起伏，犹如清澈的阳光照耀他们微闭的眼睑——这般想象着，他无比厌恶自己。

次日早晨，他设法在儿子逃出门之前拦住了他。

“我跟你说过了，她没有。”儿子不耐烦地说道，把一些书换到另一胳膊下夹着。“不是说她。我想你可能认识其他什么人，”谢尔盖压低声音，“排夜班的时候认识的人。我是说，那些能搞到东西的人。”

儿子似乎有些吃惊。过了片刻，说道：“这个，我不知道。兴许。有些人大概会有点关系，你知道的。”

谢尔盖重复道：“请你打听打听。任何唱片都行，任何价钱，我不在乎。”

“好吧，”儿子在门口说道，“不过，我不能保证。”

“谢谢你，萨沙。”门关闭之时，谢尔盖悄声说道。

谢尔盖以为儿子没有听到，但亚历山大听到了，吃了一惊，在楼梯口停下。当晚，他把尼古拉从售票亭前拉开。

“我看看，”尼古拉说道，耸耸肩，“斯蒂潘可能知道去哪里弄，我跟他说说。这事毫无意义，不过，随便，反正不是我的钱。我们回去，他们刚开了一轮。”

那晚，他比其他人喝得少，尽管他到家时已经很晚，实则可以算是次日一大早，他仍然阅读了很长时间，是维克托·佩特罗维奇借给他的其中一本书。这本书来自上个世纪，书页脆薄，简直是奇迹般地保存下来，印的是革命前使用的老派字母，维克托·佩特罗维奇教会他认识。其实不难认，只有几个样子古怪的字母。这些是旅行故事——不是他长久以来夜里想象的那些纵马奔腾的豪侠冒险，而是节奏缓慢、迂回的小事件。似乎没有开端，也没有结局，在沉睡小镇的小巷里与陌生人的窃窃私语、在河边徜徉的午后、喝茶打发时光的黄昏，反复念诵陌生的名字和地方——所有这些充满了安宁、平常的美丽，纵然他不时打盹，却仍手不释卷地继续读下去。翻过书页，度过时间，转过城市昏昏欲睡的林阴大道。红色、金色、圆润得如同童话里的苹果，载在船上，从河面流下来。两岸是望不到尽头的垂柳，碧绿而幽静，犹如修道院的回廊。那个苍老的声音时或从墙后渗过来，交织在字里行间,交织在时间里,跟他讲述一条河、一条林阴大道。是的，和心爱的人一起走过一条林阴大道，手牵手，快乐得好似盛夏怒放的花。林阴大道上一幢大宅，楼梯的清爽感觉，我们站在楼梯脚亲吻的凉意，一个朋友的公寓，混乱的钥匙，那天我们都有些醉意，都是因为那香槟。你记得吗？我们在庆祝又一次成功，然后，那间微风吹拂、空气宜人的房间里那份阳光灿烂的清凉，就好似一片天空。我们的天空，凉爽的床单，你记得我们后来站的阳台吗？我们站在那个阳台上眺望河水。两年后，我和丈夫已经住在另一个地方，不再跳舞，你在沿河摆设的小摊上看到一张明信片，我们的大宅就在这张棕色的照片里，石凿的仙女低头看着我们，带着心碎的宽恕。天空挂着一片片小小的流云，如同一声声叹息。你可记得，你用十字标出那扇窗户，从大陆另一端寄来，问我，你认得么，你还记得么？

我记得。

4

八月中旬，灿烂、青翠、舒畅的夏日天气早已过去，天气热得让人无法忍耐，城市昏惫疲乏。被煤烟熏黑的树叶微弱地颤动，偶有汽车驰过，吐出燎人的灰尘。空气里的焦味如此浓烈，似乎在所有被沾染的东西上留下泥尘和滚烫的污垢。在气氛阴沉的队伍里，人们的脚肿了，书页变灰、起腻，对话渐渐干涸。先前怀孕的女孩把婴儿装在编织篮里带来，婴儿的一张小脸好似葡萄干，总是张大嘴巴号啕，露出粉红的牙床。

“我已经很耐心了，”安娜说道，“我们都很耐心，可是到秋末总会结束吧？”

“我认识售票员，她压根儿不知道。”柳博芙·迪米特里耶夫娜答道。

“你认识这个售票员？”

那女人有气无力地拿着亮光纸印刷的杂志扇风。笑容光彩照人的美女在凉爽幽静的异国湖畔骑着油光发亮的马匹的图片晃动之际，安娜看见她的面颊上一道道粉色、蓝色的化妆品痕迹。那女人叹气说道："我们这地区所有人都相互认识，不过，这人新来的。"

"什么所有人？"

柳博芙·迪米特里耶夫娜迟疑了，一只绒面高跟靴在她融化的脸上来回地踢蹿，然后，她神秘而简短地说："待会儿跟我来。"余下的时间里，她们没有再说话，但五点钟时，傍晚换班的即将来替换，她领着安娜走过一条小巷，横过两条马路，穿过公园，来到另一售货亭前。**杂货**，亭上的黑色方块字宣告道。安娜记得两三个夏天以前，曾在这里买过一些纽扣。售货亭前的队伍很短，只有八九个妇女，默默地排队。柳博芙·迪米特里耶夫娜没有理她们，而是绕到亭后敲门。门开启，只见一个黑暗的小角落里，一个男子背对着她们，正慌忙脱下售货员大褂，手肘不时撞着拥挤的墙壁。他咧嘴嘻笑，环视一圈。当他的眼睛像橄榄似的在油光满面的深色面孔上转动之时，安娜记得曾在队伍里见过他数次。他脱下制服，丢给柳博芙·迪米特里耶夫娜，跨出亭子，在她脸上轻啄一下，向一脸迷茫的安娜挥挥手，捷步走去，一边回头叫道："钥匙在门上。"一股浓烈的科隆水紧随其后。"我弟弟，帕什卡，"柳博芙·迪米特里耶夫娜说道，把胳膊伸进大褂的灰暗袖口，"他白天在这里工作，我晚上。我们九点才关门。"

"哦，是这样。"安娜笨拙地应道。

排队的妇女瞪着她们，呆滞的眼睛似融雪的颜色，面庞好似没有清洗的脏衣服，静止不动，也不说话。

“这里无法呼吸，他干吗总得把一整瓶都倒在身上？当然，是进口货，可是也太……进来，进来。”柳博芙·迪米特里耶夫娜叽咕着，催促安娜进去，然后在身后关上门。安娜环视一周，感觉像被关进凌乱而味香浓烈的抽屉。空气甜得起腻，从方形小窗照进一束沉闷而疲软的阳光，照亮了尘埃。在这个堆满了箱子的空间，几乎没有两人转身的余地，有些箱子搁在她们身后的架上，有些看似颇神秘，挤在柜台下。安娜没有地方坐，就背贴身后的墙壁而站，敬畏地低头看着一排排趾高气扬的金色口红，瀑布般垂下的丝袜在深红的包装里闪亮，看起来真像糖块，或者装在形似彩蛋的光亮的盒子里，还有一些让人垂涎欲滴的胖墩墩的不透明瓶子，一些纠缠成一团的纱罗，可能是各色丝巾，也可能不是，其中有些她觉得似乎眼熟……

柳博芙·迪米特里耶夫娜打发了队伍里最后一个妇女，扭转高凳，从柜台上一摞字迹潦草的纸板告示牌——安娜瞥见休业结账和售货员病假，等候通告——抽出写着十五分钟后回来的牌子，挡在窗前。抽屉似的亭内顿时变成棕色，一片令人窒息的昏暗。唯一的光线是一缕苍白的夕阳，钻进纸板四周透进来，把纸板照成一团朦胧的轮廓。在昏暗里，安娜听见开启、摸索、翻找、关闭的声响，然后意识到另一股味道。在黑暗里，除了科隆水的甜腻之外，一股丰富、圆滑、柔软的气息缓缓袭来，她惊得屏住呼吸。

头顶一只光秃的灯泡吱吱地亮起来。她看见两人之间的柜台上摆着一只粉色盒子，盒内玫瑰色的褶皱深处躺着一群巧克力天鹅，有黑的、有白的，每一只都裹着闪闪发光的锡纸。

“那边来的。我爱吃甜食。来，吃一块。”柳博芙·迪米特里耶夫娜把一整只天鹅塞进嘴里，将黑巧克力和红色口红抹到了下巴。她口齿不清地说道：“说起那个售票亭。我一听说那边新开张，去年十一月，就马上过去欢迎新人。我们售货员有小小的安排……还有，我想买双新靴子，我用所有关系都搞不到。这个新来的女人却一点用都没有。我猜是从另一个部门来的。我根本没法跟她建立任何关系，得跟其他人一样排队。她也不知道她的售货亭什么时候有货。事实上，她对售货亭根本一窍不通。然后——然后我丈夫听说了音乐会的事。”

她沉默了。安娜听得见布满纹路的墙壁另一面又开始排队，脚步拖曳，似在埋伏。她努力想找话说，但是在香味浓烈、逼仄、沉闷的强光之下，她觉得头脑昏胀。柳博芙·迪米特里耶夫娜拨开折皱的粉色薄纸，又捡出一块巧克力。

“我跟你讲的那一切，什么家庭主妇啊，你知道的。”她说道，没有抬起眼睛。在售货亭封闭的空间里，站在酷虐的灯泡之下，在一层油膜似的化妆品之下，她的面孔赤裸着。安娜凝视着她，心里暗自吃惊——怎么，她不是三十多岁，不比我年轻，也许还更老些——然后不安地、急切地转开视线，好似揭露了某人羞耻的秘密。柳博芙·迪米特里耶夫娜把盒子推向安娜：“你还没吃呢，拿着，拿着……我以为你要是知道了，会瞧不起我。你总说你丈夫是重要的音乐家，儿子快要上大学了，还有你受过高等教育，读诗，所有这些——”

安娜轻轻地包好一只白天鹅的锡纸，装进衣兜。“哦，不，”她说道，“根本不是。我以为……完全不是这样。柳博芙·迪米特里耶夫娜，请你——你要是愿意，什么时候去我家喝茶。也许明天？”

“我很愿意，”柳博芙·迪米特里耶夫娜说道，“就叫我柳芭。”

* * *

数天后，她转而邀安娜到她家。她的公寓原来跟安娜家一模一样，就在两条马路外一幢雷同的住宅楼。尽管屋内堆满了很多值得向往的东西，散落在四处，塞在洞开的昏暗衣柜里，在橱柜内闪烁。安娜小心翼翼地穿过房间之时，感觉所有这些看似零星的碎片，不能拼成整体，就像旧货店凌乱的仓库。她跟随柳博芙·迪米特里耶夫娜——柳芭，她又提醒自己——走进厨房，瞟见一件仍带标签的丝质衬衫挂在门口，三盏无灯罩的青铜台灯挤在过道一张台子上，一只开启的旅行箱，里面的东西全都洒在一方挺括的地毯上，那地毯散发着新东西的味道，色彩跟墙纸不搭。

“你家真不错，”她言不由衷地说道，“要我帮忙吗？”

柳芭正在揩抹餐桌上一块污迹，把两三包未开封的丝袜、一张未使用的东去火车票，还有一把绘有精致图画的东方扇子碰到地上。掉落之际，扇子展开，呈现一幅令人心碎的景象：恬然、简单、不同的人生——小小的村庄，一面蓝色湖泊的堤岸，马儿在远处草地上奔跑——然后，扇子旋即合上。柳芭一言不发地把茶杯和盘子搁在安娜面前，一屁股坐进椅子，把头埋进手掌里，开始哭泣。她失控地号啕大哭，肩膀不定地起伏。

安娜惊骇地站在她面前，痛苦地意识到自己的双手茫然地垂在身侧。然后她坐下，坐得那么急，以致椅腿狠狠刮过地板，发出刺耳的金属刮擦声。她把一只手臂拢在那女人的肩头，好似将她按住，让她不要那么可怕而无助地、像布偶似的抽搐。一分钟后，那对肩膀渐渐平息。安娜拿开手臂。“尝尝蛋糕，”柳博芙·迪米特里耶夫娜说道，用手背胡乱地在脸上抹了一把，残余的抽噎似打嗝塞在喉咙口，嘴上淌下血红的口红，“我通过特殊的关系搞来的。”

“谢谢，”安娜说道，拿起一块点心，“味道很好。”停顿片刻之后，她如此说道，但是柳博芙·迪米特里耶夫娜——柳芭，就叫柳芭，她又告诉自己——没有回答。在他人的深不可测的悲痛面前，人会自觉猥琐，又为亲眼见证而羞愧，安娜望向窗外。城市已被暮色遮没，而暮色又赋有一种新的气象：夜幕的周边是光亮，而今中心却包含一团更黑暗、更寒冷的秋意，犹如一块埋在湿润泥沙之下的冰凉的卵石。那里又映现她的影像，那影像了无衰老，在天空心平气和地迎对她的目光。

她仍望着外面，听见柳芭说道：“我丈夫有个女儿，跟我们一起住。”她的声音那么轻，安娜俯过身体才能听清。“你看见过道那边那扇关着的门没有？……女孩生病，从来不下床，不吃巧克力。什么样的孩子会不吃巧克力？她的嘴唇那么透明，几乎看得见里面的牙齿……我，我自己没有孩子，我盼了很多很多年，可我已经四十六岁了，现在太迟了……我丈夫，他酗酒，没有稳定的工作，赌命地在那些地方卖东西——就是那种地方，你知道——也偷我的东西。偷了我两个戒指、我母亲的相片，不久前还不见了六只汤匙，虽然他否认，可是当然——”

“可是，他爱你吗？”安娜柔声问道。

柳芭想了想，耸耸肩，说道：“你知道的，就那样了。一天他会喝得烂醉回来，打我一顿，然后又懊悔道歉，又是亲吻又是送礼物——当然，通常是偷的，可是，就算那样……唉，他爱我。”

安娜又望向窗玻璃，看着投影里的眼睛越来越幽深、静止。“我觉得我丈夫不爱我。”她说道。

柳芭利索地拿起一方餐巾擤鼻涕，续上茶，催促安娜再吃一块点心，听她说话。

听完之后，她用权威的口吻说道：“他需要的不是坐在厨房里吃馅饼，他厌恶厨房。你该跟他在外头见面，浪漫的地方。”

“那边有个餐厅。”安娜迟疑地说。

“别，亲爱的，别去餐厅，餐厅有什么浪漫的？”

“我在那里吃过一次泡芙。掼奶油的。”

“不要，不要。我觉得该去大自然。躺在草地上，听鸟儿唱歌，喝点红酒。我在电影里看过。”

“兴许那个公园？”安娜说道，“公园里有鸽子。但是它们不唱歌，只是像噎着了似的咳啊咳——”

柳芭蹙起眉头。“公园兴许可以，”她最后迁就道，“天黑后，就看不见垃圾筒和狗屎。我给你找瓶红酒，那种喝了不会胃痛的——不过，别忘了事先打开，想浪漫的时候，再没有比哼哼叽叽开瓶塞更扫兴的。你说过你在为他准备一个惊喜——别等了，现在就叫他惊喜。哦，你得穿一件他从没见过的衣裳，紧身的，领口开得很低的那种，你知道的，再化点妆。你长得很好，可惜不花心思打扮。我借你东西，我有的是，一条漂亮的项链、一对耳环——”

“谢谢你，”安娜说道，语气略有些生硬，“我不需要耳环，我已经有一对了。”

柳芭说道：“我说，你有个不喝酒，不找女人，也不会挥霍掉你全部钱财的丈夫，还有个儿子，英俊、健康、快上大学的儿子。你很幸运。”说话之际，她避而不看安娜。

因为怜悯和羞愧，安娜心里觉得温暖起来。她捏着柳芭的手说道：“别难过。”

柳芭别过脸去，又擤擤鼻子，转过头来，露出悲伤的灿烂笑容，说道：“哦，见鬼。我们去看看我的衣柜。”

* * *

一周后，安娜的提包里凸现一个长方形的形状，显然装着一瓶酒。她望着谢尔盖转过街角。他走得很慢，身穿那件已经穿了很多年的灰色薄外套，背略有些驼。直到差点撞上的时候，他才注意到她，然后吃惊地抬头。在他惊讶的神情之下，她瞥见另一个神情，挫折的神情，她的心发烫、抽缩。她说道：“晚上你结束后，能不能顺道到公园来？”

“干什么？”他冷淡地问道。

柳芭建议她把这个夜晚变成一种冒险，类似新鲜的刺激。

“哦，萨沙说，要是我碰上你，叫我转告你，”她满不在乎地说道，“大概他想在换班前见你。他在那里等你。”

略微停顿后，他说道：“我会去的，谢谢。”

她的视线追随他的背影，似乎看见他的脸出乎意料地一亮，疑惑是否仅是自己的想象，然后跑回家去。她当然想泡个澡，但没有热水——每年夏天，热水都要停一两个月，公寓楼的通告总是说为了维修——她烧了一壶水，把热水倒进一只大锅，掺入凉水，蹲在浴缸里，往身上浇温水。积累了一个星期的污垢从她皮肤上淌下。她开始感到空气的宁静、婆娑，微风时而拂来丝丝凉意，夜晚和世界以几乎难以察觉、充满希望的方式颤动。

她从卫生间奔出来，浑身赤裸，却并不觉得害羞，踩着冰凉的油毡地板，推开卧室窗户，胸脯支在窗台上。她深深地呼吸，蓦地兴奋不已，望着平坦的屋顶。别人家的屋里开始亮起灯光，新月犹如湿润而闪烁的鱼鳞。

柳芭的蓝绸连衣裙细心地铺展在床上。她抚摸其珍珠般的柔软，似乎要证实这是真实的。

刚过九点，她在眼睑上涂抹与衣裙相配的蓝色眼影，听见前门开启又关闭。她裹上睡褛，走出卧室。儿子正大步迈出过道往卧室去，胳膊下夹着一摞书。这么用功地准备入学考试，她忖道，然后停下脚步，冲动地想对他说几句话，温暖的话语，把他也带进她这份近在眼前的幸福，然而正在此时，身后的电话尖叫起来。

她拿起听筒。一个男孩的声音，礼貌地找萨沙。

“是你的。”她说道。他拿起听筒。

“喂？”他说道，“哦，斯蒂潘，嗨！……现在？其实，我正……哦，我知道了……哪里？……没问题，我马上过去。”

她有些遗憾地望着他的背影，为自己压抑了那份慷慨的冲动而难过。她希望今晚对她深爱的每个人都是特别的夜晚。

公园空荡荡的，脚下阴影重重，空气沉甸而凉爽，充满秋天即将来临的气息。亚历山大急步走过，踩得小径上几片落叶发出沙沙的声响。

他的朋友瘫开四肢坐在一条长凳上，朝路灯扔石子。

“来得挺快，”他说道，在脚边挥了挥手里的香烟，“就这个。”

亚历山大弯腰捡起包着报纸的方形扁平包裹。

“多少？”他问道。

年轻人一面回答，一面把另一块石头掷向路灯。金属灯柱发出一声空洞的咣当响，淹没了亚历山大的惊喘。

“蛮费劲，”斯蒂潘耸耸肩，“简直找不到。禁了的，对吧？这是从**那边**来的。兴许有道划痕，但应该不会太跳。”

他在地上寻找更大的石子，瞄准掷出。

“你什么时候需要那钱？”

玻璃破碎，黑暗泄露出来，仿佛秋天突然降临在公园里。斯蒂潘眼睛下方的伤疤消失，面孔融化为恍惚、平息、烟雾萦绕的模糊形状。借着上方窗户透出的灯光，亚历山大看着他往后一靠，从臂弯抽出一瓶酒。

“给你特别优惠，不急，”斯蒂潘说道，“可以等到下周。来点？”

“不了，我得走了，要去换班。”

“你，还有你们那排队——这么投入……好吧，我要在这里坐一会，待会儿你要是想的话，顺道过来。最近几天到处跑，我想我可以理所当然地休息几个小时，闻闻玫瑰。”

“是啊，当然，”亚历山大说道，“谢谢，兄弟。回头见。”

他不想身上带着黑市的东西去排队，于是决定先回家一趟。在摇摇晃晃的昏暗的电梯里，他扯开报纸，一些纸片挂在手指间，零星的词语落进眼里——“支持之下”“用滚烫的钢铁一再”“光辉的目标”……他从封套内滑出唱盘，举起手掌捧着，锃亮的同心圆像树干的年轮，在他的双手之间一圈圈地旋转，边缘尖利而脆薄，标着*伊戈尔·瑟林斯基，小提琴协奏曲*——电梯门开启，他的眼睛仍落在标签上，跨出电梯，一头撞上一个女人，身穿光亮而丑陋的连衣裙。

他的双手一软，听见坚硬的物体摔在水泥地上，发出可怕的噼啪声。她不合时宜地发出少女似的咯咯的尖笑：“哦，萨沙，是你。我只是想出去散散步，你要是饿了，有些冷肉排——”电梯门呻吟着时断时续地关闭，如同一张吱嘎作响的苍老的大嘴，一小口、一小口地撕咬母亲那幅可怕的景象。她脸上油光满面、色彩斑驳，睫毛眨巴着睫毛膏，就像被踩扁的昆虫的毛茸茸的腿；皮肤一团团地从丝袜里挤出来，口红涂得凌乱，咧嘴微笑。她站在灯光冷酷、痛苦的电梯间，朝他露出微笑。又过了片刻，只剩下一丝透光的裂缝往下去，往下……

他狂乱地摸出钥匙，开门进去，冲进卧室，把唱盘凑到台灯下，匆匆扫了一眼。上面有一道又长又深的划痕。他觉得刚才似乎没有的，但又不能肯定。他把唱盘装回封套，双手颤抖得那么厉害，以致动作十分笨拙，感觉手指间又传来一声碎裂的嘎吱响。他把唱盘留在书桌上，关了灯，奔出门去。

路上不见母亲。他走得很快，好似逃离自己的不安，十点前就到达了售票亭，排晚班的人刚开始散去。父亲仍在那里，亚历山大见他招手，然后转身跟他身后的人说话，急切地迈着阔步走来。他们在半个街区外的一个角落碰面。

“你来早了。你在公园里等我？”父亲压着嗓子急切地问道，“拿到了？”

亚历山大愕然看了他一眼。

“你怎么……我不知道你知道……算了。是的，我拿到了。在我房里，书桌上。可能有一道……可能有点跳。钱要在——”

父亲拥抱他，他窒息得说不出话来。

“谢谢你，萨沙，”他说道，“钱我会弄到的。还有，你想要什么，尽管开口。”

* * *

索菲娅在另一条路上等他。

“哦，谢尔盖·瓦西里耶维奇，我简直不敢相信，”她说道，“说实话，我开始以为根本没有这样的唱片，我开始以为那次对话是我梦见的——”

他放松地笑起来，轻触她的臂弯。他们走得很快，但没有抄近路。他们绕过公园，因为里面一片漆黑，而且阴影深处传来一个醉鬼的叫嚷，夹杂着女人放纵的尖叫。在公共场所搞得太开心了吧，谢尔盖尴尬地想着，竭力装作没有听到那边的声响，避免看索菲娅。接着尖叫变成啜泣，然后消失在他们背后的沉默里。他们走到他的公寓楼前，他请她在楼底大厅的邮箱旁等候，然后急切地蹑脚走进公寓，想好了无关痛痒的借口，以备妻子出来。但妻子没有从卧室出来——必定又早睡了——正如亚历山大所说，书桌上放着一张唱盘，躺在撕破的旧报纸里。

他悄无声息地走出门，没有人知觉。

他们几乎一路跑到她家，没有开口说话。他感觉附近的街道如同单调而乏味的手风琴，他的急切则是延长的音符，他的思绪如同狂热、兴奋、忧虑的漩涡。他们终于抵达。一，二，三，四——但这次他们脚步声的回音相交融，沉重的大门在他手下奇妙地开启，已经把外面空洞的黑暗抛在身后，进入里面魔幻般的黑暗。

她按下电梯按钮。他想象这个狭小的笼子在他们眼前滑开，晃荡的地板上散落烟头、唾液，他们会挨得那么近，想到这里，他立刻感到紧张、心神不宁。但她的手指在按钮上停留了漫长而令人气馁的时候，显然电梯卡在上面了。

“就在四楼，”她说道，“很抱歉。请小心脚下，电灯坏了。”

他跟随她盲目地摸着扶手上行，她的身影融进楼梯的漆黑中，然后又被楼梯口小窗透进来的微弱光线转瞬即逝、令人着迷地勾出轮廓，然后又融化，然后又勾出来。每迈上一步，他就感觉那么多夜晚以来所想象的奥秘在接近，犹如呼吸般简单而不可避免——即便是他往上爬、往上爬之际略显粗重的中年喘息。他把珍贵的包裹抱在胸前往上爬之时，瞟见被路灯照亮的留在下面的城市显得越来越遥远，他也开始期待——虽然并非那么强烈——未曾聆听的瑟林斯基的唱片转出音乐——音符接连音符狂喜地攀升，他最挚爱的那个稀罕、欢欣鼓舞、令人昏眩的时刻，一阵响彻心肺的迸发后，感觉体内的精髓似乎都被抽空，所有那些无法言喻、蔑蔑无声的感觉，灵魂里所有那些被忽略的渴望，在另一个地方自由自在地飘荡。在那个地方，美丽如空气一般无处不在，未来是纯粹而无尽的时间，任何东西、每个东西都被赋予充足的空间。他曾经怀抱的所有希望，他曾经想实现的所有成就，他曾经有过的梦想——

“很抱歉，这里很难闻，”索菲娅转头说道，“猫尿，你知道的。”

他刚要开口说话，却绊了一脚，差点笑出来，踩着黏糊糊的东西，可能是土豆皮，他沉重地跪倒，把包裹压在身体下。

“你没事吧？”她急切地问道，伸手拉他，她的眼睛在黑暗里流盼，犹如盘旋在他头顶的关切的天使，额头散发着淡淡的蓝光。

“我没事，我没事。”他说道，强作矜重地站起来。

他竭力不去多想刚才跌倒时所感觉的那声不可质疑的塑料断

裂的声响。

站在门口，她把手指贴在唇上。

“很晚了，”她悄声说道，“人都睡了。”

她是不愿让邻居知晓自己在午夜时分带陌生人回家，还是指不愿吵醒住在她公寓里的人，他无法肯定。他跟随她走进黑暗，然后她的手拉起他的手。他握紧她的手指，她的戒指勒痛了他，黑暗在他们周围旋转，越转越快，伴随他怦然而跳的心脏一道旋转。但她的手抗拒他的压力，拉他前行。他顺从她，跟随她在看不清的家具之间往前走。外面落进一点光线，照出墙上隐隐闪烁的很多画框——无疑是画作，不久后他必定会看到的，柔和甜美色调的画作——沙发上有一团裹着毯子的隆起物，料想是她父亲睡在那里，梦见丝绒拖鞋、盛在盘里的果脯，以及其他平淡的晚年喜欢的小小的舒适和安慰。

我不老，他挑衅地想，我还不老，我只有四十七岁，我还有很长的时间不会老去……一扇门开启，在他们身后关闭。她抽出手指，灯光亮起。如烈日般的强光照进他的头脑之时，他闭了闭眼睛，然后渐渐看清房间。

“请坐，”她说道，“抱歉房里这么乱，我没想到——”

他看到一张椅子，便坐下。窗帘是浅蓝色的，在这个狭小的空间里，衣服和布匹如波浪一般起伏，晚风从一扇敞开的窗户吹进来，拂动窗帘和阴影，还有八月的凉意。一件落在地上的蓝衬衣轻微地抖动，犹如翅膀起起落落，犹如安宁地沉睡之人的呼吸。他觉得简直就像置身于冰凉的蓝色珠宝的核心，里面充满了流转的微风，就像快乐降临似的拂过他的身体。

房间那么小，他的膝盖抵着她的床沿，但他没有看那床。他转而看她的后背，她正弯腰探向梳妆台上的留声机，看她的双手小心地用一块布擦拭转轴。

她直起身子，拿起唱盘，凝视着他。“你知道我有怎样的想象吗？”她说道，“如此陌生的东西，我根本无法想象。我是在他离开三年后出生的。这是我不知道的东西。我会以为是不存在的东西，你理解吗？”

他们的眼睛终于相遇，他顿时觉得眩晕，那撩动她头发的晚风，他的心失去依托，漂浮到别处，落在某个欢乐的地方。音乐穿透窗洞盘旋直上天际，盘旋得愈来愈高。她赤脚一跃，跳到他这边时，她的衣服尽落在地上，小提琴如泣如诉地演绎一个几近荒废的人生，但还没有、还没有彻底荒废……

她又转向留声机，从封套里滑出唱盘。

他听到她痛苦地倒吸一口气。

“怎么了？”他问道。

“唱盘裂得厉害，”她的声音几近低语，“我不知道能不能——当然，我试试，可我不觉得——你看，快断成两瓣了——”

他从椅子站起身，也过去查看。房间的风息止了。

唱盘开始旋转的时候，拾音器臂一震、一跳、一颤，发出可怕的呃逆声，就像磨牙的声响，然而最叫人心碎的是听见一小段旋律——三四个音符，不断地重复，反反复复地接近美丽的边缘，却在一记心跳之间又坠入破碎的深渊。

他想开口说话，但嘴唇像干枯的昆虫的翅膀，窸窣地抖动。

拾音器臂一抖，随即停止。

“我很抱歉，可是没用。”她说道，拿下唱盘。

“不，不，让我试试，我，我会——”他夺过她手里的唱盘，按回转盘，手指颤抖着，又推，又拉，又揉捏，企图召唤音乐，却徒劳无益，因为总是卡住，里面某个零件抗议地呻吟，直到她温柔地从他手里夺去唱盘，说道:“请不要这样，谢廖扎。没用的，会弄坏唱机的。”

墙壁另一端，沙发的弹簧在沉睡之人转身之际发出呻吟。

“我该走了。”他说道，却一动也不动，默默站了片刻。

“我送你出去。”她说道。

走到玄关，他们站住。她没有关上房门，微弱的蓝色光线把他们阴暗的投影映现在镜里。

“谢尔盖·瓦西里耶维奇，真的没有关系，”她柔声说道，“你很快就会听到真的音乐，只要再等三个月，三个月或者四个月，很快了，别难过。”

“当然。”他说道，勉强挤出微笑。然后，他绝望地想至少要在这个完美的夜晚留住点什么，又说道：“你看，兴许——兴许我们甚至可以一起去，你和我——”

“我会很乐意的，”她说道，转开视线，“我会很高兴去，可是你看，门票不是给我的，我是替——替另一个人排队。我一直想告诉你来着——”

“哦，”他说道，声音一僵，“哦，好的。”

她轻轻地拥抱他，又匆匆放开，仅是她的双手掠过他的肩头，他几乎没有感觉到。“还是谢谢你。我知道你努力了。”她正打开屋门：“这是唱盘，你朋友肯定不知道……好了，晚安，明天见。”

电梯在她的楼层开启，把他吞进，然后长久地停在那里，既不上也不下，或许没有那么长久，但他不在乎，没有留意，直到最后电梯门毫无缘由地滑开，把他吐回她的门口。他瞪着她的公寓号码，瞪了很久，思量着在她转开视线之前，是否确实在她眼底看到某种微弱的恳求意味。

然后他转身爬下楼梯。他在二楼停下，踩碎唱盘，把碎片扔进垃圾滑槽。一片锯齿状碎片划过他的手掌，他在那里一动不动地站了很久，额头抵着湿漉的水泥墙壁。终于走到外面的时候，早已过了午夜。他无法打起精神回家。两小时前原本要跟儿子碰面的公园，此刻已经很安静，他趔趄地走在没有路灯光的小径，脚步擦着卵石，双膝撞到一张长凳上，便坐了下来。有人把一瓶几乎满满的酒瓶扔在地上，旁边落着看似丝袜的碎片。至少有人蛮开心的，他想，克制住一声可怕的笑声。酒瓶里新月般的光圈，似一艘小船在灰暗的波浪上晃漾。他捡起来，拔开瓶塞，机械地嗅了嗅，当然嗅不到什么味道。太黑暗，看不清标签。他用衣袖揩了揩瓶颈，举到嘴边喝，然后又看看酒瓶。是红酒——城市的公园里竟遗落没有喝完的红酒，怪事，他漠然揣想，又喝一口，再喝一口，越喝越多。他的眼睛渐渐适应了黑暗，手上的伤口不再流血。他记起她今晚第一次唤他谢廖扎，只唤他谢廖扎，感觉一切终于都凝聚，变得更清晰。

她想听瑟林斯基的音乐，那么他要送她一份礼物。他要继续去排队，不论需要多长时间，最终拿到门票的时候，就送给她。他会把门票送给她，这一次，他就会配得上她，他不期待任何回报，因为她不欠他任何答案，不欠他任何东西，他严厉地告诉自己。然而当月亮船在酒瓶底部闪烁，在海风里起起落落的时候，他闻到从未闻过的奇妙东西：咸水味、沙滩、女人的湿发。他不禁回想两人在玄关镜里的影像，如同在另一世界拥抱。在那个银色的镜中世界，一切都很简单。在那里，拥抱变成亲吻，亲吻越来越深，自然得如同花蕾绽放。一顶挂在钩子上的老式男帽变成羽毛蓬乱的大鸟，飞出窗户，大衣柜敞开，邀他们进入其深处，黑暗而柔软的深处，幽暗得胜过数百件毛皮大衣，柔软得胜过数百张羽绒床。那柔软、那幽暗接纳他们，在这个简单的镜中世界，两人可以无所顾虑地彼此述说真实的感受。

5

安娜给母亲端去两杯斟得满满的茶，但老人仍没有离开房间。九点半，安娜开始焦急不安。柳芭建议她等过了十点再去（“你该稍微迟点”，她说过，“最好叫他焦急”），可是到了九点四十分，她再也不能忍耐时钟可恶的嘀嗒声，起身出去。走到门口，听见母亲那轻盈的脚步终于在过道里响起，卫生间的门开启又关上，水声涌出。她松了一口气，冲进那个空房间，拉开抽屉。深绿色天鹅绒盒子仍在。伴随一声最轻微的啪嗒响，盒盖开启，困在里面的钻石光芒逃逸而出，刺痛她的眼睛。

水声最后迸发一声，然后停息。安娜关上盒子，将其推回发霉的坟墓，匆匆逃出房间。

跑到楼梯口，她松开捏紧的手指，尖利的搭扣像蛇咬似的勒进她的手心。戳进耳垂的时候极其疼痛——很久没有戴耳环了——她仍在痛得吸气，揣想是否流血了。此时电梯门打开，儿子径直撞到她身上。她看见他脸上闪过一阵空白，全然不认识的样子，心里感到一阵兴奋。安妮娅，真的是你吗？谢廖扎惊异的声音在她脑海里回荡。她微笑着走进电梯。

走到外面，城市将她包围，黑暗而凉爽。最后一点夏意残留在电车站旁夜间售货亭摆在水桶里卖的玫瑰花瓣上。她踉跄而行，尽可能走快些，尽管脚踝不习惯高跟鞋，总是扭转。她想象高跟鞋踩着优雅的节奏，走过八月末天鹅绒般的夜晚，荡起回音，传到坐在半启的窗前做梦的女孩耳中。她也想象小小的公园在眼前伸展，准备接纳她。他的手指不耐烦地敲击椅背，因得跟儿子谈话而觉得厌烦，突然看见小巷尽头出现一个迷人的妇人（虽然臀部过于丰满），不由得着迷且好奇，眼望着她穿过落叶缤纷的阴暗小径走近，然后慢慢地、慢慢地，他的欣赏化作惊讶，脱声呼道："我的天，"他呼出一口气，"是你吗？哦，安妮娅，你真美。"

然后——然后隐约的青草味和花香袭来，还有醇美的葡萄酒。葡萄是在南方的阳光下成熟的，在那个神话般的土地上，鹳鸟在马车轮筑成的巢里拍打翅膀，青草在微风里摇晃，驴子爬上蜿蜒的山径，驮着一罐罐最纯净的冰凉的水。酒杯相碰的叮当，他在她耳边低语，鸽子在梦里咕咕地发出喉音。我想给你一个惊喜，谢廖扎，你排队等了那么久的门票，那门票是给你的，是你的，是我送给你的礼物，你可以听到你的音乐了，现在我们能不能像从前一样快乐，也许我们曾经快乐过吧——当然，我们仍然快乐，谢谢你，谢谢你，安妮娅，我爱你。

公园入口漆黑一片。她匆匆走过一条无人的小径，看见小径尽头一条长凳上呈现出一个男子的轮廓。还不到十点，他来早了。她心里涌起一阵怯生生、充满希望的颤抖，心脏怦然直跳。

卵石在她的高跟鞋下吱嘎作响，小径两旁黑暗深处散发着浓重的潮湿味，似乎倘若她一踏出小径，消失进夜里，就会揭露出柔软、辛酸得让人难以承受的秘密。那男子站起来，从夜幕里斜眼睨视她，近旁的路灯熄了。她暗自庆幸这片黑暗，又摇摇摆摆地迈出一步，又一步，走到长凳边，那男子朝她扑来，手指钳住她的手腕。

“不错，不错。”他说道，“我正觉得寂寞。”

他酸臭的气息直冲她的脸上。不是谢尔盖。黑暗把他们紧紧包围，但月光偶尔漏过树隙，他的面孔如同微弱的声音时隐时现。她瞧出他很年轻，大约十八岁，或者二十岁，一只眼睛下有一道可怕的伤疤，嘴角粗鲁而醉醺醺地歪斜，她想大叫。她大叫起来，然后叫得更响，可是四近无人，他用脑袋抵着她的头，把她推向长凳，双手摸索她身上这件不属于她的裙子。这条裙子多好看，我不能弄破的，她以后会不肯再借我东西了，她忖想着，似乎是从另一个安全的、悬空的地方观看此情此景。然后公园尽头传来脚步声，是谢尔盖来了，她大大地松了一口气，可是脚步声没有靠近，两对脚步沿着公园边缘走过，走在正常的人生里，走在公园外面。这份残酷如一拳重击打在她身上，她又尖叫起来，希望有人出现，希望有人把她摇醒。然而脚步声已经走远，她带来的那瓶已开启的葡萄酒从包里滑出来，滚到脚边。黑暗让人盲目，如利刀向她猛刺，那男子，那男孩，撕破她的裙子，她开始哭泣。

“我是一个母亲，”她啜泣道，“我有个像你这么大的儿子。”柳芭送给她的丝袜被撕裂的时候，她瘫倒在长凳上，哭喊道：“不要，请你不要，拿走这个，这个很值钱——”

搁在她身上的胳膊一僵。一记心跳之间，一切静止。

“拿走什么？”男孩的声音在她的脖颈间响起。

她挣扎着打开搭扣，双手直颤。她从湿漉的睫毛之间看见跳跃的阴影。“这个。”她说道，摊开手掌。裸露的膝头突然感到一阵冷风。“这个，看到没？”

他的眼睛一闪。

“是真钻石，”她哀求道，“请拿走这个。”

他的手猛扑过来，一把抢走她手里的东西。她好似从居高临下的角度看去，望着月光将男孩手指间的空隙照得熠熠闪烁。手指随即捏紧，闪光沉没，她身上的重量消失。接下来一分钟里，她忘记了呼吸，不肯移动。然后，令人难以置信地，她坐起来，把裙子拉下膝盖，双眼直瞪着黑暗。而今黑暗里一无所有，只发出鞋子踩着卵石的声响，她脚旁的酒瓶里有一道反光在晃曳，一阵羽毛窸窣——大概是鸽子在做梦，她呆呆地揣测。

过了一会儿，她站起来。丝袜已经残破，他把她推向长凳的时候，右脚高跟扭断了，除此，身上没有受伤。她解开鞋襻，脱下丝袜扔掉，然后拎着鞋子，赤脚光腿跑回家，黑夜尽情地拍打她的大腿。她麻木地避开人行道上闪烁的酒瓶碎片。电车站的售货亭已关闭，玫瑰已经收进去。自她经过此地的半小时后，八月末梢终于逼走了夏天，空气里响起秋天的气息，如同冰冷的玻璃片一般清脆、尖锐、明亮。一个路人惊骇地看了她一眼，她又走过一段黑暗的城市，终于在自家玄关的镜中看到那人所见的景象：苍白衰老的脸庞，头发湿漉漉地粘在前额，一只耳垂上挂着几滴凝结的血滴，脑门蓝荧荧地污着眼影，嘴唇上的口红涂抹到下巴，眼里一片空洞的凄苦。

她久久地呆看着自己，双手紧捧着脸颊，然后从镜前转开，敲响母亲的房间走进去。

灯亮着，床仍然铺得好好的，一如既往，沉闷的空气里染着一股玫瑰味的陈旧气息，寂然无声。时间从不在这里流过。她以为房里无人，却听见书桌前的椅子吱嘎一响。母亲坐在阴影里，穿着过大的旧丝绸睡褛，颜色如同飞蛾的翅膀，消退的记忆的颜色，她的脚那么小，简直不能碰到地面。

“我借了你的耳环，”安娜小声地说，“可是被抢了。我丢了你的耳环。我很抱歉，我知道那多么——你多么——”

母亲的眼睛幽暗而错愕，像一对珠子。安娜觉得词语轻飘飘地塞在喉咙，软弱而无意义，呼吸之际便被吹散，消散在沉默之中。她凝立了片刻，然后转身，跌进自己的卧室，倒在床上，就这样穿着借来的美丽裙子，腿上沾满污泥和树叶，脚底黑乎乎地染着这个城市积攒了一整个夏天的污垢。她趴在床上，感觉胸膛终于可以敞开哭泣。但她拼命地把自己压进团团的黑暗之下，那里面散发着温暖、沉睡、孤单。这时她感到有人在旁边，一只手轻抚她的后背，轻得如同小鸟的羽毛，一个声音，母亲的声音，她简直辨不出这个声音，反复地在她头发边说着：“别难过，别难过，亲爱的，那只是个物件，是我应得的惩罚，我没有好好教你——钻石不该在夏天戴，别难过，重要的不是这个……”那只手继续轻拍她的后背，不知怎的，她觉得更平静、更沉重、更幼小，直到又变成了小女孩，蜷在柔软的羽绒被下，躺在黑夜深处，身处重重的梦境，免于成年人的复杂存在，自由地闭上双眼，倾听母亲讲述童话，迷迷糊糊地睡去，用词语、用母亲平静的声调编织灿烂、神奇的织物，安心地知道醒来之后，一切都会更容易、更美好、更快乐。

安娜任凭自己睡去，分辨不清那只继续轻拍她后背的手是真实的还是睡梦中的，那声音是在现实中还是在梦里。在某个模糊的时刻，她确实睁开眼睛，看见谢尔盖跪在床边，悲伤加深了他那张老得奇快的脸上的皱纹，或者他的脸也出现在黎明前那个闪烁的场景。在那里，她穿着银色高跟鞋走过壮丽的林阴道，河水在中世纪滴水嘴兽的凝视之下缓缓流淌，还有那个梦一般的声音穿透她的睡意，轻轻踮脚走上狭窄的台阶，把她放在一个凉爽、须屏息悄声的石砌建筑里，彩色玻璃从地面延伸到天花板。那是异国一个城市中心的一座教堂，一座古老的教堂，窗户闪烁着无数庄严的色彩——世界诞生的蓝色、卓越地猜测了人类未来的先知式的紫色、献身信仰的殉道者那骄傲的红色、明晰而清澈的世界末日般鲜艳的绿色——一切都雕凿得美轮美奂，一切都不似在人间。

夏天的午后，彩排结束后，我经常来这里，那梦一般的声音说道，让汗水在肩胛骨上凉透，倾听自己的脚步声在拱顶下回荡，一次又一次走过那些鲜亮的光斑。

我记得，八月那天，我来到这里。

那天我觉得身体不适，几周以来，几个月以来，一直觉得不太好。单脚尖旋转的时候，我经常感到恶心，我的身体以种种方式变得陌生，有些较隐微，有些则显著，但我仍然继续跳舞，不肯听人劝说去看医生。

我们在准备他的第三部芭蕾舞曲。第二部大获成功，在上一季备受推崇。很多宴会在如同描金茶杯一般精致的客厅举行，我们悠闲地乘马车游赏，穿行在落叶之间。午夜玫瑰花送到我们的化妆间，镶嵌珠宝的镯子巧妙地拢在带刺的花茎中间。他现在也有钱了。秋天的一晚，我演出结束后走出来，他在台阶上等候，倚墙而立。他不肯告诉我是去何处，但是透过马车窗帘，我认出被煤气灯照亮的马路。我们停下时，已接近午夜，但店外人行道上一方方灯明亮地照耀。店里面一支香槟在冒泡，专为我俩开的，两三个年轻男子悄无声息地滑行，熨帖的手套举起点点闪耀的天鹅绒托盘。矮胖的店主一只眼睛戴着一枚巨大的镜片，袖扣在陈列品上游移，恭敬地滔滔不绝："小姐，小姐——"

我什么都不想要。

他为我做了选择：一对类似我们去年在橱窗里称赏的钻石耳环。那时我们什么也没有，只有阳台下的河水、落在朋友家床单上的阳光、第一篇评论刊发后直接对着瓶口喝的热情洋溢的香槟。我谢谢他，从那以后，每当跳舞的时候，就总是佩戴着。可我经常感到忧伤，就好似随着人生的优裕闪闪发亮、柔软、踩着天鹅绒脚爪朝我们走来之时，我们却同时失去了某种强烈的、生机勃勃的、年轻的东西——虽然我不知道为什么该是这样。那时，我们还年轻，即便我们并不怀疑这份年轻。也许我们相信美丽或快乐必须短暂，以便可以永远活在记忆里，就像舞者令人屏息的跳跃，仅仅多了似乎不可信的一秒，在舞台上凝固，被灯光照亮。或者其实更简单——也许他只是不再爱了。这一季新来了一个独舞。我看见他在她彩排时看着她。亲爱的，我的意思不是说我们之间的感情不深，只是天才有时就是这样——他们爱自己的火焰，爱看到自己的光芒在周围的人身上反射，并且总会有别的人，其镜面比你的更明亮，或者只是更崭新，从而更能反射光芒。或者至少瓦斯拉夫是这样说的，拍着我的手安慰我。当然，这不完全是他的话。你看，我还没有学会沉默。

我哭过整个冬天，春天里，我遇见一个来自家乡的男子。他的年纪大得够做我的父亲，他的眼睛是融雪的浅蓝色，他使我周围的一切变得如此坚实而清晰，以致我有时会忘记内心的悲伤。这份悲伤蜷缩在我的灵魂蒙尘的翅膀下，就像曾经被爱的野兽，而今永远地冰冷。然而，那年整个夏天，感觉恶心的那个夏天，我时常会厌倦这份新来的、安宁的满足，跑去找你，企图寻找别的东西——某种秘密的、叫我害怕、给我欢喜的东西。现在你住宾馆，因此我们不必再借朋友的公寓，宾馆房间里到处散落着乐谱，昂贵的床单贴着我的肌肤，不再感觉凉爽，不属于我的丝绸衣物经常挤揉在偏僻的角落。

不论我在那个夏天寻找的是什么，我从来没有找到。

我不记得究竟从什么时候开始猜测的，但八月的那一天，在一次尤其辛苦的练习之后，我站在那座钟爱的老教堂里，低头看着地板，只见鞋子里流满了血，我已经知道很长一段时间了。那个下午阳光灿烂。我记得周围石头上洒落了紫色、绿色、蓝色的光斑，血滴到我脚上穿着的实用的平底鞋上，响起空洞的嘀嗒声。旁边一个女人尖叫，形象生动、罩着阳光的圣徒雕像在我胸前投下颤抖的投影。我平静地领悟，我不会再跳舞——不会再在这里，不会再为你跳舞。

他们把我送到医院。孩子保住了，春天遇见的男人很快赶来，那么用劲地捏着我的手，捏得我感到疼痛，他不停地重复："你该告诉我，你该告诉我——难道你不知道我会——难道你以为我不会——"

早秋时节，我们在那座教堂举行婚礼。那教堂几乎从不用于举行此类仪式，但我有名声，安德烈有关系，从而获得了特别准许。一周后，我们去往他的城市，我出生的城市，他的家族居住地。我们离开那夜，旅行箱收拾完毕，我逃出告别聚会，匆匆走过雾蒙蒙的街道，朝一家熟悉的宾馆而去。我踩着投映在湿漉路面的金色辉煌的宾馆招牌之时，心里抱着希望，希望为时不晚。可是，当然已经太晚，你仍在大洋彼岸做为期两个月的巡演，还没有回来。接待员好奇地瞅我的脸，立刻换下冰冷的语调，雪白的手套不自在地忙乱，瞥了我一眼，请求我签名。我改变想法，揉皱已经写好的信。

我慢慢地走过挚爱的、黑暗的秋夜城市，看不见的河水在身旁轻拍河岸，两岸的大房子都在沉睡，只有阁楼的窗户依然柔和地、秘密地投出灯光，陪伴他人的快乐。我这样忖想，我会回来的，我很快会回来，我会再见到你。因为尽管明白得太迟，可我现在知道是有可能的，跳跃的舞者确实有可能不与音乐同时降落。回到我的房间，里面沉闷而欢闹，瓦斯拉夫变得歇斯底里，塔玛拉的“云”逃走了，我们一面狂笑，一面装出喵喵的猫叫，在楼梯上跑上跑下追逐它。我跑得喘不过气，我的丈夫恳求我停下休息，香槟瓶塞冲向天花板，无人注意看我的眼睛，人人保证会给我写信。

我们记得最长久的事情，未必是最永恒的，甚或并非最有意义的，但它们通常是最灿烂的，也许这正是它们最终变得最重要的缘故。亲爱的，四十四年是漫长的时间。当我听说音乐会的时候，我就想，我会等到冬天，戴上耳环去听。

当然，我还是会去。

我只怕不戴着耳环，你会认不出我。

也许这样最好，我不知道。

要是——要是我能忘记女儿赤脚走进我房间时的脸，那就好了。

第四部　秋

1

九月浸透在水里，雨声飒飒的潮湿天气，很快就散发霉味。有些人说，在热气腾腾的暑溽一连数星期不歇地把城市的水泥都煮沸之后，终于算放松了，但大多数人在抱怨。出租折叠椅换小钱的男人从七月以来就不再出现，老太太们很受累，有两三个熬不过，索性离开了队伍，有一个被放在担架上抬走。

“你听说没有？”一天早上，安娜走向排队位置的时候，伊米莉亚·克里斯蒂阿诺夫娃拦着她问道。天又在下雨，她压低了嗓门，近乎耳语，安娜只得把头探到她的雨伞下，透过雨点敲打街道的声响听清她的话语。“他们说，那个租椅子的人，你知道的，被转移了。有人清晨看见他坐进黑玻璃窗汽车。”

“可是为什么？”安娜问道，挪动身体，雨水从她的雨伞上滴进领口。

“我敢说是因为擅自做买卖。”两人沉默了片刻，雨幕将她们与雨光闪烁、打着寒颤的队伍隔绝。“我说，安娜·安德烈耶芙娜，”物理老师转开视线，她的雨伞敲打安娜的头顶，“我想告诉你，我的时间表改了，以后很难像以前那样早上替你占位了。他们开始不高兴我们总是调课，我担心……”

她的声音渐渐消失。站得那么近，安娜看得清这女人善良而忧虑的圆脸上的毛孔、脸颊上的痣，还有嗫嚅着没有说完句子的丰满的嘴唇。安娜觉得有些不安，把头缩回自己的伞下，一串冰冷的雨水又顺着她的脖子滴下。

“没有关系，”她平静地说，“我会想办法的，没有关系。”

但是第二天下午，她勾画名单之时，组织者翻阅笔记，使劲地揪着胡须，告诉她没人来站她的早班，他们不能容许任何人这样做，这会让整个体系陷入混乱的。

“我理解，生活里的烦事更多了，我自己也是费尽了周折，”他分辩道，“可我们有这些规矩，你是知道的。”

她闷声点点头。

次日，她给学校打电话请病假，接着第二天也这样做。第三天，这星期开始就放弃了排队的伊米莉亚·克里斯蒂阿诺夫娃绕道来告诫她：“我听见校长跟她的助手在说你，她们说——”她俯身贴近安娜的耳朵，安娜又闻到湿羊毛和学校实验室热金属混合的怪味。

“谢谢你。”安娜想开口道谢，然而雨滴不歇地从幽暗、闪亮的树枝间滴落，她几乎听不见自己的声音。

那天晚上，萨沙吃完晚饭去学习，母亲喝了茶离开（自从公园事件以来，她开始一起喝茶，尽管说的话语不外乎“请不要加糖”“谢谢”“晚安”)，安娜仍坐在厨房里。她坐在窗边等待，双手有气无力地摆在腿上，夜晚的微风将外面世界的雨意和煤气味送进这个似老鼠洞般越来越暗的屋子。

谢尔盖在十点钟后回来。看见她的时候，他皱了皱眉头。

“剩饭在炉子上。”她说道。

“我不饿。”

“我们得谈谈。”她说。

他在一把椅子上坐下，阴郁地盯着塑料桌布上印着的一圈红萝卜。当然，他知道是什么事。她关于那夜去公园的解释有些讲不通——她说需要新鲜空气——但他坚信她肯定是听说了关于他和索菲娅的传闻，便决定穿戴借来的华丽服饰来探摸虚实。他想装出愤怒，却没有成功，便试图打起精神，应付她要质问的不可避免的可怕问题——

“我不能再去排早班了，”安娜说道，“这个秋季，学校的时间表改了。”

“什么？”他说道，惊讶地抬眼看。

“我母亲不能去排队，”她垂头看着地板，声音呆滞而疲惫，“萨沙是大学生了，我不想让他再受累。我们要放弃我们的位置。”

他似乎吞下一声哽咽：“我——我可以帮忙。”

“你能？”

“当然。我请经理把我的时间调回去。我明天跟他说。”

一时沉默之间，他觉得可以听见雨水轻舔窗台，六层楼下脚步踩过水洼的泼溅声，安娜的眼皮在苍白且愈见消瘦的脸上缓缓地、沉重地抬起。在她凝滞的虹膜里，挂着两盏小小的灯泡，犹如晶莹而深刻的伤痕。“但愿我能……”她开口说道，又停下，声音因为某种他无法辨识的情绪而颤抖，“我是说，我想送你一份礼物。可现在不能了——丢了她的耳环后——”

“礼物？”他木然重复道。他不想再欠她的情，不能再负荷更深的恩惠。“什么礼物？”

她站起来，走向炉灶。

“没什么，”她语气坚定地说道，好似关上一道门，“只是一个想法——给你的生日礼物，没有实现的礼物。你要是不吃的话，我装起来了。”

“不用，等等，”他说道，“我待会儿再吃。你去休息，我来洗碗。”

她离开了。他久久地望着她的背影。墙后，某个邻居的收音机开始广播关于母爱的节目。播音员熟悉的声音讲述婴孩一岁时带来的宜人的催眠效果，笑得咯咯响的女娃儿，眼睛绿得出奇。他边吃边听，竭力不去理会心里那股怪异而刺痛的懊悔——还有另一种感觉，迥然不同的感觉，好像消化了一半的打嗝声哽在喉头，在肺腑里烧灼，令他不知不觉地生起一些荒唐的想法，关于他的妻子、妻子的母亲，还有这个听了很久的广播节目，可能根本不是广播节目——然后播音员的声音沉入静音。

第二天，他敲响伊万·阿纳托利耶维奇的门。经理正挺胸凸肚，端着不堪烦扰的威风架子，在那间巨大的办公室来回踱步，电话听筒深陷在他脖颈的红色褶皱里，电话线就像木偶牵线一般挂在他身后。“明天，明天，你没见我正忙着！”他呵斥道，傲慢地挥手打发谢尔盖。

谢尔盖简直无法自制，出门时直想狠狠地摔门。一整天里，一股迟钝而沉重的恚忿在心里闷燃，以致戾气不消，最后不由得发泄出来。那晚迟些时候，售票亭四周开始投下阴影，“夜莺”那边来的一伙流氓又凑聚在对面路上，嘲弄、奚落这边的人。他回喊道：“回你们的牛栏和干草堆去，那里才是你们的家。”

对面有人扔来一块石头。石头在暮色里划出凶狠的弧线，队伍里的人忧心如焚、噤声观望。谢尔盖前面相隔数人的地方传来一声痛苦的抽气，“夜莺”们狂笑呼嚎，跑散进黑暗之中。

“怎么这等鲁莽，”弗拉基米尔·谢苗诺维奇平静地说，“你不该招惹他们。我们跟他们不一样。”

“是啊，把另一边脸送上去。那十字架肯定影响了你。”谢尔盖厉声回道，转开视线，不顾索菲娅脸上惊愕的神情，余下的时间里再没有吭声。回家的路上，他觉得气愤不过——又气愤，又无可如何；一个不伦不类、说不准年纪的家伙——他曾一两次瞧见此人在队伍末梢出没——跟上他，好奇地打听他刚才那句话是什么意思，那位留胡须的同志有无表现宗教倾向。谢尔盖的态度异乎寻常地粗鲁，不肯搭理他。

在家里，安娜站在昏暗的卧室里，脸上充满期盼。她穿着桃色旧睡衣——他送的结婚三周年礼物，污秽的蕾丝衬托着她那双无神的眼睛。他走进去，见她立在卧室中央——没有做什么，就是呆立着，脸转向门口，双手垂在两侧，好似他不在的时候，她就一直这么站着，等候他回来。他觉得在心中涌动的那阵愤怒猝然消失。他嗫嚅道："我——我还没有解决问题。"

她吐出一声微弱的"哦"，不像声音，倒似她的嘴形在空气里印下一记几乎无声、失望的感慨。

他心中一动，朝她走近一步，伸手碰触她的脸颊。这个出乎意料的动作让他自己吃了一惊，便走开去，开始解开衬衫纽扣，不成调子地哼曲。他不肯看她，但感觉到她开始做一些雀跃的小动作，轻快地在房间里移动，重新整理毯子，拉上窗帘，推上灯罩，好让米色的光圈扩大，照到床上。他听见她绊着了他的大号，撞出清脆的声响。

"对不起。你要吃——"她开口说道。

她递出掌心里一块形状丑陋的白色东西。

"有点化了，可闻起来还是很香。"她轻声说道。

他觉得无法动弹，担心她接着可能会说的话，自己可能回答的话。但她沉默着，静静地看着他，头微歪向一边，眼睛湿润而温柔，在阴影里显得无比幽深。他勉强挪动，匆匆接过她手里那块变形的巧克力，塞进嘴里，不加咀嚼地吞下，一边露出悲凉的微笑，牙齿间停留着不曾品尝出来的甜味。

"好了，那么，晚安。"她柔声说道。

很长一段时间里，他清醒地躺着，心脏低沉地跳动，感受渐暗的卧室里包裹得严严实实的寒意。时钟走动，衡量他这个枉然的存在，催促那个他已不再能够想象的岁末。他的思绪多端。他想起与索菲娅的相遇，与安娜的相遇，想起父母家游廊上那盏羊皮纸色的灯，一个个包裹在深色天鹅绒里的夏天，一只只飞蛾拍翅旋转；也想起儿时一连数星期练习小提琴，准备参加学校的比赛。那个学年的大事：听说这支乐曲的著名作曲家亲自当裁判。所有同学都希望获胜，当然，有抱负的同学想为他们出色的成就再添一枚奖章；听话的同学想讨父母欢心，他们当中更富远见的则想吸引作曲家亲切地关注其未来的事业。他对这些都不关心。他把这支乐曲看成需要解开的谜团，貌似简单的忧伤旋律，倘若解开的话，就会打开暗格，释放隐藏在其中的神奇奥秘。在课堂上，他遵从规定的谱号，但是在夜里，置身于父母冬季别墅那充满秋日回响的高耸的天花板下，顺着那些在他看来似乎势必如此的轨迹和转调练习，他把这支乐曲转变成迥异的东西——他自己的曲子。

他在心神不定和满怀喜悦的期盼中捱过最后一周，想象那张未曾谋面的面庞先是露出惊愕，然后心领神会，最后喜形于色。他兴奋得雀跃奔跳，就像有头目光明亮的野兽在他十岁的灵魂里纵情嬉闹。可是庆典前几天，脚穿泥泞靴子的人群在城里奔跑，窗户被砸碎或关紧，一个柔和的声音带着轻微的粗喉音在广播里讲话，宣讲一些叫人民安心的什么好事情。包裹在童年的安全温暖里的他，却完全没有听懂——他没能在那位著名的作曲家面前站上舞台，令压在下颏的小提琴轻颤。

睡意迷蒙之间，他琢磨那是否可能是他过得最快乐的一天，最后的、完美的日子，洋溢着他那无比浩大的秘密的意图、秘密的创造——一切改变之前的那一天——他第一次，但也不容质疑地坚定地认识到，对照另一广阔、黑暗、客观的巨大存在，不论称之为上帝，或者历史，或者，简而言之，人生，他个人的体积实在太渺小了。

＊＊＊

次晨，他睡醒时，安娜已经走了。在坑坑洼洼的梦境里跌撞了一夜之后，他觉得头痛，尽管有那么一瞬间，头痛袭来之前，他仿佛感到空气里有一阵极具穿透力的震颤，音乐渐歇而逗留的尾声，撕人心肺的旋律，在他没有来得及用清醒的头脑去听清之前，便疾飘而去，其银色的阴影扑进黑夜的遗忘深处。他在厨房里看见一杯温热的茶水，一片僵硬的吐司片，一张对折的纸条，上面是安娜最讲究的字迹。他把面包片扔进垃圾筒，看也没看一眼就把纸条塞进夹克衫口袋，出门去上班。

雨终于歇了。秋日的天空苍白而杳远，挂在这座城市的上方。在早晨犀利的清晰景象里，剧院阴暗得如同地下室，暗红的墙壁上，小方块窗户映现如同人造的光线，好似脏污的床单挂在晾衣绳上。乐池那不自然的昏暗压迫着谢尔盖的眼睑。整个演出过程中，他感觉自己徒劳地想睁开已经睁着的眼睛。旗帜气势汹汹地挥舞，铜管乐器喧嚷，最后，谢天谢地，终于结束，他爬上楼去经理的办公室，在楼梯中间碰见正下楼的伊万·阿纳托利耶维奇。谢尔盖被迫在此人突兀的孔雀色马甲之下的两个台阶上停步，仰头从这个难堪而羞辱的哀告者位置跟他对话。

“伊万·阿纳托利耶维奇，我想请你帮个忙，”他说道，语气有些简慢，竭力按捺心里的怒火，“你看，午场的时间对我有些不太方便了，所以我想——”

说话之际，他觉得脖子渐渐地僵硬。经理听着，手抚摸裹在色彩斑斓的丝绸之下的肚腹，显得十分惊讶。“我看你还不清楚自己的状况。”他终于开口说道，垂下眼皮看着谢尔盖。从下面看去，他的嘴唇像两条晶莹而肥胖的毛毛虫，在多重下巴上蠕动。“作为本单位的负责人，我有责任确保手下的每个公民发挥最大的潜能，因此——”谢尔盖想从他身侧跨过，以便站在同一高度，但是经理的肚子挡了路。他心里的愤怒又涌起，那团盲目而狂野的火焰舔舔他的五脏六腑，漫延、漫延……那装腔作势的声音仍不休地打着官腔：“——由于在目前这个关头，你的政治思想成熟性是严重的问题，我认为这是不可行的，鉴于你深知的那件事——换句话说，你档案里的污点——”

“你就不良心不安吗，你这头伪善的猪！”谢尔盖突然吼道，“我只是跟一个外国人一起撒了泡尿！”

两人狠狠地对视。

“你被开除了。”经理吼道。

乐手们在过道里四散奔走，谢尔盖从眼角瞟见斯维亚托斯拉夫敏捷地溜进一个角落。他直勾勾盯着这胖子颤抖、涨得通红的脸，一动不动站着，然后深深地长吸一口解脱的呼吸。

他点点头，一声不吭地转身走下楼梯。

外面，天色转深，蓝色、凉爽、清新，风里飘着丝丝缕缕的蛛丝，空中飞舞着微寒的落叶，如同心急的孩子撒下的玻璃糖纸一般褶皱。人们在电车站等待，听天由命地翻阅报纸。他从躺在长凳或路边的报纸上瞥见头版标题，水弄糊了的红色字样："在我们跑向终点的赛跑里，绝不容许犹豫不决！"这座城市又开始在其肺部积聚气息，准备吹响小号，庆祝**大变化**的又一个周年纪念日。他缓步走过，双手插在兜里——不急着去任何地方的人，完全落在历史的繁忙喧嚣之外的人，千斤重担、一个世纪的重担从肩头释下的人。双手插进衣兜深处的时候，他感觉摸到一片轻薄的东西。他拿出纸条，停下来打开。

"谢廖扎，四十八岁生日快乐！！"安娜写道，"愿这将是你最美好的一年。"

他瞪着这两个感叹号，瞪了一分钟时间，然后松开手指。纸条混入飞舞的树叶之中，盘旋而去。

他们在一头是荒废的教堂、另一头是售票亭的路上碰面。

"搞定了，"他欢快地说，"现在我能排早班了。"

"哦，好，"她说道，但她的声音淡然，似乎克制着另一个相反的话音，"那，我转到晚班。你什么时候开始新时间表？"

他这才领会调班所带来的后果。他抽了一口冷气，焦虑地忖想片刻，然后说道，我说，我很乐意排早班，但也让我继续排晚班，我不介意，其实我没有——也就是说，我暂时——我是说，肯定迟早会——

他看着地面，看着自己的鞋子、她的鞋子，随即想起那夜回家后在门内看到的那双破损的银色高跟鞋——那夜……

“星期一，”他木然地说，“我可以从星期一开始排早班。”

2

“你想过时间的本性吗？”

（时间？那条每次踏进时都已不同的流淌之河。那条自吞尾巴的蛇。一个美丽的女人手腕上戴着精致的手表，走在城市，回避四面八方传来的永恒的问题：“请问现在是什么时间？要是你有空的话，愿意一起散步吗？”时间作为吞噬其子女的怪物，时间作为上帝的呼吸，时间作为被一头银发的物理学家用粉笔写下的公式。对于我们大多数人来说，我们所有的这个小小的时段，荒凉无比，循其越来越暗的弯道急速滚去，最快乐的时刻最有可能花费在期待奇妙和发光的东西——也许是一把刷子，醮满永生的小奇迹；也许是一束阳光，永远保存在一颗琥珀里。浮士德注定落空的请求：“瞬间，凝固吧，你是完美的！”哦，关于时间，我可以给你讲很多，但我要保持沉默，我只聆听。）

“时间？”

“是的，时间。问你一个问题：等待使时间过得更快，还是更慢？”

“当然更慢。谁都知道快乐的时候，时间飞逝，可等待的时候，每个时刻缓慢地蠕动。”

（他们说，每个时刻。啊，可是时刻类似雪花，没有两片相似。有些往后延伸，如同高倍显微镜，瞄准过去某个时点对焦，走到那点灿烂而放大的回忆，如同压在玻璃之下，铺展开来，任你沉思。又有些人提醒你那个讨厌得古怪的数字悖论，那个不幸的奔跑之人，想从 A 点跑到 B 点，陷于永远增长的剩下一半的距离困境里，注定永远跑不到终点。时间单位一个从另一个里面滑出来，如同无尽的小格子套在更大的格子里，一次又一次，一次又一次，在徒劳的期盼里焦虑地悬望等待。然后，当然，还有其他如同梦一般轻盈、快活、易逝、模糊的时候，如同儿时在某个早已遗忘的公园里溜下滑梯，如同他们花费那么多的时间在此等待、做白日梦——但愿他们明白。那么，再问你一个更好的问题：如果等待的时候，你是快乐的，那么时间又会怎样？）

“我嘛，我就是忍不住纳闷——我们差不多放弃了一年的人生，就为了一小时或两小时的享受，值得么？”

“可是，要是你不在这里等待，这一年会做些什么？说白了，很可能白白浪费掉。事实上，排队这一年跟你人生里其他年头并没有多大差异——反正都是无所事事——只是你现在可以期待最后有一个小时的快乐。”

（哦，可你的一年确实不同——你觉得清醒、有活力，你呵出的冷气融进雪花，你走过花瓣飞舞的午夜大街，你读过腐烂的落叶蚀刻在路上的诗句，你走进他人的家、他人的生活，你被一个更明亮的世界感动。当然，我不会说这些，我保持沉默，我只是微笑地看着你，给你希望。）

“一小时的快乐，嗯？可是，要是音乐会没有想象得那么好，那又如何？我们岂不觉得愚蠢！”

“我觉得，好不好并不重要。反正，等了一年之后，总归会显得很奇妙。你没有注意过么，等得越久，那东西就变得越好？”

（我曾在一本旧书里读到一首诗，关于欲望的美丽诗歌。

当你热烈地渴望什么，
当你渴望很久很久，
等待的纯粹
自内改变你的本性，
还有……还有……

可那是几十年前了，现在已经忘记了，只记得最后几句，怎么说来着？……

你想要的东西，
有望得到之时
你的本质便不再相同，
你不再是同一人，

哦，忘了，现在都忘了。）

“我不同意。等得越久，期望就越高。我怀疑这就是人们成群结队地离开的原因。害怕失望，我就是这么想的。”

“成群结队地离开？谁成群结队地离开了？”

“怎么，很多人！看看你周围。那个拿雕花拐杖的老太婆呢？前额长胎记的家伙呢？还有另一个家伙——你知道的那个——”

“等等，你不会以为——你不会以为他们可能已经——你知道的——”

“你叽咕什么呢，我听不见！”

“没什么，没什么，我只是……没什么。”

“好吧，如果真的没什么，你该闭嘴，大伙儿已经够紧张的了。”

人群沉默了，但是谢尔盖体内的结仍未解开。过了些时候，他转身跟索菲娅道别，想解释以后傍晚不再来这里，却发觉她不在。

“可是，她人呢？”他不由得脱口问道。

弗拉基米尔·谢苗诺维奇已有两天没有来了。一个陌生的女孩，脸蛋光亮得像抛光的门把，好奇地瞪着他。“如果你是指那个看起来总是牙痛的内向女人，她今天得早走。换班的人来之前，我替她占位。她欠你钱或者怎么着？”

他摇摇头，已经转开视线，他的心脏没了，取而代之的是一颗冰冷而坚硬的卵石。

清晨的光线惨淡，沉重的云几近贴到地面。城市如同一帧其自身的呆板的黑白照片，而队伍似乎也缩小了，失去了在春夏等待之时所占据的广阔而光明的空间。他阴郁地站在自己的位置上，周围的人都挂着忧虑而不肯交谈的神色—— 一个女孩目光空洞地望着天空，脚边摆着一个嘶声尖叫的篮子；一个妆化得鲜艳浓重的中年妇女，双眼像银币似的，他曾数次见她与帕维尔在路边交谈，但他试图打招呼之时，她却转开了；身后是一个苍白的小男孩，漠然地看着他，问道："你是谁？"

"我是谢尔盖·瓦西里耶维奇，"谢尔盖说道，"你叫什么名字？"——可是男孩仍然用安静、责备、熟悉得让人痛苦的目光看着他，他的心脏毫无预兆地回归，在一旁滑动，他一时揣想——他想……可是，当然不可能，这不是，他一面伸手探进包里找书，一面急切地告诉自己，不敢再看那男孩。

男孩说道："你前面有位女士，她很美丽善良，她会烤蛋糕，给我讲很多她小时候的快乐故事——"

"很高兴认识你，年轻人。"谢尔盖坚定地说，已经打开厚重的音乐传记汇编。

无尽的排队时间终于结束，他惊慌地发现手头还有一大截时间。他返回家拿来大号，一如既往地，迈着沉重的步履走过城市。公园让他感到一阵隐约的愧怍，但附近又没有可以安稳地打发时间的地方。他找到一张隐蔽的长凳，直坐到天黑，望着城市转变为自身的底片——窗户变亮，天空变黑，房屋变模糊——望着时间在疯狂的鸽子贪婪地争夺小径上的碎屑之时一粒粒地流走，而他的大号躺在脚边生锈。近十点钟，他沿着她回家可能经过的道路漫步。他没有看见她，第二天也没有看见，第三天也没有。

这个星期结束了，他给她写了一封信。他犹豫地选择措辞。他虽不太懂这类事体，但模糊地知道某些情愫一旦写下，就会失去其灵魂——是的，某些情愫，就像音乐，仅作为声音存在——叹息、笑声、低语、惊愕——或者根本什么也没有。他确实使用亲昵的称呼，记得窗帘拂动的那晚，在她的房间里，她不由自主地唤他“谢廖扎”；但他的措辞十分含蓄，出于一种模糊的谨慎意识，避免自称或者签名。

他无法亲自把信送去，最后只得交给脸像门把一般光亮的女孩，她也换到了早班。这段时间以来，队伍不断地变动。她有些不太确定地说道：“好的，我叫我爸爸转交。牙疼的女人，是吧？”

“长着美丽眼睛的女人，”谢尔盖严厉地说，“索菲娅·米哈伊洛芙娜。”

女孩无所谓地忍住窃笑。“我会这么告诉他的。”她说道，把信封随便塞进装着一把老韭葱的包里。

他等了一天，然后三天，然后整整一周，却没有等来回音。他想打听，可现在一个高大发福的女人代替了女孩，身穿一条褪色的条纹连衣裙，目露敌意地瞟着谢尔盖。他觉得时间慢慢地离他而去。他不再计数度过的日子，这些灰色、寒冷、潮湿的日子飞快地缩向冬天。一个天色越来越阴沉的下午，他刚从队伍走开，一个戴洪堡毡帽、拎公文包的男子朝他走来。男子的面孔罩在帽子的阴影里，看不清楚。

“我能有幸与谢尔盖·瓦西里耶维奇说话吗？”陌生人问道，友好地碰了碰帽檐。“这么说来，你不知道流浪管制法了？其中清楚地阐明所有体格健全的公民必须有酬雇用，否则必须为其寄生行为接受惩罚。”

空荡的路上，光线消失得很快，那男子的面孔也旋即变灰，五官更加难以分辨。前面街角处观望的黑色汽车似乎变成了即将来临的黑夜里的一个暗色形状。谢尔盖觉得好似被幽灵审讯——或者他自己就是幽灵，除了其他幽灵之外，在别人眼里，他是虚幻不可见的，飘过城市，飘过人生，飘过时间，就像穿过灰尘，不留丝毫痕迹。他站在那里，盯着审问者那团模糊的脸。记起去年冬天刚开始排队时看过的灰白无垠的天空，想象自己要在这个广阔的空间吹奏的水晶般清脆的音符，持续得完美、难以察觉的乐句，飘上城市，越冲越高——他的心难过起来。

“我病了。”他结结巴巴地说道。

“病了？”幽灵审讯者重复道，同情地摇摇头，“还真看不出来。那，医生证明呢？”

“在家里。”谢尔盖几乎无声地答道。

“你最好明天送到区民政局。”那人高兴地说，伸手又碰了碰那顶鬼影似的帽檐，闲步走向阴影般的汽车。

接下来数小时，谢尔盖在一家社区诊所过道里奔走，哀求清洁女工。她们没好气地把肮脏的拖把拖到他的鞋上，最后，在奔走了数条走道，夹克衫沾满了灰尘，两三道门摔在他脸上之后，他终于坐在一张磨损的书桌前，对面坐着一个下巴红润的胖子，身穿曾是白色的大褂。此人酷似剧院经理，谢尔盖走进房间之时，一时有种昏眩感，仿佛空间和时间滑行、碰撞、交叠，使他失去原本已经岌岌可危的平衡。经理的孪生兄弟耽于沉思一般凝视半空，谢尔盖过了一会儿才领悟，把钱包里的可怜东西倾囊倒在桌上。此人带着厌倦的神情，十分娴熟地清点钞票，在一张纸上写下数字，马马虎虎地盖上一只圆形红章，一只方形蓝章，然后，仍然避而不看谢尔盖，伸手拿电话筒。

谢尔盖的鬼魂感觉到前所未有的困惑与无形，他侧身退出办公室。

次日早上，他站在队伍里，摸到空空荡的口袋之时，忖想要是此时售门票，该如何是好。他瞧见儿子迈着大步在路对面走过，便喊道："嗨，下课早了？"

儿子走过来，脸上闪过古怪的神情，几乎是局促不安。

"糟了，"谢尔盖嘟囔道，忙着捡去臂弯里的一片落叶，"我好像把钱包忘在家里了。你要是有空，能不能顺便去趟学校，问问你母亲？我只需要买门票的钱——万一，你知道的——"

"行，当然。"亚历山大说着就走开了。

他急于在父亲询问更多问题之前逃开。

他揣想，他们很快会发现的——但还没有，现在还没有。

路上积了薄薄一层湿胀的落叶，在脚下打滑，空气沉重，弥漫着蘑菇馅饼、雨水和腐烂的气味。走过这些街道之时，亚历山大有一种古怪、错位的感觉。十年来，这条上学的路，以及这些时时重组的熟悉景象——电车站一排售货亭，抄过小游乐场的捷径，丑陋的棕色建筑挤在小巷的阴暗早晨深处，电影院那道屋檐，如同尼安德特人的眉毛挂在道路上空——这一切如同一个框架，他在其中撑开人生，就像乏味的儿童游戏里连接点与点之间的预定线条。而现在，这些街道开始变得模糊，模糊记忆的模糊虚幻，很快，连那份微弱的印象也会消失。因为不久以后，很快了，这个陈旧、灰暗的城市将会不复存在，这个人生将会不复存在。他——他会走在其他城市的其他路上，一个完全不似这个城市的城市，一个色彩鲜艳并且可以触摸的城市，将其浩大、罩着舞台灯光的存在赋予等待已久的他。

他差不多收拾好了行李，归拢寥寥数件东西，藏在床下，一得到通知就可以扔进包里。他的鞋子夹脚，但斯蒂潘答应给他弄双合脚的帆布鞋。他已写好信（虽然不时再添上几页），他打算在音乐会后，维克托·佩特罗维奇带他到后台的时候递给他。“这是我的地址。”他会用成熟、平稳的语气这样说道，等这两个堂兄弟松开泪眼婆娑的拥抱之时——或者，不，等两人松开紧握的双手之时，这样更好，更合适。“请您阅读这个，伊戈尔·菲奥德洛维奇。”然后他就跑，不，走回家。积雪在他新鞋子下初次也是最后一次吱嘎作响。他坐在黑暗里等待，时间过去，雪不断地落，不断地落。正当我开始灰心的时候，响起敲门声，他站在楼梯口阴影里。我被你的信感动极了，年轻人，他会说，或者，不，“年轻人”听似有些摆架子，他会直接叫我的名字，亚历山大，他会说，我看得出我们多么相似，我们两个游荡、渴望、冒险的灵魂，你就像我从来没有的儿子。今晚我去了大使馆，弄到了许可证，让你跟我一起走，你什么时候可以走？

我会说：我现在就可以走。

毕业以后，他没有来过这里——仅数月之前，然而在这段时间里，他的世界如此地偏离轴心，见到这里的一切依旧，让他十分诧异。走廊里散发的汗臊味和餐厅的麦片粥味，寂静的课堂放大不良学生的脚步回音，以及沿墙张贴的比赛或一日游通告的那种勉强的热情，所有这一切黑洞洞、污脏的绝望感。他瞟一眼手腕，然后记起来，咒骂一句——他已卖掉手表，以及其他一些零碎东西，换钱买旅行所需的手电筒和指南针——然后又记起来，惊叹自己竟然已经忘掉这个经过千万次可怕的重复而似乎烙印在骨子里的东西，便抬头看向高高挂在门口的大钟。

有一堂课在十五分钟前开始。

他走过打盹的看门人，爬上楼梯到二楼，停下脚步，在熟悉的教室前举手欲敲门。一个学生刚战战兢兢地背诵完毕，沉默着，插进一个装腔作势的女人责备的声音。这不是母亲的声音。

他垂下手，看了看门，又怀疑是否记忆有误，然后皱着眉头走到教师休息室。里面无人。本月时间表贴在墙上。他仔细查看，但什么也看不懂。整整一格被叉掉，有些课以恶劣的红色字迹斜对角写着“代课教师”，名字之上覆盖着名字——

“萨沙，你在这里！”他身后传来一个颤抖的尖声，“哦，太好了，我有一小时空闲。”

他转头看，顿时心烦不已。“我现在没空听音乐，”他粗鲁地说道，“我来找我母亲。”

她似乎没有注意到他的无礼。

“哦，我不知道你母亲今天在这里。”她说道。

“她还会去哪里。”他厉声说道。

他等待受责备，但她只是看着他，神色不安，好似一盘快要发酵的面团那样颤巍巍的。“萨沙，请你跟我来。”她说道，在他开口拒绝之前便转身走了。

他觉得受到胁迫，心里气愤，跟随她小步颠跑的沉重脚步，爬下楼梯，走下过道，转过拐角。一路走来，她没有说话，他也闷不吭声，不肯开口询问，好似心里害怕什么。一走进教室，她就小心地关上门。“请坐。”她说道。

他仍然立着，执拗地垂头研究旧鞋上磨损的鞋带。

“我得警告你一些事情，萨沙。”他没有抬头，但听见她紧张而迅捷地移向书桌，拉开一只抽屉，拽出里头什么东西；里面响起纸张揉皱又松开的沙沙声。“你母亲已经不在这里工作了。我相信她有她的理由，没有告诉……就是……”

她的声音不安得让人不知所措，一阵怜悯渗进他的麻木。他抬起眼睛：“卓娅·弗拉迪米罗芙娜，没事的。”他说道，不知自己是指什么，事实上，他知道并非没事，知道自己周围的一切都在倾斜、滑落。

“唉，瞧我真笨。”她咕哝着，弯腰去捡从松散的纸袋里洒落、滚到她椅子底下的饼干。“我想你可能会喜欢，夹果酱的……要是拍掉灰尘，还是挺……不要？……好吧，我希望不是我多管闲事，但你现在有那么多会失去的东西，上我们最好的大学，你母亲多为你骄傲，多么骄傲。说实话，有些人觉得吃惊，可我一向知道，你一直有那么大的潜力……”

“我不懂你在说什么？”他说道。

她停下瞎忙的双手，转身面对他。“那音乐会，萨沙，”她轻声说道，“似乎不对劲……好像跟排队有关的人都……就是说，学校来了地区督学，你母亲已经缺课一星期，她请病假，但当他要看医院证明的时候，她却没有。然后还有物理老师，有些学生投诉她过去缺课，校长告诉我们的，可什么学生会投诉课取消了？……你理解我的话吗？化学课助教也被撤职，还有其他老师，也不只是我们学校——”

音乐教室照着亮豁豁的冷光，瘪平的灯管在污点斑驳的天花板嗡嗡作响。沿墙排着的一些乐器看似已经死了很久，蒙尘的肢体僵硬地呈显丑陋的来世模样——也许是犯过罪孽的乐器，或是由于演奏平庸的音乐，或是由于屈身于不洁的手指或嘴唇，而今在炼狱般的教室里受惩罚。他突然生起一个念头，如果手指在琴键上滑行，钢琴只会发出木头碎裂的可怕声响。

“我不知道这跟我有什么关系。”他沉重而缓慢地用力吐出这些词语，似乎得将每个词从口腔壁上剥下来。

“我觉得我有责任提醒你，萨沙……你真的不要吃一块，就只有一点走味……”她已经把饼干从地上尽数捡起，正装回纸袋。她见一根头发挂在一块饼干上，吹去头发，若有所思地看着饼干，然后把一整块塞进嘴里。

她口齿不清地说道：“反正，那音乐会无法举行。”

他瞥见她那厚实苍白的舌头，湿润的牙龈在移动，不由得打颤。

“你看，萨沙。”她停下吞咽，靠近他。她的低语散发奶油酥饼的味道。“我有个朋友的朋友认识一个人，经常去**那边**出公差。算是特别照顾，那人偶尔带回一些音乐书籍和杂志。我朋友和我加起来，能读懂四门语言。”

一股讨厌的紧迫感在他体内漫延。他想离开。“祝贺你们，”他说道，语气听起来颇恶毒，尽管他是无意的。“我该走了。”

“等等，请稍等，”她的语调变得严肃，比那欢快的尖利嗓音更叫他不安，“不久前，我读到一篇文章，关于瑟林斯基最后一部交响乐，他的第九部。这部交响乐没有完成，但留下的片段必定极其神奇。你知道的，就像他人生多半时间那样，他坐书桌前，在创作之时去世。”

接着一片沉默，更深的沉默，依然还是沉默，连天花板上的灯管也歇下微弱的哼声，直到他觉得沉默扩展得那么大，大过这间白光刺眼、塞满了死寂的乐符的教室，把这间教室和他们两个人团团包裹——他得说些话打破沉默，不管什么话。

“是外国语，对吧？”他的声音粗嘎，“你理解错了。”

“我查过词典。伊戈尔·瑟林斯基不会来的，萨沙。他七年前死了。我很喜欢你母亲，我十分敬重你父亲，可是这——这太危险。请不要再去排队。”

他看着眼前这个开始衰老的女人，身穿箍得紧紧的褶裙，嘴角沾着饼干屑，眼镜片后水汪汪的眼睛显得奇大。他想辱骂她，骂她胆小、撒谎、荒唐可笑，可他气得说不出话来。他转身离去，他的倒影投在脚前一排铜管乐器的暗淡侧面，就像拉得细长的小溪，眼睛里凝结着谴责的神情。她慌张地跟在他后面，叽叽咕咕地说着瑟林斯基的唱片，说自己没有忘记，一直在努力寻找。事实上，她一个朋友其实可能有，现在还没有，但很快会有。她甚至往他们家打过电话，但她母亲肯定无意间在学校档案里留错了电话号码，是一个老太太接的电话，说没有安娜·安德烈耶芙娜这个人——

他没有听，猛地拽开门。好似事先安排的，铃声恰好在过道里尖利地响起。“请等等，”她喘了口气，双手紧张地折起一张纸条，“把这个给你父亲，就一两句话，我留了电话号码，他可以打电话来问关于唱片的事。”

他看也没有看，就把纸条塞进敞开的书包。

“请记着我跟你说的话，萨沙。我希望你好！”她得高声叫喊才能让他听见，因为走廊里净是蜂拥跑近的脚步声。

他正眼迎对她那双骇惧、恳求的眼睛，从牙缝里挤出话来：“有一块饼干滚到钢琴下，你得爬着去捡。”

她开口说了些话作答，但一群孩子已经把她挤回教室。

亚历山大盲目地在路上走了很久。他感觉脚底麻木，脚趾被过小的鞋子夹得疼痛。他走向公园，眼前是悄然而至的暮色，身后上空一排雾蒙蒙的路灯依次亮起圆形灯光。公园里，落叶黑黪黪地积在湿漉的小径上。他冷清的脚步带起落叶的窸窣声、枯枝的噼啪声。有人弓背坐在属于他的长凳上，透过稀疏的树木，他看到穿灰夹克的萧瑟肩膀。

那人听见他的脚步声，无精打采地抬起头。

“哦，是你，”他说道，“你没有送钱来。”

“兴许我花掉了。”亚历山大说道。

“是吗？”父亲的声音没有流露任何情绪，“反正今天没有票。”

“你要是真想知道的话，母亲不在学校，”他犹豫道，“今天休息或者什么的。你不是该在剧院吗？”

“我也今天休息。”父亲说道，目光转回地面。

亚历山大看得出，他看上去很不好，面目邋遢，有些落魄，没有刮脸，胡须边缘发白，双手无力地耷拉在膝头。

“你还好吧？”别扭而不安地过了片刻后，他问道。

“我没事，我没事。嗨，要不要坐下来聊聊？轮到你换班还有一阵子。”

亚历山大惊讶地发觉自己心里升起一阵高兴，便坐下来。

“我感觉我们有几个月没有说话了，”父亲接着说，“你可以跟我讲讲你大学里的课，其实我——就是，我有些事我——”

亚历山大突然站起来：“我刚记起，有件事，我真的必须……哦，对了，有个纸条给你，在哪里呢，应该就在这里——”

他的双手焦急地在书包里胡乱掏摸，手指终于夹到一团纸，便扔到父亲腿上，大步离开。

“谢谢你，萨沙。”他父亲冲着他喊道。他的声音听着怪异，好似某种粗糙的东西拧住他的喉咙，但亚历山大心里太乱，无暇去琢磨。

太险了，我真得告诉他们，他揣想道，是的，过阵子就告诉他们。

他穿过街道，一时犹豫是否绕到队伍那边去质问母亲，然后决定打消这个念头，急步朝另一方向走去。夏末，公寓的电梯终于彻底失灵，他三步并作两步冲上楼梯，一边在心里挑选维克托·佩特罗维奇书桌上等候他的那摞旧书，检出要借的几本。他曾在队伍里见过的一个男孩前来开门，然后一言不发地走开。在昏暗惨淡的厨房里，显然那天不曾煮过食物，亚历山大煮了两杯浓茶，用的是数星期前黑市上弄来的外国茶叶；他现在已经能够熟练地做这些小家务，因为维克托·佩特罗维奇连做这些小动作都极费力，颤巍巍地用胳膊夹着拐杖，腾出双手做事，总把拐杖落在地上，发出骨头似的咔哒响，艰难地弯腰去捡，然后亚历山大从另一房间跑来解救他。茶水的蒸汽淡去后，两人并排坐在老人床上的格子毯上，罩在一圈琥珀色光晕之下，端着银杯托啜茶——这已经成为他们仪式的一部分。随着眼前的窗户缓缓地暗下来，变成蓝色，涌动悄然而至的夜色，维克托·佩特罗维奇给他讲了一个神奇的故事。瑟林斯基有一夜意外地被关在古老的墓穴里，蝙蝠的翅膀在黑暗中拍打，犹如耳语，又如罕见的星光从巨大墙壁的神秘梁柱上洒落，带来散发沙漠和骆驼的炽热、膻腥味的微风，还有不知名的奇异果实，其滋味必定如同女孩的亲吻。

瑟林斯基躺在某个法老的冰冷石棺里，平静地睡了一觉，睡醒后看见的仍是无边的黑暗，接连数小时坐在墓穴里，唱着歌，在黑暗里抚摸深坑和巨石的图案。当然，数月之后，这就成为他著名的*回音之室*。

亚历山大不时地偷看老人精心刮过的面颊，看他圆形眼镜片上跳跃的反光，记起可恶的音乐老师及其谎言，心里顿时涨满了可怕的空洞。他逼走那股感觉。过了十点，他扶起维克托·佩特罗维奇，两人一起去排队，亚历山大的手周到地托在老人的胳膊肘下。数个街区外，有人在对面路上奔跑，敞开的外套如同黑暗的夜晚。亚历山大停了停，瞅着阴影里时隐时现的后背，纳闷是否看错了眼，觉得此人像他的父亲，犹豫着是否喊他。然后这个时刻过去，他们继续往前走，来到售票亭——走进混乱之中。

人们四下奔蹿，三四成群地喧嚷，相互对喊："你没伤着吧？"——"我没伤着，你呢？"亚历山大心下大惊。门票，门票必定终于开售了，是我母亲的班，就是说她拿到了。他忧心重重地忖想，同时又觉得一股难以解释的解脱。他紧拉住维克托·佩特罗维奇的手肘，挤过人群，挤到看得见尼古拉屹立在人群之上的地方。他更往前推挤，尼古拉气得口沫横飞地连声诅咒，不时地往地下啐口水和血："狗娘养的，酒鬼恶棍，他们以为我们都是没种的教授和娘娘腔，随便过来想干什么就——"

那就是没有门票。

"怎么回事？"亚历山大的吼声压过他的声音。

顿时传来不同的解释。

“那些‘夜莺’。他们过来污辱我们，事情变得不可收拾——”

“然后就打起来，他们扔石头过来，有些人被打中——”

“有个女人受伤很重。他们看见救护车来，就逃了。”

“有个浅头发的中年妇女伤着没有？”亚历山大急忙问道。

“有个三十来岁的瘦女人呢？”维克托·佩特罗维奇问道，伸手抚摸心脏。

“没有，”尼古拉说道，又啐了一口，露出刚落下的牙齿豁口，“是薇拉，夏天生了孩子的那个女孩。那些畜生，我会给他们好看的，他们以为自己是谁——”

喧嚣渐渐地平息，叫嚷声消歇。蓄胡须的组织者拿着夜班名单走过队伍。有人开始在路牙上玩单人纸牌，在脆利的秋夜，纸牌掷在水泥地的声响，夹杂鸽子从一个窗台转到另一窗台短途飞行的展翅声，还有窗玻璃抗拒寒意而猛然关闭的重击声。激怒平息后，尼古拉异常地安静。过了一半时间，他第一次开口说道。

“去走走怎么样？伸伸腿脚。朋友们会替我们看位的。”

他的语气听似闲聊，但眼睛流露出一种陌生、沉重的神色。

“好。”亚历山大犹豫片刻后应道。

尼古拉坚定地走过黑夜的街道。亚历山大落在一两步后，急忙赶上去。“我们去哪？”走了几个街区后，他问道。尽管走到这个时候，他已经估摸到了目的地。

尼古拉停下脚步，转身面对他，抓着他的肩膀。

“我有个十六岁的女儿，”他激动地说，“只比那个女孩小几岁。

这种事情，我们不能容忍，这是荣誉问题，你明白吗？”

但在亚历山大回答之前，他便已经走了，现在几乎撒开脚步奔跑。

他们抵达的时候，那条路上空荡荡的，“夜莺”的售票亭上了锁，门票标牌在路灯下湿漉漉地、黑黝黝地微闪，似乎刚上过漆。窗口的通告写道：“小冷衫”将于十二月二十七日演出，门票在演出前一周出售。

“好哇，”尼古拉说道，点燃一支烟，“我们就在这里等，兴许有人来也说不定，你看怎么样？我带了些酒，我们可以像从前那样高兴高兴。”

“当然。”亚历山大无甚热忱地答道。然而，过了一会儿，黑暗更深沉，他的手指更麻木，须摸索才能抓住瓶颈。他发觉自己安然适应了黑夜，靠进黑暗，就像靠在卧铺车厢那些沙发座上。夜开始移动，轻轻地摇晃，好像火车从那个他已数月未去的车站出发，开往遥远的目的地，十月的满月像火车轮子一般从一个屋顶跃向另一屋顶。一段距离之后，或者是一段时间之后，他看见不只是一个，而是两个美丽而朦胧的车轮朝未知的天际疾驰而去。他张大嘴巴，惊异地看着它们，心里高兴人生竟仍然赋予他这么多惊喜——然后，他打了一个激灵，又记起一切。那股恶心的疑惑啃咬他的肺腑，使得黑夜缓慢下来，将两个灿烂的车轮融合为一轮又小又圆的月亮，脑际的火车发着刺耳的摩擦叹息停下。他磕磕巴巴地说起话来，跟尼古拉说他的音乐老师，说那个音乐会不可能举行，瑟林斯基七年前坐在某个地方的书桌前去世了，地球上某个地方，带外国名字的地方。

尼古拉嗓音沙哑："那是胡扯。我们三百个人不可能会错。你老师是傻瓜。"

"你真的这么想？"亚历山大哭出了声——顿时觉得心里有种无边而明亮的东西，终于被释放出来。他把脸贴在尼古拉的肩头，这男人的厚外套散发着烟味，还有让人意外的自家烹饪食物的味道。亚历山大哭起来，止不住地哭泣，就像回到童年——为这个无事发生的人生而哭泣，为他的母亲和父亲浪费了那么多时间等待某些事情发生而哭泣，为维克托·佩特罗维奇的徒劳某些事情而哭泣，因为没有哪个人的人生会发生任何事情。然后，不知怎的，他不必抬头就知道尼古拉也在哭，孩子似的抽泣，声音哽咽颤抖："我告诉你，萨沙，我从来、从来没有打算卖掉门票。是给我女儿的。我女儿病着，病得很重，我想也许她要是能听到什么名人、伟大人物的音乐会，她就会下床，也许会觉得好些，他们说音乐能治愈人……可是那个售票亭的售货员，那婊子，我们给她好价，可她就是不听，所以现在我们都得去排队，我老婆，我老婆的兄弟也在帮忙。他有点娘娘腔，不过是个好人，有个好嗓子……可那些狗娘养的，那些人眼里没有神圣的东西，他们践踏别人的希望，他们——"

他沉默了，哭得说不出话来。亚历山大心里涌起一股强烈的温暖，冲动地想要宣告他的感激，倾述蓦然间对这个男人产生的深情。他渴望找到合适的词语，可思绪总是游移不定，于是他夺过酒瓶，对着路灯举起来，脱口说道："谢谢你，朋友，这是好东西，不像我以前喝的那毒药，连火都点不着。”

尼古拉抬起头，湿漉的脸上有光芒在晃曳。

“你说什么？”

“我说谢谢你的酒，我想你——我是说，我很高兴你和我——我是说——”

“就是了，”尼古拉说着跳起来，“这正是我们需要的。你书包里有纸吗？”

亚历山大愣怔地看着尼古拉把他的书包倾倒在地上，却没有反对。先掉出两本书，接着掉出一两本课堂笔记本，亚历山大一直打算扔掉，还有一些零碎东西。

“这些就够点着火了，”尼古拉说道，拿起笔记本，将余下的东西踢到一旁，“连我这种人都知道不该损坏书籍。”

两人一同卷起布满老师批改笔迹的横线簿和格子簿，然后尼古拉把剩下的酒全泼到售票亭背后。“这边没有路灯，所以不那么危险，”他咧嘴笑道，“也更隐秘。”在亚历山大的脑子里，之后的事情变得模糊起来。他记得尼古拉诅咒着划了一根又一根火柴，火柴哧地点亮，火光一晃又熄灭。第一束火苗谨慎地舔食一页纸，然后又一页，旋即蹿成熊熊的大火。光和热的涌动，某种光明、伟大而愤怒的东西迸发开来，就像亚历山大所感受的忿怒——为谎言、为排队、为永远无法确定地获悉任何事情的无能、为无力打破羁绊所有人的空洞的时间和折磨人的空间的束缚而忿怒。但他会冲破的，他一面狂笑着跑过街道，一面这样跟自己保证，尼古拉也在前面某处边笑边跑。他会冲破的，他的人生就会不同，不管怎样，总归会不同，圆满而光彩夺目，就像——就像神秘的天才伊戈尔·瑟林斯基的圆满而光彩夺目的人生。他当然还活着，在某个地方活着，并且也不是伏在案头，而是做着轰轰烈烈的神奇冒险——或者像在天上滚动的圆满而光彩夺目的火车轮，越来越接近杳远、明亮的奇境——或者像他记得不久前看见的火焰，他睡在漏风的小房间，在紧闭的眼睑后看见那簇舞动的火焰，圆满而光彩夺目。

迷糊地睡着之前，他打了个激灵，想起维克托·佩特罗维奇的书，当晚借来的书，仍躺在从书包里掉出来的各种物什中间，心里不安地闪过一阵寒意。但他的不安就像一根粗陋的火柴点燃后一闪即逝，他轻笑着把脑袋埋进枕头，看着眼前狂舞的火焰，看着其壮丽、通红的颜色。

3

谢尔盖坐在公园长凳上，看着腿上折叠的字条，看着字条背后的高音谱号，坐了很长时间，可能有一个小时，也许更长久。字条已经揉皱、磨损，边缘变得毛糙。她必定是数星期前写的，不知是谁忘了传递，或者在队伍里传来传去，不知在多少提包和裤兜里收集了多少霉斑和碎屑，最后落进萨沙的书包。他犹豫着不敢展开，生怕它会在手里碎裂——抑或他是这么想的。

过了一会儿，他看看手表。萨沙离开五分钟了。

一打开纸条，他的世界顿时发光发热。

纸条写得很简单，没有问候，没有署名。“随时来找我。”硕大的字迹颤抖地写道。看得出来，她写得很仓促，可能是站在队伍里，把一张乐谱摊开在书上写的。下面是地址。字迹上布满了褶皱，几乎无法辨认，但仍然看得清门牌号——他一连数星期无法从记忆里抹去的数字，夏末某日在她家楼梯口踟蹰、等待，不敢敲门之际，煎熬地瞪了数分钟的数字。

手表的指针继续以慢得磨人的速度爬行，似乎时辰数字上涂着胶水，将指针粘住，然而时间却也一秒接一秒地叫人愁闷地悄然而去。快到十点时，他站起身，大步走向她家，越走越快，直到发觉自己在奔跑，跑过重重阴影，跑过十月的寒意，经过不远处传来的骚乱的爆炸，混杂着嚷叫声，然后经过一些看不清面庞的路人——有数人飞跑而过，也许是学生，带着年轻人的兴奋劲相互开玩笑，一个孝顺的孙子领着年迈的祖父慢慢散步——所有这些人都似黑墨水在黑色背景上画出的轮廓，这个城市的安详的小姿势，像秋风一般吹过他身旁。

抵达她家所在的街道时，他已经喘不过气。他心里计数，一、二、三、四。她那层楼的众多窗户光亮与黑暗交替，但他不知哪一扇属于她。他立着仰头望，直看得脖颈僵硬，然后打起精神走进去。

他不想按门铃，怕吵醒睡在近乎无形的画作之下的无形沙发上的无形之人，于是轻声敲门，稍后又敲了敲。门突然开启，她站在那里。她的外套仍披在肩头，她的影子横过门槛，投到他的脚下。他蓦地感觉一阵失望的痛楚：她不是他记得的样子，不是他这些日子以来所想象的样子，面孔扭曲、相貌平凡、脸色惨白、目光无神。然后她的眼睛与他的眼睛相遇，她又变成从前的她，她的脸如同以纯粹而透明的纤细光芒缝制而成。

看见他，她似乎没有惊讶，但是他还没有来得及开口说话，她就急忙把手指举到唇边，退身进去。他跟随她走过漆黑的地方，走进她的房间。这里似乎略有些不同，似乎较他初次也是唯一一次来的时候多了些棱角，但他没有时间留意任何东西，因为她已经关上门，转身向他，他的心又滑向某个绯红、鲜明、快乐的地方。

“你能来看我，真是太好心了，”她压低声音急切地说，“我没事，可是可怜的薇拉，哦，太可怕了，我刚才一直就坐在这里，吓傻了。”

他不知道她在说什么。他没有去听，也听不进去。他向前走了一步，她也不由得向前一步，在数记心跳之间，他觉得她融化进他的肩头、胸膛。然而当他把手指埋进她的头发之时，那么柔软，柔软得惊人，又感觉她的身体僵硬起来，将他推开，退了回去。

“我想你误会了，谢尔盖·瓦西里耶维奇。”她以责备的语气说道。

他们一动也不动地对眼相看着。一如在门口之时，她的脸仍然惨无人色。她似乎正要开口说话。他在等待，看着她的嘴唇、她的眼睛，绝望地、狂妄地揣度自己是否会在这个停滞的时刻死去，手表上的指针永远地凝固。然后，她默默无语地转身，走向窗前。他跟随她疲惫的身影，只见她的外套在身后拖曳，犹如肢体沉重的受伤的动物。他终于看清房间里的变动：逼仄的空间里挤满了博物馆那些庞大的老留声机。他的呼吸划痛胸膛，他记起那夜她为他播放的吉普赛情歌，她闭上双眼坐着聆听，脸色凝重，但脸上流露狂喜，宛如天使一般，记起她蓝悠悠的太阳穴，还有她说出“特别”这个词之时的唇形——

他开口说话之时，声音近乎支离破碎。

“你看到我的信”（“我从来没有收到你的信”，她低声说道，仍然没有看他），“你给我写了张纸条，邀我到这里来，还有——”

“我从没给你写过纸条。”

这一次，他听见了她的话。

“你从没——你怎么——你肯定以为我——”

在黑暗里，他把纸条递给她，只觉得纸条在手里颤抖，而在她手里抖得更厉害。“不是我的笔迹。”她微弱地说道。

“是你的地址，还能是谁的笔迹？”

“我公公的。”

“你什么？你的——”

“我公公。音乐会门票是给他的。他住在这里。我以为你知道我已经——”

继而一分钟彻底的失明——明亮的失明，煞白、残酷、粗暴，血液猛然涌起，冲得耳朵轰鸣，就像击鼓，野蛮人的大鼓，有人尖叫、摇晃，周围的东西撞到地板上，迸裂开，发出机器解体的金属刮擦的尖利声响，闪耀的黑色齿轮好似昆虫，在光线下蹦跳，犹如应该被踩扁的可怕的、无意义的昆虫。是的，就像这个，就是这个，所有这些无意义的、刺耳的、不休的……然后门猝地开启，在突如其来的那块刺眼的橙色光线下，他发觉自己站在她的房间中央，一台留声机在他脚下流血，门口站着一个光脚的苍白男孩，身穿过大的睡衣，眨着碎玻璃似的受惊的眼神，看着他们。

她的双手捂在嘴上。房里一片死寂。

男孩说道：“妈妈，你干吗穿着大衣，出什么事了？”

谢尔盖坐到地板上。

“没事，没事，”她说道，“去睡觉，这是谢尔盖·瓦西里耶维奇，一起排队的，我不小心碰落这台机器，他来帮忙修理，回去睡觉。”

男孩瞪着他们，然后摇摇晃晃地离开，脸庞已经沉入另一梦境。门依然敞着，但橙色的灯光熄灭。时间又开始缓缓转动。

现在，留声机已经死了。

“哦，上帝。”他呆呆地说道。

她跪到他旁边。神秘的小零件散落在他们周围。

“我们修不好的。”她平静地说道，没有看他。

“哦，上帝。我不是故意的——我给你买台新的，我——”

“这是我们最老的机器。你记得这台吗？”

“记得。”

“我每年一次把它们带回家做特别清洁。你买不到的，这样的机子留着的很少——”

“我会找到的，我有关系。我认识能弄到的人……请你让我帮忙——”

他们这样说着话，好似他们的声音属于别人，仍然不敢看对方，双手勤快地摸索地板，避免偶然的碰触，在椅子和床下寻找残缺得可怜的零件。过了一会儿，她说道：“是什么味道，烟味？”说着站起身，回到窗前，打开窗户，探身往外张望：“那边烧起来了，你闻到了吗？”

“没有，”他说道，也站起身，“我该走了。我一定得告诉你，我——”

“别，请不要说。”她说道。她仍站在窗前。他站在她的房门口，鼓起勇气抬眼看她，可是她的脸转向外面，眺望城市。伴随一阵从未有过的心痛，微细、坚硬、无尽复无尽，他暗自忖想，这就是了，这是最后一次，我最后一次看她。他努力把她这个样子聚焦在记忆里，她模糊的背影，无力地搭在窗台上的优雅手指，似乎因疼痛而微倾的脖颈，好像无法支撑过于沉重的思绪，苍白的颧骨微微隆起，头发那么柔软，那么柔软。他不由得记起，记起她融进他的胸膛，仅是在一小时前，或是一年前，或是一百年前……

“我自己出去。”他说道。

＊＊＊

一走到外面，麻木感便将他攫获，继而数日、数周不肯罢休。10 月阴沉沉地转入 11 月，队伍骚动不安，但他仅在昏昏沉沉之际听说“夜莺”的袭击，那个女孩瞎了一只眼睛，不再回来排队。还有“夜莺”售票亭的纵火，原先队伍里某人被认为是嫌疑犯，但后来当局在犯罪现场找到一些违禁证据（歌颂**那边**的生活的革命前书籍，两三个知情的人悄声说道），牵连到本地某学校的某音乐教师，必定是一场阴谋的主谋，诱惑青少年远离爱国音乐（据传在灰烬里找到一张烧黑的字条，上面写着她的电话号码）。这倒一点也不稀奇，人们谨慎地压低嗓门，如今学校里的麻烦可多了，你听说那个物理老师没有，毫无理由地被开除了，现在满怀感激地做清洁工，哦，真的吗，真叫人不安哪。不过，你知道吗，他们说，无火不生烟什么的，在我们学校，他们撤了文学老师，我儿子最喜欢的老师，她给他们读课程之外的东西，但是很美、很美的。去年春天，他带回家一些诗，我好像记得是关于布谷鸟的。兴许就是因为这个，布谷鸟不太爱国，是吧？它们把雏儿赶出窝，要不然就是塞给别的鸟，其实就是寄生虫，所以你这个老师也只能怪自己了。还有，请你小声点。

谢尔盖原本已经心事重重，便塞耳不听闲言碎语。他到处打听。在他的再三坚持之下，儿子带他去一座老教堂的隐蔽院子，把他介绍给一两个有门路的熟人，这两人终于安排他跟一个专家见面。此人沉默寡言，面孔的纹路和颜色皆似旧皮革。此人礼貌地聆听，皮革似的手指尖在下颏处交叠，用皮革似的声音问了几个尖锐的问题，然后半眯着眼睛思索片刻。“很困难，但我相信我能够找到一样的模型，”他终于说道，“需要一个月。也许早些，也许迟些。我会经由你那个聪明的儿子转告你。”

“价格呢？”

皮革似的嘴唇吐出一个天文数字。

“很高兴跟你做买卖。”谢尔盖漠然说道。

接下来几个星期里，他四下奔忙。他卖掉从父亲那里继承来的一对金袖扣；卖掉所有领带，的确，都是粗劣的本地货，换不了几个钱，但是鉴于现在已经不再演出，反正不需要这些东西；卖掉那套好西装。没能成功地找到一份稳定的工作，但假医生证明可以用到年末。没想到儿子竟有那么广的资源，也不好奇地跟他打听，便让他跟一些魁梧的家伙搭上关系，偶然帮忙从卡车上卸水果。

然而，他仍缺很大一笔数目，于是在一个冷飕飕的阴沉午后，他肩上扛着大号走向那座废弃的教堂。一条路外，他被一群戴红绸臂章的男子拦住，这伙人正奔往相反的方向。

“你去哪里？”他们叫道，“游行在那头！”

他茫然地看着他们。

“听说过**大变化**么？”一个红光满脸、下巴肥大的汉子往前一步问道，声音透出威胁的意味。谢尔盖仍然茫然地看着此人的双手，如同两张粗陋而笨拙的大石板垂在身侧，似乎在自行摆动。

“甭介，甭管他，”另一人说道，拉住红脸汉子的衣袖，“这人是胆小鬼，你没看出来？”

那伙人不吭声了，不安地移动脚步，然后，没有再跟谢尔盖说一句话，急匆匆地走了。

他在原地站了许久，望着他们的背影，然后走下楼梯，转进熟悉的地下室，穿过院子，把大号摆在皮革人面前。此人厌恶地噘着嘴，小心地拿锃亮的鞋尖轻轻一踢，说道：“这个所谓的乐器，有股老流浪汉的气息。这家伙一直在桥洞下酗酒睡觉吧？我敢说，确实适合这些革命倾向。如今不兴大号了，虽然快要过三十八周年了。我只能给这个价。”

谢尔盖走出教堂，耳中听着其他大号在城市某处的庆典游行中隆隆作响——如同鬼城里的鬼怪嚎叫——十月的冷风吹走这些声音，就像吹走落叶、揉皱的报纸、破碎的蜘蛛网。然而与此同时，在它们之间,在别的地方,那仙乐继续演奏,没有因此而暗淡失色,没有受到干扰，仍然在他的听力之外，但是也许越来越近……脱去经年背负的铜管乐器后，他觉得身体挺直了，肩膀撑开了，心跳轻松了。他原以为舍弃这么多年的陪伴，会像舍弃亲吻了无数次的人，至少该有些难过，但他没有任何感觉。或者说，那晚走进卧室，看到大号疲倦地蜷缩了二十年而如今空荡的角落，心里感到一种怪异的解脱，仿佛他的人生变得更简单、更清晰，至少除去一个谎言。

他告诉安娜今后打算把大号放在剧院里。家里需要空间。

4

安娜极不情愿地对家里人隐瞒了真相，她只是不想害他们担心。

“当然，只是暂时的，”柳芭对她说，“我兄弟每年冬天去南方，嗯，怎么说呢，做些买卖。你可以马上开始。工钱不多，但还算有点福利，你懂我的意思吧？”

“谢谢你，我愿意做。”她立即答应。

她照常一大早出门，走到附近的街道。她有自己的钥匙。她喜欢这间简陋的亭子：晴天，她只需打开门，便身处一块长方形的明亮的蓝色光斑里；刮风的日子，四壁猝然摇晃，震得瓶瓶罐罐发出金属和玻璃的碰撞声；她最钟爱雨天，雨滴敲打铅皮顶，空洞地响起回音，那么动听，她觉得自己都成了饱含雨意的天空的一部分，仅仅隔着一层薄膜。八点过后，送货车轰隆隆地在晨雾里驶去，她可以享受半小时安静的空闲，从柜台下拿出这瓶或那瓶香水，往身上喷洒一两滴动人的香味。九点钟，她推开窗板，就忙碌不停，再没有闲暇，但她不介意。

她整个人生都花费在窗洞另一边的等待，她很高兴现在自己拥有别人等待的东西。

下午，柳芭一来换班，她就赶去排队，打起精神面对充满焦虑的白日。队伍早已失去夏天那份静谧的气氛，人们慌慌张张地来去，换班时间变幻不定，似乎在做些不可告人的差事，各人带来在城里听说的各种令人不安的小道消息。他们总是压低嗓子说话，因为路上每隔一定间距就驻着一个穿制服的——他们被告知，这是为了保护他们的安全，尽管自从那夜袭击之后，作恶者已被拘捕，“夜莺”没再来过。一连数星期，穿制服的人没有跟排队的人说话，只是沿人行道来回巡逻，倘若有人说得过于兴奋，他们便略停步。就这样一直到十一月初，有个声音吼道：“所有人拿出身份证明，快点！”惊得安娜从诗集里抬起头。

一个男子跨着大步朝他们走来，面孔十分阴沉，戴手套的手上拿着名单。人们不安地躁动起来；人群里传出几个怯生生的声音，犹如水蒸汽一般微弱无力：“他说什么？”“你说什么？”“你听到他说什么了吗？”

“身份证明，”穿制服的重复道，“从现在开始，为了消除令人不快的混乱，换班后都要检查身份。我们必须维持秩序。没有身份证明的人都得离开。”

“可是，我们通常不是这样的，”有人温顺地建议道，“您看，这里有个好心人，类似组织者，他负责——”

“你提及的这位同志不再来了，”干部面无表情地说道，“请拿出你的身份证明。”

队伍里无比寂静，然而仅持续了一瞬间，旋即响起翻口袋和提包的窸窣声。一个迷惑的老人没有带身份证明，被赶出队伍。他颤巍巍地走下渐暗的街道，没有回头。安娜后面有个较年轻的女人，前几个星期与她谈过几句天气，现在开始无声地啜泣，也不揩脸。安娜把手帕递给那个女人。干部一面在名单上写字，一面走进渐暗的黄昏。很久以后，人群才开始响起唧咕声。有人说，那个不幸的组织者也被带走了，跟那个出租折叠椅的精明生意人和弗拉基米尔·谢苗诺维奇一样，就是那个据说衣服下戴着十字架、留小胡子的，你知道我说谁。但一个老太说自己就住在组织者家附近的一幢公寓楼底楼。她的瘪嘴淌着口水，对着旁边的人咬耳朵，说了一些悄悄话。换班时，她的话传遍了队伍，据说他其实没有被带走，而是有天深夜排队后回家的路上被人跟踪，不晓得是“夜莺”的人，还是对他掌管瑟林斯基门票的方式不满意的人，在他自家前门的丁香树后被痛打了一顿，惊得两条街外的一群野狗吠了大半夜。

“给，谢谢你。”安娜后面的女人说道，递还手帕。

她的脸颊仍然湿漉，不过，反正下起雨来，寒雾在空中凝结为冰，就算揩拭也没有用。

“你没事吧？”安娜问道，仔细地注视着她，“你有伞吗？”

女人的面容空洞，眼睛水汪汪。

“哦，我不需要，我没事。”她说道。

看着她勉强想挤出笑容，安娜突然觉得眼熟，似乎在哪里见过她的脸，也是同样悲苦的微笑，同样几乎看不见的睫毛下的苍白眼睛，在队伍之外、在别的地方见过。然后这份感觉消逝。“太湿了，”她坚定地说道，拉起那女人的胳膊，把自己的雨伞举在两人头顶，“来，我送你回家，我不急着回去。”

她们默然不语地走过城市。几个街区后，较年轻的女人停下脚步。

“你真好心，”她说道，“我从这里走回去，没事，雨停了。我，我刚才不知是怎么了，只是觉得……突然忘了我们为什么站在那里——就好像音乐会不再存在，不再重要，你知道的，觉得我们注定要永远等下去，就像——就像因为什么事情而受惩罚……”

眼前的街道一片漆黑，反射雨水的光亮。街角的路灯疲倦而苍白，慵懒地照射着，在安娜脚边破蔽的雨伞里投下凄凉的光芒，将她俩的脸庞照得空洞、惨白。

“你等的门票，是给你自己的吗？”安娜轻声问道。

她无意识地问出来，随即为自己的冒失而吃惊。因为刚开始排队的时候，这只是一个简单的问题，但在过去几个月里，这个问题已经浸染了其他什么含义，简直就像是对于他人的本质提出重大而不可抗拒的质询。

“是给我丈夫的父亲的。”那女人说道。

“他爱音乐？”

夜在她们周围如细雨般洒落，在清澈、寒冷、闪闪发光的黑暗里，那女人的眼睛显得奇大，饱含光芒——头顶路灯投下微弱单调的光线，而其中又含着另一道光，似乎隐匿于秘密的口袋里，漆黑而晶亮，犹如烛光被拢在手心。“对我们来说，不是为了音乐，”她平静地说道，但声音里同时又流露冲动与挑衅的意味，“为了我丈夫。他——他们七年前带走了他。”

“哦，天哪，他做了什么？”安娜叹道。

那女人垂下头。路灯的投影从她的眼里逃走后，她的整个面庞似乎霎时熄灭。安娜看着这张惨无颜色的脸，正如她第一次在男孩家墙上的相框玻璃下的照片里看到的一模一样，她的丈夫在旁边微笑。她把手捂在嘴上：“对不起，我不是有意——”

“你很幸运，”这女人说道，抬起头来，眼睛里没有怒意，只有忧伤，“这样的事情落到我们身上之前，我也是这么想的。有时候，有时候，事情就是会发生，我想……你是知道的，他们不需要理由。我们想尽了法子，想把我丈夫弄出来，可我们连他在哪里都不知道。现在我公公觉得去音乐会可能会有用。我不太肯定。可我们还是得试试——”

安娜碰触年轻女人的手。

“你肯定很爱他，你丈夫。”她柔声说道。

那女人没有做声。

“你知道吗，我上个月过了三十四生日，”她最后开口说道，挤出苍白的微笑，“我还小的时候，读旧式小说，相信爱情和幸福。但人生不是关于幸福，也不是关于爱情的，或者至少不是小说里写的那种爱。我丈夫曾经是——我丈夫是好人，我差不多有十年没见过他了。我儿子不记得他。现在，现在，他在某个遥远的地方，受着可怕的折磨，我连想都不敢想象那些折磨。我——我碰上一个人，你知道的，别的男人，可这不重要，我永远不会……对不起，我都不知道为什么跟你说这些。我该走了，谢谢你为我做的一切。”

安娜心里涌起深深的同情。

“不客气，”她说道，“晚安，明天见。”

她的视线追随那女人的背影，直到她在冰雨和黑暗里变成一抹模糊的白雾，穿过一盏又一盏路灯。然后，安娜慢慢地转身回家，莫名地觉得异样，似乎觉得被净化了。她站在队伍里，心里珍重那份宽阔、轻快的感觉，度过接下来的第二天、第三天，以及**大变化**的又一个欢庆日——铜管乐竭力的嘶声和铜钹刺耳的铿锵从遥远的地方传来，衬托他们这条肃穆、期盼的街道，路一头是售票亭，另一头是破教堂。排队的人变得沉默，形色疲惫，拿眼偷偷瞟在路边潜行的身份不明的干部。然而，安娜同时又感觉，自从秋天以来，自从气氛变得阴郁以来，人们之间难以察觉地靠得更近。似乎这个越来越危险的共同的等待磨砥着他们的灵魂，将其裸露，将他们的情感磨得透明，以共同度过的时间、共同期待的那不可见的符号将所有人标示。于是他们不时可以抱着一种毫无顾忌、直截了当的迫切感依赖另一人，在饱含雪意的黑暗的天空下，在恐惧、希望和信任之下相互团结，就像跟家人那样说话，或许甚至他们都不会这样跟家人说话。

这个月最后一周，天空终于迸发，开始下雪。安娜正跟索涅奇卡的公公维克托·佩特罗维奇聊天。过去几天里，他来顶替索涅奇卡——她生病在家，那天下午安娜给她送了汤去——这时，有个年纪颇大的男子走来，仔细打量安娜的脸。“长着一对美丽眼睛的女人。跟他说的一样，”他微笑着说道，递给她一个信封，“但愿不是什么急事，我女儿记性差。”

安娜机械地接过信封，戴着手套的手指木然地拿着。

“抱歉，这是？”她问道。

“一个多月前，有人央我女儿传递这个，可她忘了。她也忘了您的名字。我很抱歉。”

“可是，是谁写的？”

“排早班的一个男子。她说，大概五十多岁，穿灰夹克。有一两回背着大号。”

“哦。谢谢你。”安娜说道，脱下手套，忙乱地从里面抽出信纸——确是谢尔盖的笔迹。她读了一遍，又读了第二遍、第三遍，字母开始洇开，在越下越大的雪里模糊成一片，一朵朵大雪花抹去她眼前的字迹——或许的确是整个城市在她润湿的眼睑外摇晃。她折起信纸，藏进外套内，拿手指按着，就像抚摸自己的心脏，检查其搏动，等待着，等待排队时间结束，简直是前所未有的漫长。萨沙终于来替她。她经过他身边，感激地捏捏他的手。转过街角后，她就跑起来，新搞来的靴子在路上打滑，在冬季来临的丰富、柔软的黑暗里，路面闪烁着惊人的洁白和清爽。她一路奔跑，他那两行道歉的话语反反复复地掠过脑际，她现在明白了，他羞于当面这样道歉——*我本想把票给自己，但我现在想把它给你，我只想要你快乐。我本想把票给自己，但我现在想把*

它给你，我只想要你快乐。我本想把票给自己，但我现在想把它给你……往家奔跑的时候，这些话在心里翻腾的时候，她感到那一层层深埋的误解、未说出口的怨恨、孤独的委屈都消释殆尽，周围的整个世界都在敞开，溢满光明的澄澈感，好像所有地方都掀开窗板，从而她终于看清被大狗拽着链子拖拉的戴破毛皮帽的佝背老人，篱笆旁亲吻的两个阴影，头顶漂浮的迷蒙的灯泡，还有雪花，洁白、晶莹、奇妙的雪花，落在这个城市，落在整个世界，犹如浓密的睫毛低眸赞同似的，落在路上，也落在她体内，把她洗涤得澄净、广阔、明亮——终于得以自由自在地生活。

她等不及电梯下来。她一头冲进家门，喘不过气来，雪花在嘴唇和眉毛上融化，针扎似的刺痛。她奔进卧室，外套仍在身后飘扬。他躺在他那侧床上，穿戴整齐，视而不见地睁眼瞪着墙壁。她扑到他身上，喊道："哦，谢廖扎，谢廖扎，你看！现在一切都会变得那么不同，一切都会变得那么幸福。那门票——我知道，它不重要，我本来就想给你，你知道吗，那天夜里我想跟你在公园见面——"

他坐起来，一脸茫然。她看到他脸上闪过无数神情，然后一阵疲软的神情盖过来，掀开了更多窗板，尽管她看不清楚窗后是什么东西。他重复道："那天夜里你想跟我在公园见面。"

"哦，现在这个不重要了。"她低语道，把脸埋在他的肩头。他的毛衣上有甜蜜地腐烂的落叶、季节的更迭、大地带着永恒的喜悦而旋转的气息。"你知道吗，我想给你惊奇，就像一份礼物——但是门票不重要，就让我母亲拿去吧，我丢了她最珍贵的东西，除此之外她什么都没有了，而你和我——”

他挣脱肩膀，双手捧起她的脸颊，注视着她。

“安妮娅，对不起，”他缓缓说道，声音变得严厉而陌生，“我不是好男人，你该得到更好的，我必须告诉你，我——”

“请不要说。”她说道，急忙开始忙碌。她熄灯的瞬间，恍惚觉得看见他的脸毫无表情，似乎在他眼里看到一片可怖的空洞和荒凉。她的心一沉，难道是自己弄错了，难道是——可是房间顿时漆黑，窗外飞舞的雪花缓缓落下，带来一片灰蒙蒙、清莹剔透的光晕，就像她这时又在自己体内发现的那股蔓延开来的清莹光芒。她哭起来，他的呼吸喷在她的脖子上，双手按在她的肩头，当然，她完全原谅他，这没什么，没什么……

* * *

后来，他睡着了，脸深埋在枕头里。他看起来很安宁。她久久地看着他。然后她也慢慢地、轻飘飘地降落，就像一根羽毛，落进宁静、幽深的喜悦之井。梦境在井底以温暖而古老的水流轻轻拍打着她，水里不时闪现白天的记忆片段。丈夫承诺给她幸福，穿白衬衫的乐团终于奏响音乐，母亲坐在前排，每个人的负疚感都被抹去，被都冲走。那个苍老而无眠的声音又一次哄着她走进更深的梦境，她的耳朵贴墙而睡的时候，这个声音如此频繁地在夜半睡梦里响起。梦里这个声音酷似母亲的声音，这个声音告诉她，我也很抱歉，为一切感到抱歉，亲爱的，我是那么自私的老太婆。你看，这么多年来，我没有说话，不是因为我没有话说，不是因为我不爱你，也不是因为我年纪大了，脑子不灵清。我不说话，因为这是我保存过去的方式，是我否认人生被撕为不均匀的两瓣而经受的那份痛苦的方式，是我那么尖刻、目光短浅地将自认是更好的一半封存起来的方式，就像装进细颈瓶，紧紧地塞住瓶塞——我所有珍贵的记忆、所有不曾讲过的故事，在我的灵魂里酝酿，让我终日沉浸在儿时飘飘然的魔法里，沉浸在少女时代汗水湿透的音乐里，度过一日又一日——直到后来，记忆在那带魔法的甜蜜之下，开始滋长发霉的腐酸味，直到我不再认得你、你的丈夫、你的儿子——直到我变成孤身一人。

也许，将自己与人生的一切相隔绝，也是我抵赎对于你父亲的负罪感的方式，抵赎十一月那一天，安德烈没戴帽子、没有穿外套跑出家门，为一场未结束的争吵而生气。那天是我十分珍视的某桩相遇的纪念日。我有些伤感，说起往事，说起我的舞蹈，还有其他事情。我措辞不当，他气恼起来。

他在家门前穿过马路，没有左右张看。

我记得听见轮胎拖长的吱哑声，接着一片死寂，然后传来尖叫。

我很久不敢走向窗口。

后来，我拿沉默惩罚自己。然后我渐渐衰老，不曾留意是何时或者如何老去的，一年接着一年，空洞又空洞。年纪没有让我变得智慧。我从不要求，从不给予，当我开口要求时，只为了自己。直到那夜，你赤腿赤脚地从外面回来，我看着你的脸，听着你的声音，我的当下开始纠缠着我，以他人被过去纠缠的方式。

亲爱的，我现在懂了。我的过去只是过去，我的沉默结束了。在记忆里徒涉了那么多年，我不再需要拘谨地在一张直背椅上坐两个小时，试图捕捉年轻时代的痛苦回音。那么，这是我现在想做的：我想要你穿上最好的鞋子、最美丽的裙子。哦，别为我的耳环难过，那一直属于你的，我只愿有别的东西可以给你。我想要你穿过城市，新年的雪花柔软而宽容，会掩盖这座城市的丑陋——你小时候最喜欢一年当中的这个时候，你那么喜欢滑雪橇，欢笑着，嘴里塞满了雪，你记得吗？我想要你走进绚丽的音乐厅，带着你小时候来剧院看我跳舞时的那份兴奋，走下铺着天鹅绒的过道，将自己沉浸在黑夜的奢华里。**大变化**前有一阵子，我还在跳舞，不过我想你早已经忘记了。我想要你看看那个大步走上舞台的男人，我也想要他看看你。

哦，你该听听他的音乐，亲爱的，因为那真的不属于这个世界，尽管它理应属于这个世界里的每一个人。我知道，很快就到了。

你看，这是小事，算是我的补偿的开始。孩子，我不去音乐会，那张票给你。

第五部　十二月

家谱 十六

1

十二月初，亚历山大固执地一再来到这个地方，催促斯蒂潘给他弄一双鞋子。

“我要加软垫底的那种，”这个月第二个星期五，他又来重复道，“还有，要是可能的话，要鞋边有排银色箭头的。我在一本杂志上见过。”

平常，斯蒂潘会耐心地点头，但这个星期五，他有些心神不定，似乎只想一个人待着。“现在没空说话，我手头有个货要脱手，搞了一段时间了，”他终于说道，瞟了一眼通往院子的门，又看看手表，“两天后再来。”

亚历山大往外走，在地下室拥挤的迷宫碰见父亲。

“谢谢你传话，”父亲说道，“他在里面吗？”

“在，带着那堆垃圾等你呢。早上怎么样，有没麻烦？”

“没有，今天很平静。”

“昨夜他们又打发了两个。”亚历山大平静地说。

“谁？”

“一个女人，没有身份证明，说是在电车上被人偷了；一个老态龙钟的家伙，留胡子的，一直在那里的那个，替她说话，他们就搜他，在他口袋里发现一些违禁东西。我没看清是什么——听说是外国餐馆的餐巾或者菜单或者什么的。”

谢尔盖沉默片刻。

然后，他说道：“我说，萨沙，我想你最好不要再来这里，我们的处境已经够危险的。你得考虑你的将来，你现在是大学生。”

“是啊，关于那个，我一直想告诉你。我其实——”儿子说道。

楼上呯然一声门响，他们头顶回荡起一阵脚步声。

“我们回家再谈，”谢尔盖悄声说道，“再次谢谢你，还有，系上纽扣，下雪了。”

下午四点钟，暮色已经凝聚，周围大楼的窗户里透出灯光，将这座院子照得斑驳陆离，犹如一个巨大的光与暗的棋盘。他大步走向倚墙而立的那个男子，走向那个男子完美无瑕的皮鞋旁那包珍贵的东西之时，眼前涌起照亮其他雪堆的其他窗户。在他近一年前走过的那条路上，汗津津的手心握着一只火柴盒，是外国晴朗天空的颜色，心里期盼另一种更真实的人生，多少会改变自己现有的人生——这份记忆如此鲜活，让人痛苦，在他心里涌动、纠葛，掺杂着渐渐展现的未来景象，令他放慢了脚步。

现在那男子离得那么近，谢尔盖看得见他皮革般的面颊上干枯的纹路。啊，你收到我的口信了，好，钱呢？带了，讲定的数目。是的，乐意为您效劳，小心别摔了，挺重。然后他疾步奔过城市，那幢熟悉的公寓楼，永远出故障的电梯，他上气不接下气地冲上楼梯。他还没有老，还没有老，一切都还没有结束。她的脸出现在门内，她的眼睛又盈满颤悠悠的光芒。我说话算话，这个给你。哦，不，我不能接受。请你收下，这是我仅能做的，你看，我本来希望把我的门票给你，可是事情起了变化，我欠——现在欠另一个人……一时之间，他担心她又会身体一僵，把他推开，可她没有，哐啷一声，他的礼物被遗弃在昏暗的玄关，跟它灰蒙蒙的镜中投影交谈过往的回忆，然后又是他记忆里那份融进怀里的、她头发的柔软，以及她嘴唇让人愕然的、怯生生的干燥。此时，阴影更浓重，染上金色，如同窗帘一般笼罩在他俩身上。过后，他拉开窗帘，发现世界一片光明灿烂，带着脆生生的冬日喜悦。她房间里吹来透着寒意的微风，混合着一股他从未闻过的淡淡的、偏蓝色的芬香。她从凌乱的天蓝色床单下探出身子，半倚着胳膊，低语道："谢廖扎，我设法弄到了多余的门票，你愿意和我一起去吗？"

两周后，门票在他排队时开售。他把一张票递给妻子，递给岳母，如此利索地履行责任之后，从此便摆脱了未来的责任，他的人生揩抹得如同写字板一般清爽。他等到今年最后一个黄昏，等到他彩排了无数次的入场，而今这个景象几乎不必经由想象便自行浮现——他熟练地捷步走上楼梯，吊灯，座椅，她的脸贴在他的肩头——然后灰眼睛的老人，面容高贵，轻快地走上舞台，灯光暗将下来，那人举起手臂。

奇怪的是，他现在才意识到，一直以来，在这个反反复复想象得丝丝入扣的情景里——在这份受尽煎熬的等待结束之后所得的美好奖赏里，他连音乐厅大理石柱的纹路都想象了——思绪总是在音乐正要响起之时打住，从来只能想象指挥棒举起的一瞬间，一次都不敢想象要听到的声音。那么，这是揭开一位天才的第九部交响乐的时刻。尽管他手里拿着节目表（以华丽的浮凸字母印在漂亮的奶油色纸上），他要把这张节目表带到新家，她的家，留作俩人开始的纪念，珍藏一个又一个年代。虽然只需低头便可浏览关于交响乐的构思、历史和影响的描述，但他不会那么做，而是闭上双眼，单纯地聆听。

很久以前，队伍里有个人怎么说的——文明历史的概览，从部落舞蹈到现代……确实，就是这样开始，在饱含期待的静默里，大鼓茕然槌起，起初只是低沉、无节奏的脉动，人类抬起依然毛茸茸的头颅，吐出咕噜之声。然后大鼓擂得更响、更坚定，其他大鼓和铜钹汇入，然后更多大鼓，臻至声音和良知的刺耳、单调、兴奋的迸发，渐渐地，混乱中呈现一种节奏，一种狂野的节奏，闪耀着黑夜的火花，点缀着可怖的星辰，重茧累胝的手掌拍打原始乐器紧绷的兽皮。节奏越来越快，然后渐渐缓慢，更富仪式感，直至变得肃穆，近乎峻刻。然后铜钹纵放的轰鸣渐渐消逝，汇入庆典的号角，音乐转为进行曲，黑眼睛的军团以精确的几何战阵进军北方，越过丛林、涉过河川，穿过大漠，伸展的手臂负荷筑造第一个伟大文明、金字塔和庙宇的基石。然后在进行曲之下，仍然潜隐着朴实的心跳，黑色土地和黑色血液那虽式微却执着的搏动，潜伏着对于南方阳光下残酷神祇的崇拜。然而，随着穿越大漠和岁月的进行曲轰隆隆地更往北移，曲调变得乏味，乐音更低微，涤除多余的声响，蓦地一阵寂静，继而一支笛子索然而起，清澈，美妙，从海上飘来的旋律，往昔时代古典的和谐，随即无数笛子交汇，吹起纯洁、天鹅般的曲调，他知道，这很快就会转为慵懒、奢华的东方曲调，乖诡地缠绕尚武的主题，然后又会被淹没在野蛮部落刚迸发的混乱中，然后那支索然的笛子仍然余音不绝，犹如一缕银丝穿梭于喧闹之下，伴随一个强劲得出乎意料的人声，从黑暗中迸发出来。

随着乐团息止，更多人声响起，唱出美妙的合唱，他忖想，哦，我明白了，我明白这些身穿蓝色与银色相间的演出服排队站在舞台的人是什么人了。他一面聆听，一面兀自惊叹一切融和得多么完美，一件事多么自然地交汇入另一件事，数千年多么轻易地转译为似乎不可中断的乐章，东方帝国的合唱多么自然地变得疲倦、暗淡，然而偏要在消逝之前将其声响、将其时刻传递给半个世界之外的管风琴，管风琴又是如何出色地在高耸的中世纪大教堂里，在彩色玻璃将阳光离析为缤纷虹霓的祈祷里，将其演绎为庄严雄浑的曲调，转而又被大提琴低沉的乐声征服，在人类重生的完满里展开、融合。然后这一融合被小提琴一层层较稀薄的声音冲散，每一把小提琴皆以其更尖厉、迥异的旋律冲击时间之流。他已经感觉到接下来的音乐会变成什么，以超越旋律之前的想象的回声，猜想音乐臻极巅峰之际揭示的美丽，如同镜中层层重叠的影像，颠倒地重复交响乐的开端。然而这个重复略显模糊、仓促，实是一种不完美的粗陋的倒影，就好似现今人类失去了耐性，变得困乏，只是在敷衍行事——东方的异国情调的呻吟被驯化，以便适用于文雅社会，笛子的古典主义在竭力模仿往古时代的祥和之际，变得空洞、虚浮，演奏到当前这个世纪，在进行曲沾染恐怖的同时，尚武的明快失却其刚劲——最后，所有一切碎裂、瓦解，迸出一阵骇人的喧腾，然后寂静，继而一只孤单的大鼓，犹犹豫豫地槌出粗哑的低语。

帷幕落下。他默默地站着，呼吸。

雪花从缥缈不可见的天梯上降落。

“当然，你慢慢来，”皮革脸男子在被风雨侵蚀了的破裂的拱顶下，尖酸地说道，“我一整天没事，很乐意再等些时候。”

“抱歉，我大概走神了。”谢尔盖说道，走进阴影之中。

“我想你要亲眼看看？”贩子说道，伸手打开包装纸。谢尔盖四下张望。教堂大门黑洞洞地敞开，丝毫没了在摇晃灯光之下进行诡秘活动的踪迹；院子里也是几乎空荡荡。他心不在焉地望着一个尖嘴猴腮的年轻人，戴一条粉红和橙色相间的围巾，曾见他跟萨沙说过一两次话。年轻人坐在门廊台阶上，焦躁地不时看表，时或从兜里拿出一只红色小盒，推开看一眼，好似查验里头的东西，然后又塞进衣兜，再看看手表。

“差不多打开了，”皮革男子说道，“做这事得讲究。”

盒子又被推开，谢尔盖瞟见一束确凿无疑的钻石光芒，俯身去看个究竟。

年轻人猛然合上盒子。

“真美，是吧。”那男子深情地说。

谢尔盖心乱如麻。适才彩排的未来在后退，退进梦一般不可信的王国。那个未来本就是由那个王国的雾气赋形，在其消散之际，他知道再也不会见到她——除非，除非碰巧遇见她，正如在这个小小世界的不可见的界限之内，如此局限的世界，纵使偶然的相遇，甚至巧合，经过一段时间之后，也会开始变得似在意料之中，就这样，他们所有人不断地碰巧相遇——是的，除非他碰见她在社区某个地方排队买东西，也许给公公买牛奶，或者给儿子买铅笔，然后大庭广众之下，他匆匆地、词不达意地试图解释自己没能找到同样模型的机器。

“可这不是我要的。”他说道。

贩子面无表情地打量他。谢尔盖的嘴唇挪动，木然地道出一些解释。继而争论在空中交织，言辞含糊、粗暴，最后，那人终于抹去傲慢的冷静，抱起裹着包装纸的留声机扬长而去，一面向谢尔盖的家族发起一连串攻击。

谢尔盖吐出一口气，闲步走到年轻人旁边，他又在看手表。

“哈喽。”他说道。

年轻人皱皱眉头，但没有答话。

“我是萨沙的父亲，记得不？围巾挺好看，颜色很少见。”

“你要卖什么东西，还是怎么着？”年轻人不情不愿地接茬。

“今天没有——不过，你那东西，我能看看吗？”

“已经有人接手了。她马上就该来了。”

“哦，我只是想看一眼。”谢尔盖说道，挨着他坐在台阶上。

年轻人耸耸肩，伸手探进衣兜。一时间，谢尔盖心里充满恐惧，生怕自己弄错了，一时马虎，从而不假思索地辜负另一个人——并且徒劳地辜负。然而他是对的。在冬日的黄昏，两人的脑袋凑近，一同凝视细丝工艺的镶台内冰冷的光芒，在暗淡的光线之下，钻石幽幽地燃烧。他自忖，这些玩意儿能召唤起令人激动的优雅和喜悦的景象，剧场包厢的金花饰，嵌镜舞厅里翩跹的华尔兹，午夜后某个氛氲时刻的诗歌、音乐、欢笑、香槟，人生里绚丽、精美、轻巧的旋转——但都不属于我。他们会发配我去过长年的家庭生活，房间发黄、房顶低矮，就像迟迟不去的冬眠，吃不到头的自家食物，床铺悄然嘎吱作响；也许这一个值得另一个，也许这一个总是值得另一个……

年轻人忍住呵欠，动手要关上纸匣。谢尔盖这才注意到旁边有一道暗边——原来是火柴盒，不由得心里暗笑——他把手搁在少年的手腕上，平静地说："这是我岳母的。我老婆戴着走过公园的时候被人抢劫，就在这附近街角。"

如此安静，他觉得可以听见一只乌鸦走过昏暗的院子，脚爪踩得雪嘎吱作响，听见背后教堂墙壁上潮湿的灰泥剥落。

"我不知道什么公园，"年轻低声恶狠狠地说道，试图甩脱手腕，"我在火车站一个人那里弄来的。"

他的半边脸遮在阴影里，脸上错落地映着斑驳的光线，但谢尔盖仍能看到他前额一片恶心的小粉刺，他的眼里掠过一阵卑劣的恐惧。

"我没问你从哪里弄来的，"谢尔盖说道，"我不想知道。我想买这对耳环。我付钱。”他松开手,拿眼瞟了瞟身后。没有别人。他掏出几把钞票，兴许仍散发着烂水果、无人疼爱的乐器、遗失的传家纪念品、鬼鬼祟祟的肮脏交易的气味——他整个人生的价值。两三张票子落到脚边的雪泥里，他没有弯腰去捡。“我只有这些。要是不够的话,稍后我叫我儿子把剩下的送来,你开个价。”

“够了。”年轻人沙哑地说道。一时之间，谢尔盖眼里看到的是一个小男孩，在不久之前的胡同斗殴中令脸上留下伤疤之前，脸上仍然长着雀斑，下嘴唇会因为犯了过错而颤抖。“够了。”

年轻人把钱塞衣兜的时候，双手不停地颤抖。

* * *

来到外面，谢尔盖没有转向右边，而是转向左边，险些跟从他身边疾步走过的一个路人相撞。她湿漉的围巾尾端拂过他的鼻子。走过三个街区，他停下来，站在一团漆黑之中，望着人们站在簌簌落雪里，衣服灰暗，身体佝偻，在阴影里辨不清人影，全都是一团模糊，只能偶然看见一节衣袖或者一只靴子被昏黄的灯光照亮。但他仿佛看见队伍某处有两个女人，彼此探身跟对方说话，她们的头和帽子—— 一浅一深——凑在一起。

他一时好奇，如果他朝她们走去，他的人生会起什么变化。然后他转身走开，方才想象的交响乐在心里响起，起初轻柔，然后音量渐大。这一次他任由旋律逗留，在黑夜的城市里游荡之时，嘴里重复这节或那节乐句，哼唱这一段或那一段。

2

“只有一个星期了！这里结束后，我都不知道该怎么打发时间了。”

“我嘛，我可等不及结束。我堂兄弟的连襟有部车子，他同意借给我，所以我要去旅行……当然，也是排队等上驾驶课，不过我已经报名了，他们说不会太久，最迟明年秋天。”

“我想开始学点体育运动，但医生说我该先减肥。”

“你呢？”

“我想着，我可能去画画。我们楼里住着一个艺术家，他总是找漂亮女生过去。或者，兴许学钢琴。或者写本书。我还没有决定。”

然后一阵类似气馁的沉默。雪下得更大。

安娜转向身后。

“自从我开始排队以来，到今天刚好是一年，”她说道，“十二月二十三日。我记得当时希望买个蛋糕。蛋糕会简单得多，但我很高兴事情变得这样。当然，结果我丢了工作，但除此之外……”

索涅奇卡呵着手指。受冷后，她看起来简直透明。“我不晓得在哪里丢了一只手套，”她抬眼说道，露出惨淡的微笑，“你对音乐史博物馆的工作感兴趣吗？”

“你们有空缺？”

“很快会有。他们要撤了我。他们认为我从博物馆偷了一台珍贵的机器。你看，其实是意外摔破了……不过，反正还是不可避免的，时候不同了，鉴于我丈夫不知被押在哪里，对于博物馆来说，我是个累赘。”

“可是，索涅奇卡，那你打算做什么呢？”安娜惊道。

“我不知道，兴许待家里，学做菜。多花点时间和我儿子一起……但我在博物馆还有些朋友，你要是愿意的话，我很乐意推荐你——”

积雪在三四双靴子下呻吟。穿制服的在路边跨步，做晚班检查。安娜急忙转身，在包里翻找身份材料。经过了这么长时间，等待实则即将接近尾声，她忖想着，心里竟有些难过。尽管她知道，来年所有这些人仍会在同一间面包房买面包，坐在同样的公园长凳上，在当地电影院看同样的电影，可她还是感到一种断绝关系的昏眩，简直就似各自登上神秘的航程，驶向不同的、未知的海岸之前，彼此告别。

这种感觉与任何告别一样让人伤心，同时又让人激动。

那晚，回家的路上，空气柔和，充满了雪花飘落的轻软声息。

公寓楼的窗户灯光透过飘雪，露出迷蒙的图案，似乎构成天堂里模糊的字母，拼写一个她仿佛能够破译的词语。她裹紧厚实的外套，将冬天挡在外面，走进黑暗更深处。空气更寒冷了，她觉得这一年时光在其闪耀、冰封的路上急急驰向确凿的终点。她一直知道门票会在她排队时开售——队伍里，人群躁动不安地移向售票亭。售票员向她露出微笑，因为没有戴手套而冻僵的手指拿着一张票根。仓促地敲一下门，妈妈，你简直不会相信，妈妈，看！谢谢你，亲爱的，你不知道你让我多高兴。两人拥抱之际，她闻到母亲的气息——不是衰老的酸腐味，而是上世纪的微弱的花香，就像夹在珍藏的书页间的干花。继而数天里，突然有了大把大把属于自己的时间。晚上，她在厨房里忙碌而欢快地准备——然后跨年夜终于来临。音乐会之夜，母亲恰在午夜之前回来，看上去年轻了几十岁，他们四人举杯祝酒，她心里自忖，是的，这一年会是真正的新年，这一年的一切都会是全新的，她的家庭、工作、人生；现在，在属于她的厨房里，时钟敲响十二点，香槟满溢，家人都笑呵呵。她已经感觉到她的人生变得深厚，感觉自己扬起风帆，缓缓地、安详地驶向未来的岁月——谢尔盖的手搭在她的腰间，她亲吻亲人的嘴唇，全都沾着烘烤得完美的酸枣馅饼碎屑。烛光一齐跳跃，萨沙讲述大学里有趣的故事。母亲的眼睛闪亮，再次感谢她，太美妙了，亲爱的——太美妙了，哦，打开，打开收音机，听，广播里正播这部交响乐。谢尔盖也能听到了——这音乐，是的，这音乐，就像——这时，她的思绪磕绊——就像儿时的那支曲子，她唯一会哼的曲子。

她开锁进门，寒气蹿进公寓，像一只蜷在脚边的冻僵的小动物。她脱下外套，走进厨房，愣怔着停下：谢尔盖和母亲坐在餐桌前，两人的脸都转向她，好似在期待什么。“哦，她回来了。”母亲微笑道。

“妈妈,这条裙子是新的吗？”她问道,随即惊呆了。下一刻里，她看到桌上摆着一只白色大盒，不知怎的，她没有听清母亲的回答。谢尔盖也微笑着，探身掀开盒盖。巧克力和奶油甜苦交加的气息顿时在厨房里弥漫。她傻傻地看着蛋糕中央的粉色玫瑰，两三朵花瓣被压扁了。

“没有蜡烛，真抱歉，”谢尔盖说道，“可惜萨沙还在排队。”

“我也有个东西给你，”母亲说道，“只是没有礼物包装。”

她涨红了脸，从母亲的手里接过一个长方形小匣。推开匣子时，有个坚硬的东西在里面滚动。她的身体变得僵硬。

“生日快乐，亲爱的。”母亲柔声说道。

“可是——这怎么——哪里——”

“队伍里有个女孩在卖。巧得出奇，她说在火车站一个人那里买的。”谢尔盖说道。在他解释之际，母亲从桌前站起来，推着安娜来到门厅镜子前，催促道：“戴上试试，戴上！”她惊得发愣，镜中耀眼的影子闪得她眯起双眼，母亲在她身后点头，身形纤小得几乎照不出人影。

他们吃了蛋糕后，她独自站在水槽前，佯装洗盘子，让热水从手指间流过，直冲得手指发白、起皱，默想最近学会放弃的所有东西——青春、少女情怀的恍惚狂喜、平庸浪漫的粗俗的花束——以便保存其他东西，安静、简单、秘密的东西。她相信这些东西会随时间流逝而成熟为一种温暖、丰富、醇厚的满足。过了一会儿，她关掉水龙头，下定决心，走向母亲的房间，一面艰难地打开耳环的搭扣，尽管手指肿得不听使唤。

门开着一条缝。她推门进去，刚迈进门槛便停下，嘴里仍说着在过道里便开始的话："妈妈，这个我不能要。我高兴你找回来了，可这对耳环是你的，我不要，会叫我想起……哦，对不起，我不知道——"

她看见母亲正在换衣服，这才看到细心地摊在椅上的黑色丝绸那残褪的光泽——不是新裙子，只是大约有二十五年没有看见的旧衣——看到老人探身套进上世纪的睡衣，露出乳白色的腿，安娜急忙转过视线。

"进来，进来，没关系……"安娜听见床轻轻一响，听见拉起睡衣的窸窣声。她走进房间，在身后关上房门，然后走到梳妆台前，轻轻地把耳环搁在布满划痕的桌面。耳环照射出阴恶的光芒，犹如一对背甲绚丽的甲虫，来自奇异得难以想象的地方。

"我真的很希望你拿着，安娜，"母亲在她身后缓缓说道，"我想要你戴上——在特殊的场合戴。"

"什么特殊的场合？"

"我在西方跳舞的时候，遇见瑟林斯基。"母亲说道。

安娜转过身。母亲坐在床边，小小的身躯消失在过大的睡袴下。

"真的？你从来没有告诉我。"

“提他的名字很危险，亲爱的，况且，你可能也注意到了，我也不太说话。但现在，时候在变。我与伊戈尔·菲奥德洛维奇很熟悉。我跳了他最初编的两支芭蕾舞曲，也彩排了第三支，但是开幕之前，我不得不离开那个城市。新来的独舞很出色。听说他们后来结婚了，但没有长久。”

“哦，”安娜说道，“我不知道他还创作芭蕾舞曲。”

一阵短暂的沉默在两人之间蔓延，然后变成更深的沉默。母亲那双湿润的黑眼睛安详地落在她的脸上之时，安娜顿时觉得无法承受——被一种荒谬而可怕的笃定感压垮，坚信在这个窒闷、隐约飘着香气的房间里，在这个永远被困陷在错误世纪、如同匣子一般的房间里，就要讲出一些重大的话语。那些话语会以某种她根本无法预料或期待的、无比陌生的方式改变她的人生。她无法动弹，无法呼吸，便转开眼睛，钻石耳环那冰冷的蓝色火焰刺痛她的眼角，沉默仍在持续，她觉得不能再忍受一刻—— 一刻的——

“我不去音乐会。”母亲说道。

安娜松了气，瞪着母亲。老人的面容宁静，脊背笔直，裸露的脚踝脆弱而尖锐得让人看着不安，掩没在大了两号的灰色拖鞋里；那是安娜很久以前送给她的生日礼物。

安娜坐到她旁边，轻轻碰触她的手，好似她是一只随时可能飞走的鸟雀。“可是妈妈——”她的声音轻得近乎耳语。

母亲露出微笑，叫人惊愕的微笑，温暖，一晃而过，安娜不由得想起儿时孝顺地去那个黑洞洞的大舞蹈室，里面充斥着政府批准的气息，冬天的冷风呼呼地从白窗框钻进来，沿着颤动的地板而设的镜子照出母亲的身形，嘴唇紧抿，向粗手粗脚、笨拙的农村女孩传授优美。小安娜觉得她们汗涔涔的紧身裤有些恶心，继而是经年的受伤、病痛、衰竭，然后得以提早退休。政府以怠忽的方式授予她一枚奖章，上刻“奖励为我们未来的芭蕾事业所做出的坚定的贡献”。她忽地感到一阵不满，记起不曾在母亲梳妆台里珍藏的纪念品中见到这枚奖章。然后仿佛理解了，咽下原要说出口的抱怨。

“那门票呢？”她柔声问道。

“那门票是你的，”母亲说道，“戴上耳环，亲爱的，去参加音乐会，那音乐必定很美，你记得那年夏天，我——”

安娜觉得眼里饱含了泪水，但竭力忍住不哭，只是紧紧地抓着母亲的手，俯下身子，把脸贴在母亲的手心，然后站起身，心急火燎地说着，没有注意她母亲是否仍在说话，感激的话语滔滔滚滚地从嘴里出来——“谢廖扎会多高兴，多高兴！”——不知怎的，下一刻里，她发觉自己已经奔过过道，跑进卧室，只听得自己奔忙的足音，但也恍惚瞥见母亲眼里愈发深沉的神色，尤其似失望，或者认命——也许只是房间里的光线曳影，透过她的泪眼摇晃的世界，一切终于各得其所之时的归位移动。

谢廖扎坐在屋角的扶手椅里，正在一本厚重的笔记本上书写，他的手飞快地移动，在身后的墙上投下阴影。她在他脚边蹲下，瞥了一眼笔记本，纸上挤满了多足昆虫、浆果串、卷曲的睫毛似的音符。

她把头靠在他的腿上。

“妈妈把门票给我们了。”她低笑着悄声说道。

他的面容久久地僵持着，一秒、两秒、三秒、四秒……她抬起头，黄色的灯光恰好罩在她的脸上。她的眼睛明亮。他木然地看着她。

“你听见了么，门票是我们的了。”她喊道。

不是灯光，他现在意识到，她脸上的一切全都那么明亮——她的眼睛、牙齿、蓬乱的头发……他感到胸膛被猛地一捅，看见她从前的美丽从这张疲惫的脸庞上浮现出来。他转开视线，吃力地开口。

“你母亲不要那票？”

她摇摇头，又笑起来。

“是我们的了，”她说道，“我是说，是你的。你可以去音乐会了！”

他心里一片宁静——宁静，幽暗，安定，一无所思。

他嚅动嘴唇，想要说话，但词语没有声音。

“你说什么，我没有听见——”

她微笑着，笑着抬脸看他——光彩照人、温柔、年轻，那么年轻，似乎不知怎么在时间里倒退，跟他记忆里的她相融合……

他又试图开口，这一次听见了自己的声音，或者听似是自己的声音。

“我想该由你去。”

“什么？”她说道，仍露着微笑。

“我觉得你该去音乐会。”

话说出来的时候，片刻之前恍惚仍只是荒谬的梦——刺眼的黄色灯光，他一直试图转化为音符的艰难旋律，在另一更美好的时间里认识的美丽女子，快乐，翩跹起舞，闪亮的绿眼眸，落在他膝头的惊人的礼物，他全身心地渴望去接受，然后由于梦的残酷逻辑，又无力不去拒绝——猝尔变成现实，在他面前呈现为冰冷的团块，不可更改，而今，永远地不可更改。

她脸上的微笑渐渐隐去。“那就不值得这一年的等待了，”她说着，站起身，“我欣赏不了那音乐。”

“那，我们就还给你母亲，她才是该去的人。”

“她不肯要。你能——”她的声音顿时委顿，“谢廖扎，我理解母亲为什么不想要。你——你的想法，我不能理解。我以为你会很高兴……你能告诉我为什么吗？”

因为这不可能，他忖道，因为现在已经太迟。倘若在早些时候发生——在你穿上丝裙坐在那张公园长凳上等我之前，在另一个女人静静地站在窗前说“请别这样”之前，在我打碎一件珍贵的东西、然后扯谎、谋划之前，在我逾越界线之前，在一张音乐会门票的转手不再是关于参加音乐会，而是成为证明自己并非全然配不上我所珍视的一切的唯一方式之前，且不论是音乐或是爱，或者——只是做人最基本的体面行为。

因为，你看，我不会为我过去一年的——以及过去很多年的——所作所为得到奖赏。

他伸手把她拉到身边，小心地抚摸她的头发。

“因为我这一向对瑟林斯基的音乐领会了很多，”他说道，“我怀疑自己不会喜欢他这部新交响乐。他新近的东西让人失望，太形式化。你知道吗，我更愿心里留着他的早期创作。我小时候演奏过他的一部作品——很美、很美的……”

片刻过去。她叹息一声。他发觉她偎在他的肩头。

“是怎么样的？”她问道。

日出前数小时，他清醒地躺在黑暗里，在他困倦的脑海里，门票从岳母手上转到妻子那儿，然后转到他的手里，接着转回岳母，又转到妻子，又转到他，无穷无尽、单调乏味、无可救药地转手。然后他听到钥匙在锁孔里转动的声响，突然灵机一动。他下床来，赤脚摸到门厅去拦住儿子，却只见到湿漉的外套抛在厨台上，还有一缕微弱的灯光，从老人房间正关闭的门缝底下漏到过道里。

亚历山大关上身后的门，面对外祖母。

“你有话跟我说？”他迷惑地问道。

“亲爱的，不知道你能不能帮我一个忙。”老人轻快地说道，伸出一只手，衬托着沉重的天鹅绒袖口，消瘦的手腕显得很突兀。他眯着看过阴影，注视着她那只孩子般的手掌心托起的刺眼的东西。“你能帮我处理掉这些东西吗，换个好价？”

“你确定吗？这不是纪念品或者什么的——”

“哦，我绝对肯定。一个仰慕者在一个外国城市买给我的，可我发觉现在不想留着了。哎哟，我把那只搞笑的火柴盒搁哪儿了？”

他皱起眉头，看着她在梳妆台上翻寻，打开抽屉，起劲地移动一个个古老又神秘的包裹。他看见一缕缕隐约飘香的灰尘浮起。

“我不晓得你在外国城市住过，”他说道，“母亲没有跟我说过。什么时候？在哪里？那里怎么样？”

她转过头，久久地凝视他，然后从一节抽屉里抽出一件东西，关上抽屉，带出又一阵芬香的灰尘。她朝椅子点点头，说道：“坐下，我给你讲个故事。当然，挺迟了，不过，你跟我一样是夜猫子……把这个罩在台灯上，亲爱的，灯光太亮，刺着我的眼睛。”

他顺从地把旧披肩盖在台灯上，困陷在这间闷热的小房间的黑夜里，顿时蒙上一层怪异的深色光晕，是火焰的颜色，他想道，在某个古老洞穴的墙壁上闪耀。他觉得有些迷乱，略有点不安，然后又暗暗觉得刺激，仿佛身处陌生而奇异的境地。外祖母躺在床上，明敏的黑眼珠注视着他，然后开口讲述，他便知道她的声音恰似他听了那么长久的那个声音。

“你看，我八岁的时候，我父母初次带我去那里。我们抵达的时候，是初春季节。天空就像透明的丝绸，屋顶就像湿玻璃，树木就像雕刻在天空的象形文字。我父亲在林阴道旁赁了一间公寓。我下午去学芭蕾，但早上待在家里。一天早晨，门铃响起来，三个穿制服的矮个儿男子，肩上扛着一捆巨大的地毯进来。他们把地毯放在客厅地板上摊开。里面很柔软，蓝色的，布满了金色的鸟雀。我跪到地毯上趴着看个仔细。我是在那个时候看见第一颗的。”

她突然沉默了。

在红色的光晕里，亚历山大俯过身去。

“第一颗什么？”他问道。

3

亚历山大醒来，浑身疲倦，心里乱腾腾的。他一整天呵欠连连，一只手总是揣在兜里，紧抓着火柴盒，脑袋里昏昏沉沉地旋转着似在失眠之时看见的幻象：在铺瓷砖的屋顶踮脚舞蹈的扫烟囱的人，异国林荫道上神秘的女孩怀抱着的一桶桶鲜花的鲜艳花瓣。阴沉的下午融进漆黑的傍晚，他走向熟悉的院子。一如这个冬天以来的很多时日，此地几近空荡。人们愈加谨慎了。门廊的台阶上，一个蓄着稀疏的山羊胡须的醉汉，倚靠着一排变了形的虫蛀的圣像摇头晃脑；一个惊恐无状的男孩趴在他旁边，一对细胳膊小心地护着什么东西，在暮色里发出微弱的光辉。走近之时，亚历山大看清是一对色泽暗淡的银烛台。在灯光惨淡的雪堆之间，四五个头戴硕大皮帽的家伙走过他身旁，叽里咕噜地谈得起劲。他惊觉那是外国语。他们身后跟着一个胖得没有脖子的男子，紧张地四下张望，嘟囔着国语说道："国营商店里可找不到这些东西——独特的、革命前的圣像，历史遗迹，价钱贱得不行——”

那群人转过角落，但其中一人落在后头，歪起脖子望着正迅速融入夜色的层层剥落的教堂穹顶。亚历山大急步走向他，随意地推开火柴盒。附近一幢公寓楼底层的一扇窗户正好点亮，在他们脚边投下长方形的暗淡光斑。钻石随即一亮。

“两百多年前的。”亚历山大压低嗓子说道。

这个高高瘦瘦、上了年纪的外国人探身观看，一对灰眼珠透着精明。

“出自沙皇的一位出名的珠宝匠，”亚历山大匆匆补充道，“博物馆级的。我祖母是伯爵夫人，无价之宝，你听懂吗？”在他们周围，更多窗户从越来越深沉的夜色里柔和地浮现，每亮起一道光，便越映现他掌心似乎托着一团小小的火焰。

那男子点点头，高耸的长鼻子下露出微笑。

回到地下室，亚历山大又数了数钱，难以置信地忖想，有些人真够蠢的。他前去排队，晚上站在那里，不时伸手摸摸后面口袋的突起处。一整夜，他不停地伸手去摸，好让自己安心。

天越来越冷。这些午夜排队的不幸之人，都严严实实地裹在衣服下不敢吭声，拉直的衣领内呵出炖洋葱和淡茶相混杂的气味。阵阵白气之中鲜少听见声音。

“他回来得不是时候，”有人带着冷酷的满足感说道，“但愿橙子树和海边度假胜地没让他变得太娇弱。”

“哦，他穿着那些外国毛皮，冻不死。你还是操心自个儿罢。”

“我一直就这么说的嘛，我们都病倒了，这太不人道了！售票亭五点就关了，我们干吗要等到——”

“你说什么，我没听见，那货车太吵——”

“货车，什么货车？”

“那边，你看，正在拐角停下。”

亚历山大抬头看去。车前灯突突、突突地熄灭，雪泥融合着冻雪，在新近修复的路灯之下来回翻滚。货车门自内往外被踢开，司机出来，目不斜视地走向售票亭。队伍谨慎而不安地蠕动。那人伸手掏口袋；钥匙叮当作响。队伍惊得倒抽了一口气，直往前挤去，三百张嘴一齐屏息。亚历山大密切地注视着。那人极敏捷地开了锁，消失在亭内。一个女人尖叫起来。

售票亭窗洞的挡板被推上去。

“我跟你赌你那张门票，”尼古拉悄声说道，“肯定又是一张告示——‘售票员外出待返’或者“木材短缺无法印票”，或者——”

此时窗洞内亮起来，散发出一团蛋卵似的养眼的光芒和温暖，里面孵出货车司机的脑袋。一名穿制服的干部走来，两人简短地交谈数句。亚历山大引颈张望，直探得脖颈酸痛。干部已经转身往回走，拧开手电筒，摊开一些文件。“站齐了，站齐了！”他喝道，“门票将严格按照这张名单分派，每人只能买一张。听到你的名字的时候，就拿出身份证明，往前走。”

队伍上下顿时人声沸腾。

“门票，你听见没有，他果真说——”

“喂哟，见鬼了！”尼古拉嚎叫道，一掌拍在亚历山大的后背上。

在他们身后，队伍像瘪掉的面团似的垮陷下去。

“啊！”维克托·佩特罗维奇悲伤地悄声叹息，亚历山大侧转身，拿肩膀抵住他往下沉的身躯。

“你没事吧？”他嘴里问道，而眼睛瞪着售票亭窗口。维克托·佩特罗维奇没有回答，整个身体沉重地压在亚历山大的锁骨处。亚历山大回头看。

老人面如死灰，嘴唇颤个不停，可怜地试图挤出笑容。戴着手套的双手茫然地在外套上摸索，似乎要确定那廉价的面料下是否仍藏着那个极其重要的东西。

“你没事吧？”亚历山大又问道，语气更加急迫，在愈发深重的阴影之间分辨维克托·佩特罗维奇的面庞。队伍开始颤栗，抽搐，跳跃，黑影四处乱撞，犹如一伙疯狂的蝙蝠，试图逃离手电筒骚动的探照。

“我——”老人嚅动嘴唇，“我——”

他的喉咙挤不出声音，亚历山大突然联想起旧牙膏在管子里结块的可厌景象。他更惊慌了，拉了拉尼古拉的衣袖。

“他病了或者什么的。”他激动地说道。

现在根本不可能看到售票亭窗口发生了什么事情，因为那里拥满了人们的脊背，躁乱、动怒、推挤。

尼古拉像揪起布偶似的一把抓住老人，啐了一口，说道：“见鬼，可能是心脏病发作，他需要救护车。我扶着他，你快跑！”

亚历山大撒腿就跑。

他在雪地里跌跌撞撞地打滑奔跑，冷风刺痛他的面颊。波动、衰损的路灯横目照亮一条又一条小巷，冬夜孤寂的沉默在他耳畔穿梭而过，就像汩汩流淌的血液、呼哧的喘息、早已在天际消逝的钟声。哦，可恨的城市。在这里，时间是公共的、无价值的；在这里，四季像驯服的同志，一个接一个在队伍里往前曳步；在这里，岁月早已抹去尚未写下的如出一辙而无意义的人生……

他的胸膛里胀满了盛怒的泪水。

两条路外，电话亭在雪地里隐约发亮，玻璃雾蒙蒙的，如同冰镇的牛奶。他奔向前去。一个大块头的男子在里面，后背紧贴着门。电话亭的门开着一条缝，从里面漏出庞大躯体的酸腐的居家气味，还有一个低沉的声音用呆板的语调指示电话线另一端的人。“再要一公斤香肠，”亚历山大听到，“还有半打鸡蛋、鱼干，不是你上次弄的那种，是他喜欢的那种，你知道那种的——”亚历山大拼命地打门，然后脱掉手套继续拍打。那人缓缓地转过身，肚子紧紧地抵着电话亭墙壁，他睁着鱼鳞一般闪烁的小眼睛，眯眼瞅着奶色的玻璃门，看进外面的黑暗。他的声音仍然喋喋不休：“再要半公斤芝士，你要是能弄到的话，给她 15 块，还要——”他仍在说话，面孔肥硕而赤裸，把门拉向自己，门缝消失了，那声音变成无声的嗡营。

亚历山大拿手掌捶打玻璃门，喊道：“有人快死了，性命攸关，听见了吗？”——但那对鱼鳞只是冷漠地闪烁。亚历山大突然觉得生命不再是如出一辙而无意义的，时间也不是公共的、无价值的。

生命无比特殊，无比宝贵。

他跑得更远，脚趾在夹脚的鞋里已经变得麻痹，公园里的树枝、长凳、酒瓶掠过身边。他记得路对面还有一个电话亭，但里面一团漆黑，就算设法打开门后，灯也没有亮起来。电话筒耷拉地垂着，没有声音，触手只觉得一阵冰冷，但他还是塞进硬币，双手抖得厉害，好不容易把硬币塞了进去，冲着沉默的电话筒整整等了一分钟，然后几乎哭着跑回第一个电话亭。那个大块头已经离开，电话线被狠毒地从墙上扯掉，各种颜色的金属小零件像内脏似的散落一地。

他一时愣怔了，然后拖着脚步回到售票亭前，上气不接下气，抽噎道："对不起，对不起……"队伍不曾往前移动多少——也许少了十个或十五个人。窗洞前传来一阵阵忿怒的叫嚷，但他没有时间去听清楚。维克托·佩特罗维奇的面颊泛红，嘴唇却惨白，好像冻僵了。"我没事，我没事，"他喘息道，"我恐怕得离开，我还是回家去躺躺的好。我——"

尼古拉松开手，他便歪倒在亚历山大的身上。

"你这样怎么走得回去，"亚历山大厉声说道，"我送你回去。"

"萨沙，你这是做什么，门票呢！"尼古拉激动地贴着他的耳朵抗议道。

"我过两分钟就回来，他家很近。要是我回来之前轮到我的话……不过，那时我就回来的。你尽量帮我拖着。"

维克托·佩特罗维奇看似消瘦、虚弱，但亚历山大觉得支在自己身上的这具躯体僵硬、沉重，他被维克托尖锐的膝盖和肩膀抵得疼痛。老人的双脚总是相互交叉，无法前行，亚历山大撑起重负，从左侧绕到右侧，在雪地里留下跌跌撞撞、蹒跚交错的脚印。他的心脏不住地躁动，从胸口奔到喉咙口，又跌回去。我必须做到，我不能抛下他，我得设法，会有时间的，会有足够的时间……他的胳膊酸痛。他在一个街角停下休息，把维克托·佩特罗维奇支在一根灯柱上，他这才看清老人的脸，在阴恶的路灯光下，维克托的面色煞白，脸颊上闪烁着两道结冰的泪痕。

他哭了，亚历山大忖想道，心里不由得惊慌，便转开眼睛。

“只有一点路了。”亚历山大欢快地说。

他们又上路。他想走快些，时间在背后推他，嘀嗒、嘀嗒，队伍较他离开时必定少了一百人了，快点、快点……维克托·佩特罗维奇的脑袋像拴在绳上似的摇摆，温热的气息粗重地吹在亚历山大的脖子上，但他只能听出“瑟林斯基”和“音乐会”。“一切都会好的，你会没事的，别担心，”亚历山大机械地重复道，“他们会替我们留着门票的，别担心。”他正觉得再也走不动的时候，眼前看到了公寓楼，闻到门厅里熟悉的油腻味。电梯当然还是坏的，亚历山大咬紧牙关，半扛着维克托·佩特罗维奇，攀爬无尽的楼梯，惊恐地听着老人喉咙深处传出轻微的表达歉意的呻吟。他挪动老人的身体，转过满溢的垃圾滑槽、黑暗的小窗。窗玻璃紧闭着，犹如久病而肿胀的眼睛，外面的冬天显得那么荒凉、肮脏。每次艰难地跨上一级台阶，逃脱的希望就更渺茫，最后他终于一头撞到门上，汗流浃背，喘不过气来，在黑暗里摸索门铃。

铃声迟迟才响起，脚步声拖曳，那个中年妇女前来应门，眼里含着惯有的悲苦，就像两只鼓胀的口袋。然后，在没有点灯的房间里忧虑地跌撞，那个小男孩面对突然奔忙的大人，茫然无措地在房间里四处走动，一只颤抖的手把茶杯贴在不肯张开的嘴唇上。水泼到地板上，五颜六色的药丸从瓶内洒出来，眼镜当的一声搁在床头柜上，一切似乎都是慢动作。亚历山大把维克托·佩特罗维奇推到床上，挣扎着掀开毯子枕头，脱下他沉重而湿漉的鞋子，就算队伍移得再慢，现在也不可能超过八十或七十人了，快点，快点，请快……

维克托·佩特罗维奇咕哝着，恳求某个叫作索涅奇卡的人离开他，快跑，及时跑去排队，等轮到他们。她不懂这有多么重要，多么、多么重要——

"我不去，"那女人坚定地说，"安静躺着。我好像听到救护车了。"

然后房间里空荡了。

"我该回去了，"亚历山大嘟哝道，"但是不要紧。你别担心，就算你去不了音乐会，伊戈尔·菲奥德洛维奇肯定会来这里看你——"

老人的手指捏着亚历山大的手，冰冷、有力得出奇地紧紧一捏。

"不见到他，我就不能死，"他微弱地说道，呼吸粗重，一口气磕磕巴巴地说出一大段话，"我的独生子，就因为他跟瑟林斯基有亲戚关系，平白无故地被他们带走。可是时候在变，要是伊戈尔·菲奥德洛维奇能让外国媒体替他撑腰，会有用的，我必须去，你理解吗？他不会来这里的，他可能都不记得我了，他有那么多远房亲戚，他——”

“可他当然记得！”亚历山大喊道，“他给你写的所有那些信，寄的那些明信片！……”

维克托·佩特罗维奇闭上双眼。数记心跳之间，一切静得可怕，声音之间裂开一道深渊，时间远去。然后亚历山大确定地领悟，从来没有什么信件。下一刻里，房间里涌满了人、外套、雪、药物的气味，靴子的跨步声，一声轻快的叹息、搬移、转动。亚历山大终于得了解放，走出房间，感觉维克托·佩特罗维奇那双因为没有戴眼镜而失焦的痛苦的眼白跟随在自己背后，老人最后一句低语仍在他耳畔回响：“你理解吗？”他慢慢地，沉睡似的，穿过客厅里高耸的大家具。这些为另一种人生而设的家具，却被历史粗暴地兜赶到这间逼仄的公寓。他走过墙上一面镀金的时钟，也许已经在某个沉闷、暗淡、无事发生的午后猝尔停止走动，也许是告诉他现在已经过了凌晨一点，提醒他赶快爬出这个无时间性的沉默的口袋——他不知自己是如何掉进这里的——提醒他快跑、快跑，现在剩下的不会超过五十人了。此时，玄关里的黑暗分散，呈现那个眼神怪异的女人。她羞惭地碰了碰他的衣袖，开始说话，说得飞快，语无伦次：“我知道你是谁，他那么为你骄傲，请告诉他我没有生他的气——不，别告诉他这个，告诉他我一直会——还是什么都不要说罢，就说——”

“没事的。”他说道，轻轻地移开她的手，一脚跨出门槛。她沉默了，站在门边望着他。他蓦地觉得心里无比悲痛，因为找不到合适的词语告诉她，他多么为她感到难过。他在楼梯角停下，冲着电梯摇头。“坏了，他们哪天该来修修。”他高声说道。然后，没有回头，他径直走下楼梯，越往下就走得越快，最后奔进寒风刺骨的黑夜。

城市从他身边飞掠而过——路灯雾蒙蒙的光束如同昏暗的彗星尾巴一般铺展；偶有路人疾步走过，就像迷失了方向的流星，从一个非存在冲向另一个非存在；亮着灯的窗户投出微弱的光芒，就像杳远、蒙着云影的星辰，不带丝毫暖意，然后消失进黑暗；操场如同漆黑的洞穴，散发烟叶和垃圾味，还有似庞然大物在无形地腐烂的气味。他一路奔跑，光亮与黑夜，黑夜与光亮，反复交替，从他身边掠过。时间随着他的心跳加速而有节奏地加速，他觉得时间的实质在改变，随着耳边呼啸而过的寒风而改变，直到他的宇宙——及至去年仍然彻底地静止——他的整个宇宙也在加速，不停地旋转。色彩和风搅在一起，令人头昏眼花，然后明亮而坚硬地停在一个明确的时间点，犹如针尖上摇摇欲坠地扎着一颗水晶，随着他一路奔跑，默默地念叨，我能赶上、能赶上，来得及、来得及、来得及——

只有两条路了。前面有人声，他正穿过一个操场。他跑过之时，树上的冰凌子晃得叮当响。两个男子从黑暗里走出来。

“嗨，我说，借个火？”一人喊道。

亚历山大没有慢下脚步，伸手从兜里掏出火柴盒扔过去，这只火柴盒跟他在教堂里卖给那个外国人的一模一样，似乎是很久很久以前的事了……周围一片寂静，他的脚步踩响积雪，树木唱起叮当响的小曲。

“这家伙，随时准备纵火是吧？”此人说道。

另一人粗着嗓子答道：“是他，我认得出他的脸。”

雪地里的嘎吱声停止。这两个男子挡着他的去路。

“嘿，怎么——”他说道，想侧身从他们旁边走过。第一拳打得他弯下腰。

“嘿，”他又说道，这一次绝望起来，举起双手护住脸部。头顶一截树枝在摇晃，动听的叮当声更密集了。冰冷的雪粉落在他头上，轻轻地洒在他的眼睑上。那两个男子一声不响地下手，嘴里发出痛快的哼声。他试图躲避他们的拳头，在重击声、雪地的闪光和冰凌之外，似乎听见远远传来靴子的沉重声响，越来越近，一个声音叫道：“萨什卡，你他妈的在这做什么，轮到我们了，什么——！”

那声音就在近旁了，诅咒一声，就断了。

手电筒落在亚历山大的脑门上，他看见尼古拉踏着脚前后摇晃，拇指勾在破旧的夹克衫上。

“别管闲事，”第一人说道，“这是我们三个人的事。”

“耶，我们在这里教育青少年犯罪分子，”另一人说道，“他放火烧了我们的售票亭，我亲眼看见他笑着跑开。这下他笑不出来了，是吧？”

操场一片白色、寂静，雪缓缓落下，如同在戏台上。黑夜在亚历山大的嘴里搁置了一种虚幻、金属的味道——或者，可能是血的味道。他觉得自己是虚幻的，仿佛每个人都是演员，糟糕地背诵已经编撰好的、牵强的台词，做着僵硬的、可预料的动作。路灯的光芒照亮一把刀的刀片——他朋友的刀，曾经属于他，他突然想到这一点，心里一半想笑，一半想哭——那把刀似乎也属于那同一出不切实际的假戏，连同身上的又一阵疼痛、空白的头脑里冒出的一大片刺眼的星星。他模糊地看见两个男子扑向第三个男子，拿刀的男子，他的朋友，这一切全像是在演戏，他忍着疼痛，这样提醒自己，疼痛一刻也不停歇，反倒慢慢地以同心圆在体内扩散。脸上一阵冰冷，是雪，他隐约揣想，传来喊叫声、脚步声，身侧被什么东西踢了，可能是鞋子。他从渐闭的眼皮下，透过平稳地旋转的世界，透过不断消逝、消逝的一切，看到是一只镶了一圈银色箭头的漂亮的运动鞋。然后什么都没有了——只有黑暗，宇宙的水晶在针尖闪烁，漆黑而萎缩，老人坐在厨房里，从装在优美的银杯托的玻璃杯里啜着热茶，噘起嘴唇小心地吹息，就像某个秋日亚历山大拜访之时那样说着话。

“那，维克托·佩特罗维奇，你觉得我们死了会怎么样，我是说，死后？”亚历山大问道。

“我曾在一本有趣的书里读到，也许我们每个人都会得到自己相信的不管什么东西，”老人喝了一口茶，答道，“死去的印度教教徒在蓝脸、有千百只胳膊、吹奏象鼻的众神中间度过永恒；死去的穆斯林在玫瑰园里散步，抚摩杏眼的少女，背诵诗歌；死去的基督教徒坐着云朵飘浮，周围一圈奏乐的天使，圣彼得晃着一串钥匙矫顾怒步地走过。相信死后什么也没有的人，就得到——无物。爬满蜘蛛的小房间。”

“那，维克托·佩特罗维奇，你相信什么？”

维克托·佩特罗维奇露出微笑：“我希望给自己安排一个满意的来生。再来一杯？”看着热气腾腾的液体注入杯子之时，亚历山大突然想到，如果我的来生仍然还是同样的，还是这个永远逃不脱的城市，简陋的公寓楼，在阴沉的小公园里跟人一起对着酒瓶喝酒，排队，冬天，萧瑟的雪，早晨的恶心，从来不会载上我离开的火车，永远地等待某事，不管任何事情发生，那可如何是好。他心里充满了恐惧，默默地祈求在那珠圆翠绕、卷发如虿的天堂里，用一管天鹅羽毛在庞大的人生手册上抄写祈祷的某位神圣的抄写员，不，别，请不要把这个写下，我不是认真相信的，这只是走神的时候想想的——可是维克托·佩特罗维奇的身影已经消淡，变得透明，玻璃杯和茶水变得更暗，融入周围的漆黑之中。他睁开眼睛的时候，看见一方黑暗的天空，星辰如泼洒的糖粉，光秃的枝桠在他头顶摇晃，就像茶杯里的茶匙一样搅动空气；月亮似一枚硬币，就是用来塞进电话亭的那种硬币，除非那电话坏了。这雪、这操场——然后他呻吟着坐起来，唬骇得低声喊道：“哦，不。”

他的身体疼痛，手从脸上拿开，感觉湿漉漉的。鼻子可能破了，也许断了一两根肋骨。他的恐惧略微减轻，疼得那么厉害，不可能是死了。有个老人蹲在他旁边，但不是维克托·佩特罗维奇。亚历山大皱起眉头看着他，然后认出那部蓬乱的胡须、悲苦的眼睛，是队伍里那个老头。

“我以为你被抓了。”他一面说，一面试图站起来，但又一屁股坐下。

“是的，”老人温和地说，“不是头一次了，我敢说，也不会是最后一次。他们从来不能把我关长久。”

“我死了吗？”以防万一，亚历山大还是问道。

“你没事，只有一两处小擦伤，”老人答道，“我过来的时候，他们就跑了。你朋友伤得厉害。是刀捅的。救护车很快就到。”

亚历山大这才注意到那男子，他的朋友尼古拉，躺在雪地里。他强打起精神，爬到他那边去，触摸他的额头，只觉得湿腻而冰冷。地上掉着那把刀，他的刀，他捡起来握着，手里感受那熟悉的重量，然后把它掷进一个雪堆。他看见周围的雪已经染红，鲜艳、美丽的红色，火的颜色，东方大海上日出的颜色。然后来了很多人，扶亚历山大站起来，抬走尼古拉。亚历山大跟着他们走，脑袋里嗡嗡地直响，他也得去检查，可以跟担架一起走。他们告诉他，救护车在街角等着。他一瘸一拐地走向救护车时，突然想起什么，伸手摸裤后口袋。一如他所料。

他们驶过熟悉的街道，他透过后车门的昏暗小窗向外张望。

售票亭已经关闭，人行道上空荡无人。

第六部

圣诞节

1

安娜上床睡去后，谢尔盖在没有点灯的玄关里踱步，悄悄等待萨沙回来，决定跟他说门票的事。他等得困倦，便走进儿子的房间，打开那盏惨淡的吊灯。他听得书桌上的闹钟转动模糊的指针，钟面十分模糊，须凑近才能看清。刚过两点。萨沙较平常迟了。他又等了些时候，然后熄了灯，沉重地躺到儿子的床上，闭了一会儿眼睛。几分钟后睁开双眼，只见一片灰蒙蒙的光——是一扇窗户。过了片刻，他才意识到自己是躺在儿子的房间，看着黎明前的窗户，而儿子还没有回来。

他起身，后背酸痛。乌鸦粗嘎的叫声划破清晨的空气。闹钟的表面亮了些许，仿佛时间的颜色在白天不同于夜晚，显示早晨七点三十分。他愕然看着闹钟，隐隐地担忧，然后坐进椅子，手指在书桌边缘敲击。一小叠纸搁在桌上，纸上布满了萨沙潦草的笔迹——无疑是课堂笔记，他心不在焉地想道，眼神不经意地落到字行之间。

当然，人们会记得你，因为你已经企及不朽。你知道自己会永远地活着，这感觉肯定很奇怪吧。我呢，我倒不在乎会不会被后人记着，而更在乎我自己的记忆。我最大的恐惧是活到我父母的年纪，却发现自己毫无记忆。

谢尔盖心里一惊，迟疑了片刻，然后翻到开头，阅读第一段。

伊戈尔·菲奥德洛维奇，你可能以为我是爱听音乐会的人，只是来欣赏你的音乐。我不是。我根本不懂音乐。

他的双手开始颤抖，飞快地翻过这叠纸，这里读一句，那里看一段，然后推开整叠纸，久久地、出神地凝视空间，看着城市从窗外的阴暗之中浮现，如同一张洗印的照片渐渐地呈现。清晨举着一把巨大的钳子，夹着边角把城市拎出来，甩掉阴影。随着光亮缓缓地扩散到天际，他的心里涌起一阵紧缩感。一个结，他想着，曾经——就在不久以前——自己还彻底地相信在这里，在这个城市，绝没有惊奇。这座城市的阴郁的郊外，数世纪以前，狼群在雪封的村庄里游荡，而今在路灯暗淡的迂曲的人行道旁耸立着阴森的公寓楼。在这些公寓楼的一户公寓里，在这间三居室的公寓里，有三个人，妻子、儿子、岳母，与他同住，与他共同生活了数十年。就在不久以前，他还相信自己如此了解这些人，觉得他们让人乏味——然而此时此刻，他猛然感到一种心碎的笃定，感觉自己完全不懂他们，从而荒废了多年来可能有的快乐。

大门终于砰地关上，心里的结顿时松开，他不由得掩泣，如释重负地默然啜泣。他听见亚历山大的鞋子落在地板上，听见安娜的声音唠唠叨叨地响过走道；她可能也是半夜不曾睡着，竖起耳朵倾听每一滴声响。

他伸手摸脸，没有湿，便走出房间。

亚历山大站在门口地垫上，没有移动。

镜子里映现一个陌生的年轻人——外套口袋外翻，委靡而扭曲的脸青肿，鼻梁上贴着一张厚厚的绷带，左颊上有一道凝着淤色的丑陋伤痕，眼底有种黑暗而幽深的东西……亚历山大急忙转开视线，看向父母。父亲穿着皱巴巴的衬衫，看得出来，他穿着裤子睡了一夜，母亲眼皮肿着，想是担心过度。她走近前去，他听见她惊呼一声。他清了清嗓子。

"门票昨夜开售了。"他说道。

另一扇门开了，一束长方形的太阳光斑照到过道地板上，刺得他双眼盲目。他这才意识到，外面已是阳光灿烂的早晨。他刚才没有留心。

"哦，亲爱的，"外祖母说道，"是怎么……"

她的声音渐歇。

"门票昨夜开售了。"他重复道。

他不知该如何讲述接下来的事。

母亲又开始说话，说得飞快、飞快。这让他想起维克托·佩特罗维奇公寓里那个女人，眼睛就像被人用拇指在她如白纸的脸上抠出来的两个黑洞。他的思绪焦灼，过了几分钟，他才理解母亲那急躁而惊慌的声音说出来的话。门票给你，萨什卡，你听见没有，我们都决定了，这样最好，你帮我们这么久，该得到回报。你外祖母不想去了，你父亲和我谈过，我们觉得，这样难得的事，你将来可以告诉你的孙儿孙女——

他在肺里鼓足气息，然后迸发出来。

“我丢了我们的位置。”他说道。

一切都安静了。他看清那束长方形光斑里飘浮的微尘颗粒，顺从某种光明和飞行的法则，形成闪烁的星座，尔后又消失。小而有序的行星系统围绕由较大微尘颗粒构成的更亮的太阳，然后循着自身无形的轨道旋舞而去。他兀自忖想，这一切都不重要，一切都是偶然而无意义的。然后，光突然暗淡——太阳必定是被云吞没了——灰尘消逝之际，阴暗的玄关又浮现，还有镜子，镜里的年轻人，眼底和受伤的脸上有种异样的、痛苦的东西。亚历山大知道这不是真的，知道很多事情对他来说终究还是重要的。他看着过道里围在他周围的家人，只见那三人也都看着自己——既然他们仍然沉默着，他觉得必定只是自以为已经把话大声说出来了，于是又开口。

“我丢了我们的位置。”他说道。

他们停滞的表情仍然没有变化。他们必定已经听见了。

“你出了什么事，萨沙？”母亲问道。

“有人病了，我得送他回家，就在门票开卖的时候——”

“我不是问这个，你出了什么事？”

“哦，这个。回来的路上被抢劫了。他们带我去了一家诊所。说实话，我没事。可能鼻子看着有点异样。”过了一会，他添了一句，“门票的事，我很抱歉。”

她沉重地释了一口气，终于得了许可似的朝他走来。他从镜子金棕色的深处瞥见她——不知怎的，那份担忧使她看起来很陌生，使她更年轻，面容更明亮——她迟疑地伸手碰触这个更成熟、皮肤更黝黑的陌生的年轻人的青肿面颊。

父亲也走上前，俯身从伞架后拿出鞋子。他伏身解开鞋带，一面说道：“我想我还是去售票亭那边看看。”

玄关一闪，又消失在一片灰蒙蒙之中。太阳又隐没了。

“我们都去，”外祖母轻快地说道，“我敢说出去走走对我有好处。”

几分钟后，一家人挤进电梯——厚重的外套、围巾、胳膊肘，衣领、鞋子，全都渗透了冬日的气味，亚历山大惊讶地闻到竟还有一股淡淡的花香。电梯未尝习惯这等重负，呻吟起来，然后一颠，在两层楼之间停顿了片刻。母亲突然笑了：“你们有没意识到，这是我们一年以来第一次。我是说，自从我们开始排队以来，我们一家四口一起……想象一下，要是现在给卡在这里。”

砰地一声重击，他们着陆了。她又笑了。

外面，路很滑，被太阳灼得发出白光。外祖母一只手扶着他的臂弯，那只手如鸟爪般纤细而坚硬。老太太头戴一顶怪诞的小帽，天鹅绒帽箍上插着的羽毛已被虫蛀，颤颤巍巍地晃动，脚上一双铅笔尖鞋跟的尖头靴。那束羽毛搔触他的下巴。让他迷惑的是竟无人忧心门票。事实上，母亲简直有些飘飘然，父亲躲避他的视线，步态踌躇不安，怪异地露出惭愧的模样。父母走在前头，正在说话，他有种古怪的笃定感，知道他们不是在讨论音乐会。

他瞥一眼外祖母，不安地咳一声。

"你的耳环，"他说道，"我卖掉了，卖了很多钱。钱在我口袋里，可是那些人——大概是一整夜都运气不好，我真的，真的——"

"卖了多少钱？"她打断他的话，"哎呀，亲爱的，你可是一夜被劫了两次，那耳环值那十倍的价钱。可惜了。要我说啊，如今走夜路太骇人了。不过，也许这样最好——得之容易，失之也易……雪总是这个颜色吗？我记得不是这样的。对了，那座教堂怎么了？"

路上人更多了，成群结队地赶往同一个方向，有的闷不吭声，有的激动地咕哝着。亚历山大认出一些一起排队的熟悉面孔，不由得加快了脚步。还有一个街区，人群更密集了，从人行道扩散到马路上。一辆汽车在拐角愤怒地冒烟，却无法驶过，司机徒劳地拼命鸣笛。他们绕过喘着粗气的汽车之时，他好像瞧见一个黑头发男孩在路对面挤过人群，便拉了拉父亲的衣袖，说道："你们先去，我待会儿赶上来。"

那男孩正穿过马路，吃力地朝他走来。亚历山大看见他手里扛着一叠书。

“不戴帽子不冷吗？”他喊道。

“不冷，”男孩说道，停下脚步，“兴许冷的，我不知道。我找了你一上午。我给你拿了这些，我知道你喜欢。”

“那，维克托·佩特罗维奇在哪家医院？”亚历山大问道，语气急促，扬高嗓门，一面接过男孩手里的书，“他今天能见访客吗？我稍后去，我有些事情要告诉他，他用不着担心，一切都会好的，兴许门票还没有卖完。你看，我现在有门票了，我不需要，我根本不怎么喜欢音乐，所以可以给你祖父，他可以去音乐会，你听明白没有？”——然而他说话之际，男孩僵立着，亚历山大看着男孩冻得发红的耳朵、没有对齐的纽扣，看着在刺眼的阳光之下，男孩那双近乎白色的眼睛毫无生气地掠过自己脸上的青肿和伤痕，只觉得想要拼命地说一些乐观的话，一个词语接着一个词语，吐出一声声气息，直到最终沉默。

“昨晚，去医院下楼梯的时候，祖父的心脏病又犯了，”男孩说道，“我们的电梯坏了。他在黎明前去世的。”

“我——我不知道。”亚历山大说道。可是，他心里当然明白，看见男孩步履蹒跚地挤过人群，没有戴手套的双手紧抓着珍贵的书籍，麻木的手指间沾满书脊烫金皮革的碎屑之时，他就已经知道。他也知道，他该扔掉书，把双手搁在男孩的肩上，告诉他，自己也想要相信维克托·佩特罗维奇是离开一个痛苦、黯然的地方，去往一个充满色彩和神奇的地方。在那里，他只需把手指搁在一个星球的表面，就能让世界停下混乱的旋转，立刻会被送到他心里想去的地方——周围是一片山冈的古老小巷，通往城墙高筑、散发水果芬芳的城镇；运河舟楫在白茫茫的桥洞下穿梭；日出时孔雀在秘密的花园里厉声鸣叫；沙漠的神庙上空寒光闪烁的星辰；目露凶光的野兽在藤蔓纠缠的丛林里猎食——所有这些地方，所有这些事情，所有这些冒险，不在这里、不在这个人生、不在这个地方……然而男孩的目光清澈而沧桑，阳光灼白的沉默仍在蔓延，人们挤过他们身旁，嘴里诅咒着，脚下打滑，汽车司机仍在按喇叭。亚历山大突然迷茫了，拿不准这是否果真是维克托·佩特罗维奇所选择的来世，拿不准他是否更愿意坐在他的小厨房里，与必定早已去世的妻子、安然归来的儿子，还有这个孙子，以及很多原本会出生却没有出生的孙儿孙女，用家传的银杯托装玻璃杯喝茶，谈论苹果丰收、昨夜的雨、广播里放送那位著名的亲戚的交响乐。极乐之城的幻景悬挂在窗帘外，屋顶是云彩编织而成的，线条柔和、静谧，他们会拥有无尽的时间，拥有整个永恒，永远属于他，属于他们——

“我都没有问过你叫什么名字？”他问道。

“伊戈尔，”男孩说道，“你是亚历山大。祖父总是说起你。”

世界在他们周围匆匆掠过，刺眼而寒冷。

“再见。”男孩说道，却没有挪动。

“回头见。”亚历山大说道，把书裹进外套，随着人潮走去。

售票亭前一团混乱。人们在四周晃荡，犹犹豫豫地扎进人堆；一个男子呸呸地诅咒；一个打扮体面的女人在啜泣，把缤纷的脸庞埋进一只精致的手套里。亚历山大找到家人。

“看起来，昨夜卖的根本不是瑟林斯基的门票，”父亲不露声色地说道，“是‘小冷杉’的演出。我揣测是因为他们的售票亭给烧了或者什么的……瑟林斯基的音乐会取消了。没有门票了。你看，连牌子都没了。”

确实，数月以来被太阳烤雨水淋的那块**音乐会门票**标牌，已不在售票亭上。窗口贴了一张新告示。一群人面色阴沉，哑然无声地聚在告示前，亚历山大靠近前去。

音乐会取消，肥硕的大写字母工整地写道。**售货亭歇业补货。周一重新开张。**

难以置信的是，他对于那么多东西，具有如此深刻的感受——很多陌生、迟滞、无法言表的感受，使他觉得沉重、疼痛、完满，简直就像人生第一次感到体内某种真实的存在，也许是一个灵魂——然而对于门票，他却没有多少感觉，而今看起来，在他所爱的人当中，似乎已经无人需要这张门票。

亚历山大跟其他人肩并肩地挤在一起，凝视挡窗板上这张告示。

＊ ＊ ＊

上午十时许，天气变得寒冷，乌云犹如一片片冰块，划破黯淡的天际，在蓝色的天空留下一道道白色的划痕，光秃树木的黑枝桠交织，将天空扫得无比洁净。安娜扶着母亲去购物，谢尔盖和亚历山大一起回家。他们慢慢地走，漫无目的地闲步走过街道，半途停下，从雪堆下挖出冰冷的长凳。挖掘过程之中，闪闪地露出一个涂鸦的痕迹。（“哦，你看，”谢尔盖说道，“有个跟你同名的人喜欢破坏公共长凳。”）然后俩人坐在公园里，直到他们的面庞冻僵，手指冰冷而麻木。

公园里十分荒芜，却弥漫着刚刚走过的很多路人的冰冻呼吸，也充满了久居的幽灵的无形痕迹—— 一个老人喂鸽子，眼镜片在阳光下反射光芒；一个漂亮的女人，已经不再年轻，脸被泪水抹花，脱去破损的丝袜；一个男子伏在哑然的大号上，聆听脑际轰鸣的音乐；一个男孩仰躺在枯萎的草丛，凝视天空，想像航船和沙漠商队在天际滑过……谢尔盖和亚历山大起初默然，然后，渐渐地说起话来——似在说些无关紧要的小事。亚历山大解释自己喜欢冬天的缘故，因为他不必猜测那些是什么颜色。不过，渐渐地，他们也谈其他事情。或者算不得谈论，而是隐涉，匆匆提及，就像彼此心领神会地同意，以后还会有时间，会有足够的时间谈论所有事情。眼下唯一需要的是沉默，宽恕地认可一些事实——譬如亚历山大从未努力考过大学，或者他两个最好的朋友，一个昨夜去世，另一个伤得很重，可能没有指望恢复。或者他的父亲和母亲都在数月前被撤职——或者对于音乐会门票，他们都不曾那么诚实。

言谈之际，谢尔盖神色凝重地点头，呵着手指，忖想这个殊怪而漫长的一年终于到头了，似乎一事无成，但硬要说有的话，只有失落的东西，既有可触摸的，也有不可触摸的——钱、工作、朋友、未实现的爱慕、永远无望的另一种未来——然后他又觉得他的世界变得更辽阔，也觉得自己变得更宽阔，就好似在这一年的希望和等待里，在这一年的无所事事里，不知不觉地踩过了无形的界限，自己被一点一点地拆开，然后又被一点一点地拼合；然而组装的次序略有不同，或者小元件以迥异而松散的方式拼合，给呼吸、光亮或音乐留下空间，或者是给某种截然不同的东西留下空间，某种妙不可言的东西，让他更富有生趣。

一小时或两个小时后，他们走进公寓，只见两个女人已经回家。厨房里烟雾腾腾，锅盆叮当。热气熏得他们冻僵的面庞感觉刺痒。

"乱成这样，做什么呢？"谢尔盖问道。

"哦，妈妈记起一些老菜谱，"安娜一面说，一面从炉灶旁奔到桌前，"我想做着试试。"

"可惜没有栗子。"老太太忧伤地说。

"外祖母，你说栗子？"

"亲爱的，这是个漫长的故事。你要是想听，晚上我讲给你听。"

桌上摆着锅盘、一盆面粉、一堆看着眼生的干果、锡纸里裹着的什么东西，还有一对谢尔盖不曾见过的烛台。他愣怔地站着，看着这些丰裕的东西，觉得鼻子底和口腔软腭有种怪异、甜蜜、粉粉的刺痛。"我小时候，圣诞节的时候，我母亲在房子里摆那些很大的玻璃饰物，"他说道，"我记得，有红的，也有蓝的。反射美丽的烛光。"

"兴许我们也能买一些来，"安娜说道，"现在请大家都出去，我需要地方。哦，谢廖扎，你能不能把收音机拿过来？”

留下她一人后，安娜默默地站了很久，呼吸美妙的肉桂香味。恍惚似坐着雪橇滑下山坡，她突然记起小时候酷爱滑雪橇——快点、快点，神奇的自由感觉拂过她的头发和胸膛，雪花在空中闪耀，犹如纯粹光芒的小水晶。广播员的声音生硬，通告市民现在是下午两点；然后开始放送音乐。安娜顿时意识到时间——已经两点了，我还有那么多事情要做——立即在厨房里奔忙起来，和面、搅拌、筛面。音乐汩汩地传出，安宁、轻盈得如同一条小溪，她发觉自己开始竖起耳朵聆听，一边干活，一边悄声跟着哼唱。

2

他乘坐奢华列车的头等车厢进入这座城市。他颇喜列车流畅的效率——车厢里闪耀着嵌入式烟灰缸，车厢顶灯排列得整整齐齐，柔和的窗帘将光线和喧闹挡在外面。列车驶过荒凉的东部平原，驶过沿途错落的一些惨淡的村落、广袤而令人生畏的森林。一路上，他得以入睡，醒来看见远处地平线上点缀着平缓的山岗，山上耸立着美丽的城堡。随后在毕恭毕敬的列车员引领之下，坐进豪华轿车前座，行李搬运员身穿浆洗得笔挺、钉金色纽扣的制服，手脚伶俐地拎来提箱，轿车司机争抢着载他去宾馆的这份荣幸——文明社会的所有虚饰，于他便如裁剪得体的燕尾服一般合身，他在那个野蛮的国家——虽说也有几分稀奇有趣，颇想念这些。

他的妻子想必已在宾馆套房里等候。他俩同意到这座不久前度蜜月的城市过新年假。他抵达之时，正在下雨。他从轿车窗望出去，精致的橱窗在湿漉的林阴大道旁投下或红或金的灯光，刚过去的圣诞节装饰仍挂在橱窗里，对称的装饰闪闪发亮——烫金的松果扎成金字塔、玫瑰、花环，涂漆的玩具动物，还有粉色的天使，白色的翅膀厚厚地洒着假糖粉。

这些陈腐乏趣的快乐童年的景象，让他感到厌倦。

正当意兴阑珊之时，一家雅致的珠宝店橱窗引起他的注意，他突然记起来，便叫司机停下。在珠宝店里，他从内口袋摸出劣质的红色火柴盒——他留着这只火柴盒作为纪念，纪念在那座城市里的一些非法场所的有趣逗留，是当地一位熟人好心安排的，此人为大使馆提供乐手。他饶有兴味地冷眼看着珠宝商迟疑地举起眉毛，然后推开火柴盒。

珠宝商的面孔陡然一变，眉毛落回原位。

“啊。美极了，美极了，”他喘息道，“当然，毫无疑问的，不过，请容我仔细看看，只是确定一下……哦，是了，在这里，大师的标识，看这细丝的雕工，这城里就他一人做得出来——”

“那么，是这里的？”他惊愕地问道，略有些失望，“我被人骗说是出自东方。”

“哦，不，先生，出自这里，毫无疑问，如果您愿意的话，可以亲自去看看那家珠宝店，就在附近。当然，他二十年前去世了—— 一代人的手艺和秘密随之消失，真正的悲剧！现在他儿子掌管生意。”

“谢谢。”他说道，合上火柴盒。

他把新地址告诉司机。第二家店的华丽程度远胜于第一家。

一个体面的店员请他稍候，便消失进富丽的天鹅绒深处，稍后，年迈的老板走出来。此人叹出几声狂喜的感慨，“哦，是的，我清楚地记得，他只做了七对，”他压低嗓音滔滔不绝地说起来，“您看到这里隐约的里拉琴形状么？那么独特，那么迷人。请容我冒昧地问一句，先生，您在何处偶遇到这一对的？……哦，原来如此。多么神奇。是的，我敢说家父的作品在他们的贵族之间向来十分流行。事实上，其中一对耳环售予那边来的著名作曲家——伊戈尔·瑟林斯基，他是家父忠实的主顾之一，也许您听说过他——”

“确实。”他礼貌地说道。

他谢拒了参观店铺的邀请，谢过老板后离开。坐在轿车的阴影里，他沉思物什和人所经过的神秘道路，无形的线索将生命反反复复地勾连。当然，他知道这对耳环不可能是瑟林斯基那一对——大抵属于某个赤贫如洗的伯爵夫人，正如那个愚蠢的男孩所说——但他被这个假设的关联打动了。他在奢华的轿车内舒展身体，心不在焉在望着灯光通明的林阴大道渐渐消退，转进时髦的使馆区独有的更安宁的漆黑街道，想起几十年前听过的瑟林斯基演奏会，那种怪异、叫人泫然欲涕的感觉久久不肯离去。就好似他，事业有成、前途光明的年轻外交官，做错了什么事，好似错失了什么重要的东西——

纵使在此刻，在回忆里也让他不安，思绪凝滞得难以前进。节日的灯光流畅地滑过，他想象他的第三个妻子，比他年轻二十三岁，对着镜子转动脑袋，看着自己光芒交辉的镜像，激动得尖叫。他想象着告诉她这对耳环有两百，不，三百年了，在显赫的瑟林斯基家族传了数代。这位天才的两位妻子都佩戴过——或者，不，最好还是说，某位隐秘的情妇——他露出微笑，叫司机开快些。

当然，之后，他们会出去吃愉快的晚餐。

他有一阵子没有喝到像样的香槟了。

第七部　新年

“看，这就是你的下场：浪费了一年。还不如没活过这一年呢。对了，你听说他为什么不来吗？”

“有人跟我说，怕被抓起来。据说——靠近点，近点——他带头组织密谋推翻我们的政府。由西方提供资金，你明白吧？但当局听到风声，取消了音乐会。”

“胡说，我听说他在边境得了感冒。感冒变成肺炎，他只得转回去。他们说他一呼吸到祖国的空气，就哭得像孩子似的。”

“他当然哭了，我们的国家是一片令人敬畏的神秘土地，这里让人觉得很特别，深情的纯洁——再没有像这样的地方了，圣徒仍然在我们中间行走……他大概还趴下亲吻土地——”

“哦，别来这套煽情的废话了。事实是我们的文化部没有给他足够的酬金。不够他的出场费，你知道的，于是他在最后一分钟推托。我听说他的新情妇挺年轻。”

“他没有什么情妇。我有个朋友有很可靠的消息来源，说他完全放弃了音乐，现在忙着写回忆录。”

“这些都不是真的。根本没有什么音乐会。当局只是利用排队来拔除一些不良分子。我一个朋友的姊妹，她在一本外国书上读到，瑟林斯基七八年前——”

“等等，等等，我搞不懂了……要是你们这些人都那么肯定不会有音乐会，干吗还站在这里排队？这队伍是干什么的？”

“哦，传闻要举行菲拉托夫画作回顾展，仅靠门票入场参观。所以我想，何不排在这里等等，看个究竟，兴许他们会在这里售门票。”

“菲拉托夫，菲拉托夫——是了，我记起来了，他的作品不是被禁的？”

“确实。不过，时候不同了。”

“谁告诉你这事的？”

“那边那个女人，看见没？”

“谁告诉她的？”

“有个长胡子老头，穿着一件滑稽的外套的。她说他好像很有把握的样子。”

“那，怎么说？娜杰日·达阿列克谢耶夫娜怎么说？”

“哦，问她也没用，你知道她这人，不管你问什么，她总给同样的回答：‘很快就到，等候送货，明天再来查看。’像只鹦鹉。”

“我说，别说得那么过分。我们的娜达卡也不容易，照顾四个孩子，又没有丈夫，管售票亭没那么容易的……我想我还有点空闲时间，不如排一会儿。谁是最后一个？”

之后，他们都安静下来。天太冷，不适合谈天。很多人离开。午夜，为保万无一失，仍有十五或二十人在售票亭前等候，惊讶地听见路尽头那座废弃的教堂传出钟声，高昂的钟声似乎沿着浑厚的天空那透明的银色琴键起伏。钟声歇止后，男人和女人看了看手表，翻下帽子护耳，拉起衣领，各自朝不同的方向走去，沿着黑暗的小巷，穿过积雪的操场，相互高声喊道：“新年快乐！”“明天见！”

史实记注

1962年，著名的俄罗斯作曲家伊戈尔·菲奥德洛维奇·斯特拉文斯基接受苏联的邀请，回故国访问。这是他去国半世纪后第一次回归故土。彼时，他年届八十。一场历史性的音乐会在列宁格勒爱乐大厅举行，由斯特拉文斯基亲自指挥。音乐会门票在演出前一年开售，购票过程演变为一种复杂而独特的社会体系，人们相互协作，转流排队。一年的等待之后，斯特拉文斯基的一位八十四岁的姻亲姊妹没能去听音乐会，因为门票已售罄；她排队的号码是5001。

《排队》这部小说虽在整体上将苏维埃俄罗斯虚构化，但最基本的思路来自这个历史插曲。同样，故事里的人物虽属虚构，但有些人物取材于真人真事。尤其是玛雅在西方"光之城"的芭蕾世界，其描述大致依据著名的俄罗斯芭蕾舞团。这个芭蕾舞团在革命前数年里轰动巴黎，舞者包括无与伦比的瓦斯拉夫·尼金斯基（曾被形容为“从不与音乐同时落下的小妖精”）和美丽的塔玛拉·卡萨文娜。在这个芭蕾舞团最创新的作品当中，有当时仍寂寂无名的斯特拉文斯基所创作的芭蕾舞曲，包括《火鸟》（*The Firebird*，1910）、《彼得鲁什卡》（*Petrushka*，1911）和《春之祭》（*The Rite of Spring*，1913）。

最后要提及年代。小说的时间定于“大变化”的三十七周年，这自是反映1917年的十月革命，但这并非暗示时间背景设在1954年。我实则信手借鉴苏联历史的三个不同时期：20世纪30年代斯大林的压制时期、赫鲁晓夫的解冻时期（50年代末—60年代初）和70年代勃列日涅夫的停滞时期。

布谷鸟的诗引自安娜·阿赫马托娃（Anna Akhmatova）创作于1911年的诗歌《我像时钟里的布谷鸟一般生活》（*I Live Like a Cuckoo in a Clock*）。

致 谢

我想借此机会感谢凯特·戴维斯（Kate Davis）、兰斯·菲茨杰拉德（Lance Fitzgerald）、丽·巴特勒（Leigh Butler），以及企鹅出版集团里使这本小说得以成书的每一个人；感谢我的文字编辑安娜·贾丁（Anna Jardine）精准无误的眼神；感谢我了不起的英国编辑玛丽·蒙特（Marry Mount）明敏的阅读。一如既往地，由衷地感谢我的代理沃伦·弗雷泽（Warren Frazier）所做的无数事情，尤其是其真诚。感谢我的出版人和编辑玛丽亚·伍德（Marian Wood）的理解和友谊。最后要感谢我的家人：我的兄弟阿列克谢·卡尔采夫（Aleksei Kartsev）、我的母亲娜塔丽亚·卡尔采夫（Natalia Kartsev）、我的丈夫迈克尔·克莱斯（Michael Klyce），他是我第一个读者和最得力的助手。我尤其要感谢我的父亲伯里斯·格鲁辛（Boris Grushin）。谢谢你给的一切，爸爸。